오표

오포 2

나의 산에서 판타지 장편 소설

초판 1쇄 찍은 날 § 2006년 12월 20일
초판 1쇄 펴낸 날 § 2006년 12월 30일

지은이 § 나의 산에서
펴낸이 § 서경석

편집장 § 문혜영
편집책임 § 최하나
편집 § 문정흠

펴낸곳 § 도서출판 청어람
등록번호 § 제1081-1-89호
등록일자 § 1999. 5. 31
어람번호 § 제1-0781호

주소 § 경기도 부천시 원미구 심곡1동 350-1 남성B/D 3F (우) 420-011
전화 § 032-656-4452 팩스 § 032-656-4453
http://www.chungeoram.com
E-mail § eoram99@chollian.net

ⓒ 나의 산에서, 2006

ISBN 89-251-0468-7 04810
ISBN 89-251-0466-0 (세트)

Fantasy Frontier Spirit
FIVE GUN
2
오포
[콜 영지]
나의 산에서 퓨전 판타지 장편 소설

도서출판
청어람

CONTENTS

CHAPTER 1

향기를 맡다

인수가 문을 열고 나오자 시끄럽던 공터가 순식간에 조용해졌다. 마을 공터는 남녀노소 할 것 없이 많은 사람들이 서로 뒤섞여 있었다. 대충 한 300명쯤 되어 보였다. 주민들의 옷차림으로 봤을 때 그리 잘사는 동네는 아닌 것 같았다. 황금 들판은 역시나 귀족들의 배를 채우는 수탈의 대상이 분명했다.

경비대의 문 좌측 편에 급조된 것으로 보이는 연단이 자리를 잡고 있었다. 인수는 그쪽으로 천천히 발걸음을 옮겼다. 다리가 떨렸다. 군대 오기 전에는 많은 사람들 앞에 나서는 것을 극도로 꺼렸기 때문에 이렇게 사람들 앞에 나설 때면 항상 긴장이 되었다.

인수가 이런 많은 사람 앞에 서본 것은 대대 체육대회에서 상을 받을 때를 제외하고는 없었다. 그것은 굉장히 떨리고 설레는, 당시의 모든 사람들이 자신만 쳐다보는 느낌은 잊을 수 없는 경험이었다. 그것은 엄청난 압박감이었다. 그래도 그때는 모두가 똑같은 군인들이어서 동질감이 느껴졌었다. 하지만 지금은 공포와 적개심 같은 눈에 보이지 않는 무형의 기운이 인수에게 알게 모르게 표출되고 있었다. 이 기분 나쁜 느낌에 이대로 질 수는 없었다.

인수는 연단 위에 서서 주위를 오만한 표정으로 한 번 쓸어보았다. 그런 후에 크게 숨을 들이마셨다. 이곳은 이제 자신에게 점령당해야 하는 공간이었다.

"으아아아악!"

인수는 느닷없이 고함을 질렀다. 그냥 가만히 있으면 이들의 분위기에 눌릴 것만 같았다. 인수의 고함에 아이들은 엄마 뒤로 숨거나 놀라서 울음을 터뜨리고, 개중에는 어른들도 엉덩방아를 찧었다. 일단은 초반 기선 제압에 성공했다. 그제야 긴장된 마음이 풀리는 인수였다. 아까는 당당하게 눈을 마주치던 몇몇도 인수와 눈이 닿으면 슬그머니 눈을 내리깔았다. 인수는 그런 반응에 만족감을 느꼈다. 이제 주도권은 자신에게 온 것이다.

"우리에 대해선 이미 알고 있을 것이다. 이번에 우리가 숲을 나선 것은 영주의 부탁이 있었기 때문이다. 지금 저 집에는 너희에게 공격받은 영주의 딸이 죽어가고 있다. 만약 영주의 딸이 죽는다면 이 마을이 어떻게 될지는 알고 있겠지? 여기 시체들을 보아라."

인수는 그렇게 말하며 연단 옆의 시체들을 가리켰다.

마을 사람들의 얼굴에 공포가 스며들었다. 이야기를 들을 때는 설마했지만 정말 영주의 딸이라니? 이들의 신분에 대해서도 반신반의했지만 영주의 딸이 2년쯤 전에 이곳을 지나 영원의 숲에 간 것은 모두들 알고 있었다. 이곳은 영주조차 한 번도 오지 않은 버려진 곳이었기에 그 사건은 이 작은 마을에 몇 안 되는 큰 사건이었다.

"이들이 왜 죽었는지 너희들 눈으로 직접 봐서 알 것이다. 감히……."

빡!

그때 갑자기 인수의 이마에 돌이 날아와서 맞았다. 인수는 전혀 예상치 못한 황당함으로 돌에 맞은 아픔이 느껴지지도 않았다.

인수는 영주의 딸을 들먹이며 앞으로 영주의 딸이 잘못되면 잔인한 복수가 있을 것을 암시하는 말로 마을 사람들을 공포로 몰아넣고 있었다. 한참 중요한 협박이 이어질 찰나에 의외의 일이 일어난 것이다. 인수가 오늘 한 일이 돌을 맞을 일이란 건 알고 있었지만 이런 위압적인 분위기 속에서 정말로 돌을 던질 거라곤 생각지 못했다.

이럴 줄 알았다면 하이바를 쓰는 건데 하는 때늦은 후회도 들었다. 난감한 상황이었다. 지금 인수가 당황한 표정을 짓거나 하면 주민들은 분명히 엘프디언을 우습게 알고 일제히 덤벼들 수도 있었다. 모여 있는 군중은 무서운 법이었다.

"한인수 병장님!"

"누구냐?"

포반원들도 돌팔매에 자극을 받은 것 같았다. 총을 들고 일제히 사격 자세를 취했다.

마을 사람들은 총의 위력을 아까 봐서 그런지 겁먹은 표정을 지으며 뒤로 물러서기 시작했다.

인수는 양쪽의 충돌은 일방적인 학살로 끝날 것임을 알았다. 변변한 무기조차 없는 사람들이었다.

"그만!"

인수의 고함에 모두 그를 쳐다보았다. 보지 않아도 이마에서 피가 흐른다는 것이 느껴졌다. 뺨을 타고 흐른 피가 턱에서 방울을 이루며 턱을 간질이고 있었다.

인수는 돌이 날아온 방향을 쳐다보자 사람들이 썰물 빠지듯이 인수의 시선을 피해서 옆으로 물러났다. 인수는 그 모습에 웃음이 나오려고 하는 걸 꾹 참았다. 혹시 자신에게 피해가 올까 봐 겁을 내며 물러서는 모습은 코미디의 한 장면 같았다.

인수는 사람들에 의해 만들어지는 모세의 기적을 보며 연단에서 가볍게 뛰어내렸다. 인수가 그쪽으로 다가갈수록 사람들은 긴장했고, 인수의 뒤를 엄호하듯 포반원들이 따르며 경계를 취했다. 이제는 모든 사람들이 방관자가 되어서 작은 반란을 일으킨 한 사람만이 남게 되었다. 그것은 망망대해의 외로운 섬 같은 모습이었다.

인수는 그 사람에게 다가가면서 어떤 식으로 대해야 사람들을 굴복시킬지 생각하고 있었는데, 놀랍게도 돌을 던진 사람은 남자가 아닌 여자였다. 그 여자는 케이트보다 어려 보였다. 하지만 케이트보다 예쁜 얼굴과 아름다운 파란 눈을 가지고 있었고, 지금 그녀의 파란 눈은 아름다움이 아닌 적의를 내뿜고 있었다. 인수에게 이런 반응을 보인다는 것은 오늘 죽은 누군가의 가족이라는 이야기였다. 여자는 주먹을 꼭 쥐고 인수의 눈을 피하지 않고 도전적인 눈빛을 보냈다.

여기서 인수가 어설프게 대응했다간 많은 피를 볼 수도 있었다. 인수는 이들을 압도할 방법을 생각해야 했다. 공포는 사람을 통제하는 가장 좋은 방법이었다. 그것은 인수가 군대 생활을 하면서 느낀, 단체를 통솔하는 가장 쉬운 방법이었다. 가끔은 부작용이 나기도 했지만 방법만 확실하다면 아주 효과적이었다.

인수는 여자의 발 앞에 멈추어 섰다. 그 여자는 키가 인수보다 한 뼘 정도 아래였는데 꼿꼿이 머리를 들고 인수와 눈싸움을 계속하고 있었다. 고집이 느껴졌다.

인수는 여자를 바라보며 이마의 상처를 손으로 만졌다. 이내 붉은 피를 눈으로 확인하며 손에 묻은 피를 천천히 핥았다.

"확실히 내 피는 맛이 없군. 너의 피는 어떨지 모르겠어."

인수가 생각해도 정말 느끼하고 재수없는 대사였다. 만화 같은 데서 자주 나오는, 아주 상투적으로 남을 도발하는 대사였다. 거기에 어디서 본 건 있어서 자신의 피를 핥는 변태의 이미지를 추가시켰다.

"우리 아버지를 살려내, 이 괴물아!"

여자는 그렇게 말하며 인수에게 달려들었다. 확실히 효과 만점이었다. 그래서 그런 재수없는 대사들이 만화와 소설에 난무하는지도 몰랐다. 사용해 보니 아주 실용적이었다. 이제 는 압도적인 힘의 차이를 느끼게 해주면 되는 것이다.

인수는 달려드는 여자의 목을 한 손으로 움켜잡았다. 여자 는 별다른 저항을 하지 못했다. 의욕적으로 달려들었지만 그 저 힘 약한 여자일 뿐이었다. 목을 잡히고도 여자의 눈빛은 빛을 잃지 않았다. 인수에게 쉽게 굴복할 것 같지가 않았다.

인수는 여자의 눈빛을 보며 최후의 방법을 쓰는 수밖에 없 었다. 여자의 목을 잡은 손에 힘을 주어서 천천히 들어올렸 다. 여자도 약간은 놀란 것 같았다. 약간의 기대감이 섞여 있 던 주민들도 인수의 힘과 폭력에 눈이 커졌다. 여자는 그렇게 무겁지 않았다. 여자의 가느다란 목이 인수의 손에 잡혀 있는 느낌은 설명하기 어려웠지만 좋은 느낌은 절대 아니었다. 여자의 목에서 살아 움직이는 생명의 기운이 느껴졌다.

여자는 숨이 막히는지 인수의 손을 풀어내려고 발버둥을 쳤다. 인수는 손을 쭉 뻗어서 들어올린 후 주변을 한 바퀴 돌아보았다. 주민들에게 공포감이 확산되고 있었다.

인수는 저항하던 여자의 손에 점점 힘이 빠지는 걸 느끼며 손을 까닥거려 경비병을 불렀다. 여자를 죽이고 싶은 마음은 절대 없었다. 경비병 둘이 다가오자 여자를 경비병에게 던졌다. 경비병들은 제대로 받지 못하고 셋이 한꺼번에 나동그라졌다. 여자는 경비병들 위에 엎어져 캑캑거리며 숨을 몰아쉬었다. 이 정도로 봐줄 생각은 없었다.

인수는 마무리 대사를 토해냈다.

"이 여자에게 오늘 밤 시중을 받겠다. 준비시키도록. 마음에 들지 않으면 너희들까지 죽여 버리겠다."

인수의 말에 경비병들의 얼굴이 사색이 되었다. 인수는 그 말을 하고 다시 연단으로 올라갔다. 적의를 품고 있던 눈들도 자신의 안위를 위해서는 못 본 척 고개를 돌렸다. 그것이 사람이다. 여자를 감싸주지는 못하고 혼자 죽으라고 내몰다니. 인수는 인간의 무서움을 다시 한 번 느꼈다. 연단 위에서 날카롭게 눈빛을 빛내자 마을 주민 누구도 인수와 눈을 마주치지 못했다.

“꿇어라.”

비열한 인간들이었다. 잘해주고 싶은 마음은 없었다. 자신은 이곳을 스쳐 지나가면 그뿐이다. 여자가 돌을 던졌을 때는 응원의 눈빛을 보냈다가 인수의 눈과 마주치면 제 한 몸 살피기에 급급해하는 인간들. 주민들은 잘 알아듣지 못했는지 머뭇거리기만 할 뿐 행동을 취하는 사람이 없었다.

“꿇어라!”

인수는 버럭 소리를 질렀다. 그때서야 앞줄에 있는 몇 명이 무릎을 꿇었다.

인수는 검을 뽑아 들었다. 그러자 호응을 하듯이 옆에 서 있던 포반원들도 검을 뽑아 들었다. 도미노처럼 사람들이 무릎을 꿇어 나갔다. 다섯 개의 검에 삼백 명의 사람들이 모두 무릎을 꿇었다. 더 이상 말을 하기도 귀찮았다. 자신이 굴복시킨 것이지만 굴복하는 사람들을 보는 기분은 유쾌하지 않았다.

“다 집어치우고, 여기 있는 시체 꼴이 되고 싶지 않으면 우리가 떠날 때까지 죽은 듯이 지내라. 지금부터 마을은 우리가 관리하겠다.”

인수는 그렇게 말하고 연단을 내려왔다. 역시 자신에게는 말로 사람을 휘어잡는 웅변가 같은 재주는 없었다. 신은 공평했다.

인수는 경비대 사무실에 들어와서 탁자 위에 누워버렸다. 피곤이 밀려오는 것 같았다. 포반원들도 별다른 말 없이 각자 자리를 잡았다. 피곤한 하루였다. 물론 한 녀석을 제외하고는.

"한인수 병장, 정말 그 여자랑 잘 거야?"

재수가 직설적으로 물어왔다.

"왜? 궁금해?"

인수는 별로 대답하고 싶지 않았다. 자신의 이마에 상처를 낸 그 여자가 괘씸하기도 하고, 그럴 수밖에 없는 그 여자가 불쌍하기도 했다. 인수라고 별다르지 않았을 것이다. 아니, 꼭 복수를 하고 말았을 것이다.

누구도 함부로 나서지 못할 때 여자는 인수에게 당당하게 돌을 던졌다. 그 당당함이 마음에 들었다. 하지만 그 상황에서 여자를 그냥 내버려 두었다면 상황을 통제하기는 더 힘들었을 것이다.

그렇다고 여자를 죽일 수도 없었다. 아무렇지 않게 여자를 죽일 만큼 인수는 아직 살인에 익숙해지지 않았다. 인수가 이마를 만져 보니 이미 피는 멈춘 것 같았다. 인수는 그냥 그 상황에서 뭔가 공포스럽고 야만적으로 보이고 싶었을 뿐이었다.

정말로 여자를 어떻게 하겠다는 생각은 없었다. 밤새 겁만 주다가 보내줄 생각이었다. 그 정도만 해도 여자는 이 마을에서 버티지 못할 것이다. 오늘 마을 사람들의 행동을 보니 여자는 분명 인수와 밤을 보내게 되면 배척당할 것이다. 아무일 없었다고 해도 믿어주지 않을 것이다. 그래도 죽는 것보다는 나을지도 모른다. 아직까지는 생명이 가장 귀중하다고 인수는 생각했다. 아니, 그렇게 믿었다.

"응, 궁금해."

재수는 호기심을 가득 담아서 대답했다.

"너무 많이 알려고 하지는 마라. 다친다."

인수는 오늘 한 일 중에 어느 것 하나 만족스러운 것이 없었다.

"알려줘."

재수는 끈덕지게 달라붙었다. 인수가 생각해 보니 애가 탈 것도 같았다. 누구나 여자를 원했지만 누구도 손에 넣지는 못했다. 그런데 오늘 당당히 인수가 여자를 강제로 취하겠다고 공표를 한 것이다. 평소에 인수가 말한 강제적으로는 절대로 안 된다는 법을 스스로 어긴 것이다.

인수가 생각을 해보니 잘못하면 큰일이 일어날 것 같았다. 위에서 모범을 보여야 아래도 따르는 것이다.

"아까는 분위기상 어쩔 수 없었다. 설마 내가 여자를 정말로 그러겠냐, 그냥 해본 소리지."

2

양념이 들어간 닭고기 요리는 정말 눈물이 나올 정도로 맛있었다. 이렇게 음식다운 음식을 먹어본 것이 언제던가? 인수는 배가 터지도록 먹고 느긋하게 침대에 누워 있었다.

2층의 방은 깔끔했다. 작은 마을이었지만 병사에 대한 대우가 어느 정도인지 알 수 있었다. 방은 평범한 침대와 옷장, 작은 탁자로 이루어져 인수의 눈을 호강시켜 주지는 않았지만 이런 지붕이 있는 건물에서 잠을 잔다는 사실만으로도 기뻤다. 오늘이 이곳에 와서 누리는 최고의 호사스러운 밤이었다.

인수는 옷을 벗을 생각도 안 하고 한껏 포만감을 느끼며 침대에 누워 있었다. 배가 부르면 눕고 싶다는 말이 괜히 나온 말은 아니었다. 눈이 사르르 감기며 막 잠이 들려는 찰나, 방문을 두들기는 소리가 들렸다.

인수는 침대에서 몸을 일으켰다.

"누구냐?"

인수는 재수가 온 줄 알았다. 인수를 방해할 만한 인물은 재수밖에 없었다.

"한님, 레온입니다."

경비병이었다. 경비병들은 이미 인수에게 충성을 맹세했다. 옛말에 구관이 명관이라고, 마을 사람들을 상대할 때도 직접 나서는 것보다는 여러모로 편할 것 같아서 충성의 맹세를 받고 그들의 지위를 보장해 주었다. 더군다나 경비병들은 인수와 일행이 엘프디언이라고 철석같이 믿고 있었다.

"들어와."

인수의 말이 끝나기가 무섭게 문이 열리고 경비병이 여자를 앞세우고 들어왔다. 인수의 이마에 돌을 던진 여자였다.

그녀는 약간은 색이 바랜 푸른색 드레스를 입고 있었다. 드레스는 그렇게 비싸 보이지는 않았지만 가슴 부분이 굉장히 강조되어 있었다. 인수의 시선이 자연스럽게 가슴으로 몰렸다. 얼굴은 화장을 시켰는데 그것이 더 어색했다. 특히 새빨간 입술은 어른들이 흔히 말하는 쥐 잡아 먹은 입술 같았다. 오히려 맨얼굴이 훨씬 아름답게 느껴졌다. 산발이던 갈색 머리는 단정하게 빗겨져서 빨간 리본으로 묶여져 있었다.

옥에 티가 있다면 검게 변해 있는 그녀의 목이었다. 여자의 목 부분을 보면서 인수는 기분이 좋지 않았다. 인수의 손에 의해 만들어진 멍이었다. 하지만 이런 모든 상황 속에서도 여자의 눈빛은 변하지 않고 인수에게 적의를 내뿜고 있었다.

그녀의 모습을 인수는 이 말로 간단히 정리할 수 있었다.

'그녀는 예뻤다.'

"말씀하신 대로 여자를 데려왔습니다."

"반항은 하지 않던가?"

인수는 레온의 말을 들으며 다른 말을 할 수가 없었다. 인수가 명령하기는 했지만 정말 꽃단장을 해서 데려올 줄은 몰랐다. 그들은 명령에 아주 충실했다.

"예, 약간 반항을 해서 손을 묶었습니다. 죄송합니다."

"수고했다. 내 오늘 일은 잊지 않겠다."

레온의 공손한 말투에 오히려 인수가 미안한 마음이 들었다.

“예, 한님.”

대답을 하는 경비병의 얼굴이 밝아졌다. 아무래도 인수가 여자를 마음에 들어 한다고 판단한 모양이었다.

경비병들이 나가고 인수는 여자를 차분히 쳐다보며 그녀의 아름다움을 만끽했다. 케이트보다는 예쁘다고 자신있게 말할 수 있었다. 인수가 그녀에 대해 아는 것은 거의 없었다. 이름조차 알지 못했다. 밤을 같이 보낼 사이에 이름도 몰라서는 말이 되지 않았다. 인수는 떨리는 마음을 진정시키며 여자에게 이름을 물었다.

“이름이 뭐냐?”

인수는 그녀를 잘 대해주고 싶었다. 그러나 생각과는 다르게 성의없는 말투였다. 아까는 그녀가 다 된 밥에 코를 빠뜨리려 했기에 그런 식으로 지독하게 대했지만 지금은 인수의 의지와는 다르게 말이 나왔다.

“너 따위에게 알려줄 이름은 없다.”

여자의 말에는 가시가 돋쳐 있었다.

인수는 자신의 말투를 탓했다.

“난 인수다. 성은 한이고.”

인수의 소개에도 여자는 별다른 반응을 보이지 않았다. 당당한 모습에 놀려주고 싶은 마음이 들었다.

“무슨 일을 하러 온 줄은 알겠지?”

냉기가 흐르던 여자의 얼굴이 벌겋게 상기되었다.

인수는 이제부터 본격적으로 여자를 놀려줄 생각이었다. 벌떡 일어나서 여자에게 다가갔다. 여자는 인수가 다가가자 뒷걸음질을 쳤다. 인수는 토끼를 몰 듯 여자를 구석으로 몰았다. 여자는 구석에 몰리고 나서야 사태의 심각성을 깨달았는지 아름다운 파란 눈으로 눈물을 뚝뚝 흘렸다. 인수는 여자의 눈물을 보자 놀려주고 싶은 마음이 싹 달아났다. 역시나 여자 앞에서 악역을 연기하는 것은 자신이 없었다.

인수는 여자를 번쩍 들어올렸다. 여자는 발버둥을 치거나 해서 인수를 곤란하게 하지는 않았다. 그렇다고 포기한 것 같지는 않았다. 여자의 눈빛이 그 증거였다. 무협지 식으로 표현하자면 눈빛만으로도 사람을 죽일 수 있는 그런 눈빛이었다.

인수는 여자를 침대에 눕히고 묶여 있는 손을 풀어주었다. 인수가 손을 풀어주었지만 여자는 달려들지 않았다. 여자가 반항을 할까 봐 긴장을 하고 있던 인수는 조금은 안심했다. 여자가 대담하기는 해도 함부로 허튼짓을 하지는 않을 것 같았다. 오히려 인수의 행동에 놀랐는지 여자의 눈빛이 약간 흔들렸다.

"조용히 자라."

결국 편안한 침대를 양보한 인수는 방구석에 있는 군장에서 침낭과 모포를 꺼냈다. 나무 바닥에 모포를 깔고 침낭을 폈다. 간만에 침대에서 편안하게 좋은 냄새를 맡으며 자나 했더니 틀려 버린 것이다.

여자는 인수의 모습을 조용히 쳐다보고 있었다.

인수는 뒤통수가 가려웠지만 말을 하지는 않았다. 인수가 잠자리를 만들고 전투화를 벗자 향기롭지 못한 냄새가 코를 찔러 머리가 아플 지경이었다. 아무래도 발을 씻어야 잠이 올 것 같았다. 여자도 냄새를 맡았는지 아름다운 얼굴이 찡그려지고 있었다. 인수는 부끄러움에 얼굴이 달아올랐다.

"난 씻고 올 테니 이상한 짓은 하지 마. 경험해 봐서 알겠지만 난 성격이 그리 좋은 편이 아니니까."

인수는 협박 비슷하게 말을 하고는 재빨리 밖으로 나왔다. 역시 여자랑 같이 한방에 있는 것은 긴장되는 일이었다.

인수가 계단의 삐걱거리는 비명을 들으며 1층으로 내려가자 도신이와 상식이가 식탁에 앉아 있다가 급히 일어났다.

"안 잤냐?"

"예."

도신이의 대답을 들으며 인수가 식탁 위를 보자 술병 비슷한 것이 놓여 있었다. 술 냄새도 나는 것 같았다.

"그거 술이냐?"

인수의 물음에 도신이의 안색이 변했다.

"예, 그렇습니다."

인수가 생각하지 못한 것을 후임병들은 이미 생각하고 있었던 것이다. 술이라니? 군대 생활 중에도 아주 가끔 맛을 볼 수 있는 물건이다.

"적당히 마셔라. 실수하면 가만두지 않겠다. 그리고 임마,
내 것도 한 병 챙겨놔."

이 정도만 해도 알아서 자제할 거라고 인수는 생각했다. 과
도한 공격은 좋지 않았다. 탄력적으로 이끌어야 불만을 최소
화할 수 있는 법이다.

'가끔 이렇게 풀어주는 것도 괜찮겠지.'

"예, 알겠습니다. 그런데 그 아가씨, 어떻게 하실 겁니까?"

도신이의 역공을 들으며 인수는 속으로 '젠장'을 외쳤다.
아무래도 경비병이 여자를 데리고 올라가는 것을 본 모양이
다.

"나, 못 믿냐?"

인수는 장난스럽게 이야기했다. 심각하게 이야기해도 믿
어줄 것 같지는 않았다.

"예, 못 믿습니다."

도신이는 기다렸다는 듯이 이를 드러내며 즉각 대답했다.

"못 믿으면 말고. 신경 꺼라. 내가 너희들보다 장가를 먼저
가지는 않을 거니까."

후임병에게 일일이 변명하기도 귀찮았다. 인수는 여자 문
제만큼은 하늘을 우러러 한 점 부끄러움이 없었다.

인수는 대충 발을 씻은 후에 도신이가 내미는 쟁반을 들고
2층으로 올라갔다. 방문을 열며 혹시나 여자가 덤비지는 않
을까 걱정했지만 여자는 얌전히 침대 위에 앉아 있었다. 인수

는 쟁반을 탁자에 내려놓고 여자를 볼 수 있는 자리에 앉았다. 술병의 마개를 열자 진한 술 냄새가 방 안에 퍼졌다. 냄새가 퍼지는 것을 보니 제법 독한 술인 것 같았다. 정말 오랜만에 맡아보는 알코올 냄새가 인수를 몸서리치게 만들었다. 인수는 컵에 가득 따라서 눈을 감고 천천히 음미하며 마셨다. 아주 가끔 맛보던 양주와 비슷했다. 알코올 도수도 높았다.

"카아!"

인수의 입에서 자연스럽게 소리가 나왔다. 비록 평소 즐기던 소주는 아니었지만 이 한 잔을 마시기 위해 2년을 고생했다. 인수는 괜히 눈물이 나왔다. 이런 날이 올 줄은 몰랐다. 한 잔에 벌써 취한 것 같기도 했다. 인수는 다시 한 잔을 따랐다.

"당신이 우리 아버지를 죽인 것이 맞나요?"

여자의 목소리는 많이 누그러져 있었다. 간절함 같은 것도 서려 있었다.

"글쎄? 내가 죽인 게 맞겠지."

인수는 부인하지 않았다.

총에 맞았든 그렇지 않든 오늘 죽은 사람들은 전부 자신이 죽인 것이다. 인수는 비겁한 자만이 회피하는 것이라고 생각했다. 그러니 사실을 받아들이고 더욱 열심히 살아야 한다고 마음속으로 맹세했다. 이것은 인수가 짊어질 업이었다.

"알고 싶어요."

여자는 차분한 목소리로 정확한 대답을 요구했다.

"내가 죽였어. 됐냐?"

인수는 다시 여자의 추궁을 받자 목이 탔다. 죄를 인정하는 것은 무척 힘든 일이라는 것을 알았다. 이미 생각은 어느 정도 정리가 되었지만 여자의 직설적인 물음에 담담할 수는 없었다.

인수는 다시 술을 한 모금 마셨다. 인수의 눈에 비친 여자의 눈이 슬프게 보였다.

"그런 눈으로 쳐다보지 마. 누군 마음이 편한 줄 아냐? 난 내가 살기 위해 죽였을 뿐이야. 억울하다면 너도 날 죽여."

인수는 말을 하며 눈물이 날 것 같았다.

"억울하냐고요? 그래요. 억울해요. 그러니 당신도 죽어요."

여자는 울먹이며 이불 속에서 총을 꺼냈다. 어쩐지 방 안에 들어왔을 때 뭔가 변한 것 같았는데 총이 안 보였던 것이다. 그런데 여자가 총을 잡고 있는 모습이 가관이었다. 어떻게 저렇게 힘들게 들고 있는 것일까.

여자는 총을 반대로 들고 있었다.

"하하하!"

인수는 사태의 심각성을 망각하고 웃을 수밖에 없었다.

"왜 웃죠? 이 마법 무기로 당신을 똑같이 죽이고 말 거예요."

여자는 인수가 자신을 비웃는다고 생각했는지 눈빛이 더욱 사나워졌다.

"너, 사람을 죽인다는 것이 어떤 건지 알고나 하는 소리냐?"

인수는 살인을 쉽게 말하는 여자에게 화가 났다. 원한에 의한 살인이라 할지라도 사람이 사람을 죽이는 것이 쉬운 일인가. 손에 피를 묻혀보지 않은 자는 감히 그 무게를 말하지 못할 것이다.

"그런 소리 한다고 당신을 죽이지 못할 거라고 생각하는 건가요?"

여자는 인수가 단순히 공격 못하게 하려고 내뱉는 말로 들은 것 같았다.

인수는 여자의 오해에 화가 났다. 인수의 말뜻을 정확히 알아듣지 못한 것은 여자의 잘못이 아니었다. 하지만 여자가 인수를 이해해 주기를 바라는 마음이 하나도 없었다고 자신있게 말할 수는 없었다. 인수는 여자에게 면죄부를 원했는지도 몰랐다.

"죽일 수 있다면 죽여봐라. 너도 사람을 죽이고 평생 그 고통을 느끼며 살아라."

인수는 술을 들이켰다. 빌어먹을 여자였다. 여자는 총을 쏘려고 했지만 거꾸로 쥔 상태에서 총이 발사될 리 없었다.

인수는 벌떡 일어나서 여자에게 다가갔다. 그리고 거칠게 여자의 손에 쥐어진 총을 뺏었다.

"쓸 줄 모르는 무기는 독이다."

여자는 인수의 말을 들으며 다시 울음을 터뜨렸다. 원한에 사무쳐도 여자는 여자일 뿐이었다. 인수는 어찌할 바를 몰랐다.

여자의 눈물이 인수에게는 가장 무서운 무기였다.

3

"한인수 병장님, 기상하십시오."

인수는 자신을 부르는 소리에 반사적으로 눈을 떴다. 역시 습관은 무서운 것이다. 어느새 해가 떴는지 방 안이 밝았다. 그리고 인수를 내려다보는 네 쌍의 다정한 눈을 볼 수 있었다.

"뭐냐?"

네 쌍의 반짝이는 눈은 아름답기보다는 살풍경했기에 인수는 퉁명스럽게 말이 나왔다. 인수는 왜 아침부터 방에 몰려와서 이러나 했다. 혹시 하는 생각이 들었다.

'케이트가 죽은 것인가?'

인수는 걱정이 되었다. 어제 저녁을 먹으면서 무슨 일이 생기면 즉시 알려달라고 부탁했었다.

"한인수 병장, 이럴 수 있어?"

재수가 추궁하는 눈빛을 보내며 인수에게 말했다. 다행히 케이트 이야기는 아닌 것 같았다.

"내가 뭘? 이 자식이 요새 걸핏하면 시비네?"

인수는 눈곱을 떼다가 재수의 말에 어이가 없었다. 뭘 어떻게 했다고 지금 이러는 것인가? 갑자기 머리가 깨질 듯이 아팠다. 아마도 숙취 때문에 그런 것 같았다. 혹시 술 마신 것 가지고 그러나 하는 생각이 들었다. 그런데 그게 아닌 것 같았다.

인수는 재수의 시선을 따라서 고개를 돌리다 깜짝 놀랐다. 침대에 자신만 누워 있는 것이 아니라 바로 옆에서 여자가 새근거리며 자고 있었다. 인수는 어떻게 된 상황인지 이제야 이해가 갔다. 아침에 자신을 깨우러 온 누군가가 침대에 같이 누워 있는 것을 발견하고 모두를 불러온 것이다. 인수는 어제 일을 생각해 보았다. 분명히 여자에게서 총을 뺏은 다음 우는 여자를 달래며 같이 술을 먹었다. 술이 들어가고 분위기가 달아오르며 이런저런 이야기를 한 것 같았다. 그러나 뒷부분은 잘 생각이 나지 않았다.

인수는 여자의 상태를 자세히 관찰했다. 여자는 과음을 했는지 이런 소동에도 일어나지 않았다. 관찰이 헛되지 않았는지 인수는 결국 희망을 발견했다.

"옷 입고 있는 거 안 보여? 난 손가락 하나 건드리지 않았어."

인수는 억울한 표정을 지으며 말했다. 여자는 푸른색 드레스를 입은 채 자고 있었다.

"음, 과연."

인수의 뛰어난 표정 연기에 상식이가 턱을 매만지며 긍정을 표했다. 인수는 속으로 안도의 숨을 내쉬었다. 잘못했으면 명예가 실추될 뻔했다. 그것이 여자의 명예인지 인수의 명예인지, 아니면 둘 다인지는 확실하지 않지만.

"속단하긴 이르지 않을까?"

도신이가 딴지를 걸었다. 인수는 도신이에게 눈을 부라리며 인상을 썼다. 그러나 도신이는 아주 담담하게 인수의 얼굴을 마주 대했다. 인수는 그 얼굴을 보며 주먹에 힘이 들어갔다. 어젯밤부터 도신이의 얼굴이 약간은 재수없게 보이고 있었다.

"뭐가?"

도신이의 말에 상식이가 의문을 표시했다.

인수는 둘의 행동을 보며 고등학교 때 즐겨보던 X파일이 생각났다. 그리고 머릿속으로 스컬리와 멀더의 모습을 도신이와 상식이의 모습으로 바꾸어 상상을 하고 말았다. 이 순간 그런 상상을 하고 있는 자신이 끔찍했다.

"그럼 한인수 병장님은 왜 옷을 벗고 있는 건지 네가 나한테 자세히 설명해 봐."

도신이는 인수의 하체를 가리키며 말했다.

도신이의 손가락을 따라 인수가 아래를 내려다보니 다행

히 국방색 팬티가 보였다. 다 벗은 것은 아니었지만 사도신의
지적은 무척이나 예리했다. 주위를 둘러보니 바닥에 어지럽
게 군복과 무기들이 널려 있었다. 아무리 술을 마셨다지만 어
제 너무 방심한 것 같았다. 이건 인수에게 절대적으로 불리한
증거였다. 유리한 증거를 찾아야 했다.

"그건 또 그러네."

상식이의 긍정하는 소리를 들으며 인수는 난감해졌다. 줏
대없는 놈이라고 속으로 상식이를 욕했다.

"정말 아무 일도 없었다."

인수는 정색을 했다.

"믿어주고는 싶은데 냄새가 소록소록 나잖아."

재수가 코를 막으며 말했다.

"냄새는 무슨 냄새가 나?"

표정으로는 절대 결백이 증명되지 않는다는 것을 인수는
알았다.

인수는 갑자기 여자가 열여섯 살이라고 말했던 것이 생각
났다.

"아무려면 내가 열여섯 살짜리를 그러겠나?"

"엥? 이 여자, 열여섯 살이었습니까?"

도신이는 무척이나 놀란 것 같았다.

"짐승이네, 짐승."

상식이는 이렇게 인수를 평가했다.

"실망입니다, 한인수 병장님."

상태는 우울한 표정을 지으며 말했다.

"좋았어?"

재수가 마지막으로 인수의 가슴에 비수를 꽂았다.

네 가지의 반응을 보며 인수는 말을 잘못했다는 것을 알았다. 스스로 무덤을 판 격이었다. 왜 갑자기 여자의 나이가 생각난 것일까? 어디 이 녀석들이 상식이 통하는 녀석들이었던가? 먹이를 발견한 하이에나처럼 인수에게 달려들었다. 인수는 순식간에 인간 말종에 짐승이 되었다. 아무리 머리를 쥐어짜도 이 난국을 타개할 방법이 생각나지 않았다. 그때,

"꺄아아악!"

여자가 눈을 뜨며 소리를 질렀다. 케이트의 비명에 버금가는 소리였다.

"형수님 깼다. 튀어!"

네 명이 우르르 방 밖으로 도망을 갔다.

인수는 기뻐해야 할지 슬퍼해야 할지 감이 잡히지 않았다. 결국 여자 덕분에 난국을 해결했다. 인수는 어제의 기억이 조금씩 생각나기 시작했다. 여자의 이름은 제이미였다. 어머니는 돌아가셨고, 아버지와 단둘이 살고 있었다고 했다. 어제까지 제이미의 아버지는 경비병이었다. 그리고 어제 인수가 제이미를 영원히 고아로 만들어 버렸다.

인수는 같은 침대에 누워 있기가 부담스러워서 침대에서

일어섰다. 그리고 그것과 동시에 제이미가 다시 소리를 질렀다.

"조용히 해라. 나도 내 엉덩이 예쁜 건 아니까."

인수는 바지를 주워 입으며 말했다. 효과가 있었는지 제이미는 금방 조용해졌다. 제이미는 인수가 옷을 다 입고 무기를 착용할 때까지 말이 없다가 결국 입을 열었다.

"저기요……."

제이미의 목소리는 아주 작았다.

인수는 그 말을 들었는지, 아니면 듣지 못했는지 문 밖으로 나서며 말했다.

"어제의 약속은 잊지 않았다."

인수가 제일 먼저 시작한 일은 케이트의 상태를 살펴보는 것이었다. 케이트의 상태는 나아진 것이 없었다. 혼수상태는 아닌지 밤에 잠깐 정신이 들었다고 하녀가 말했다. 민간요법을 사용해서 치료했다고 하는데 차도가 있어 보이지는 않았다. 인수는 어제 마시던 술을 가져다 케이트의 상처를 소독하고 깨끗한 천으로 상처를 싸맸다. 생각해 보면 인수가 신경쓰지 못한 것이 무척 많았다. 술의 존재를 왜 생각해 내지 못했는지 이해가 가지 않았다. 어쨌든 케이트의 상태는 치료사가 와야 정확히 알 수 있을 것 같았다.

인수는 간단히 아침 점호를 취했다. 그냥 넘어가기에는 뭔가 아쉬웠다. 물론 인수가 아침에 있었던 소동에 대해 복수를 하고자 그런 것은 절대 아니었다. 구보를 마치고 가볍게 검을 휘두르는 것으로 점호는 끝이 났다. 시원해진 날씨에도 불구하고 모두들 온몸이 땀으로 범벅이 되어 있었다.

늦은 아침을 먹는 식탁의 분위기는 가라앉아 있었다. 왜냐하면 식탁에 제이미가 앉아 있었기 때문이다. 평소와 다르게 모두 말 한마디 없었고, 귀에 들리는 소리는 숟가락 움직이는 소리와 음식물 씹는 소리가 전부였다. 모르는 사람이 본다면 식사 예절을 제대로 배웠다고 할 것 같았다. 하지만 그런 분위기는 오래가지 않았다.

"형수님, 이것 좀 더 드시겠습니까?"

상태가 자신의 앞에 놓여 있던 빵을 더 먹으라며 제이미에게 내밀었다. 상태의 행동은 특별히 문제될 것은 없었다. 하지만 말이 문제였다. '형수님', 이 단어가 문제였다.

"뭐 하는 거냐?"

인수는 상태의 형수님 소리에 입에 있던 수프를 뱉을 뻔했다. 다시 머리가 아파오기 시작했다. 아침에 있었던 해명에도 불구하고 믿지 않는 것 같았다. 거기다 상태는 평소와 다르게 당당하게 인수의 눈을 마주 봤다.

"왜 그래, 좋으면서? 우리끼리는 형수님이라고 부르기로 이미 합의 봤어. 나이도 한인수 병장이 우리보다 훨씬 많잖아?"

재수가 능글맞게 웃으며 말했다.

제이미의 얼굴이 잘 익은 홍시처럼 변했다.

"너희들끼리 배 터지게 먹어라."

인수는 기분이 나쁜 척 말을 하며 소화나 시킬 겸 자리에서 일어났다. 당분간은 계속 괴롭힘을 당할 것 같았다. 어쨌든 인수가 자초한 일이었다.

아침에 땀을 흘렸는 데도 불구하고 오랜만에 느끼는 편안함에 몸이 거부 반응을 일으키고 있었다. 인수는 목이 뻐근해서 목운동을 하며 문 밖에 나섰다가 멀리 언덕을 내려오는 물체를 보았다. 그 물체는 말을 탄 병사들이었다. 수는 정확히 알 수 없지만 언덕을 넘어서 계속 내려오고 있었다. 인수가 반대편을 보니 반대편에서도 똑같이 말을 탄 병사들이 내려오는 모습이 보였다. 인수는 뭔가 일이 꼬이는 것을 알았다. 이미 마을은 포위된 것이다. 인수는 급히 건물로 뛰어 들어갔다.

"전투 준비! 전투 준비!"

인수의 외침에 다들 자리를 박차고 일어나 무기를 챙겼다.

인수는 재빨리 무기를 점검했다. 지금 인수가 본 광경은 무척 위험했다. 말을 탄 기마병이었다. 뛰어서는 절대 도망갈 수 없었다.

"무슨 일이야, 한인수 병장?"

재수가 무기를 점검하며 말했다.

"기마병이다. 수는 알 수 없지만 이미 마을이 포위됐다."

인수는 다급하게 말하며 인원을 살폈다. 경비병 둘은 마을 사람들이 마을 밖으로 나가지 못하도록 마을 주위에 순찰을 보냈다. 현재 전투 인원은 다섯 명이 다였다. 더구나 경비병들이 다시 적으로 돌변할 수도 있었다. 저들이 적인지 아군인지 아직은 확실히 알 수 없지만 마을을 포위했다는 것 자체가 이미 마을을 적으로 간주한 것이라 생각했다. 일단 피하는 것이 상책이었다.

"각자 군장을 챙겨서 다시 집합한다! 시간은 일 분 주겠다!"

우당탕거리며 다들 2층으로 뛰어 올라갔다. 인수도 재빨리 2층 방으로 올라갔다. 다행스럽게도 모포와 침낭은 군장에 결속되어 있었다. 군장을 들고 가기에는 너무나 시간이 없었고, 행동에 많은 제약을 줄 것 같았다. 인수는 주방 옆에 있는 창고에 군장을 던져 넣었다.

"빨리 여기에 군장을 던져!"

인수는 군장을 받아서 안으로 계속 던져 넣었다. 그곳은 음식 창고라 밀 포대와 여러 가지 음식물이 많이 쌓여 있었다. 인수는 밀 포대로 군장을 덮고, 그것도 안심이 안 되어서 식량 창고를 엉망으로 만들었다. 운이 좋다면 이미 이곳을 뒤졌다고 생각할 것이다.

"일단 뒷문으로 빠져나가서 적을 살핀다!"

인수의 명령에 일사불란하게 뒷문으로 뛰어갔다. 말발굽

소리와 비명이 들려온 것은 거의 동시였다. 인수는 누군가의 비명 소리에 이들이 적이라는 것을 확신했다. 숨을 곳을 찾아야만 했다. 다섯 명으로는 절대 상대할 수가 없었다. 적은 너무 많았다.

4

"들어가!"

인수는 낮게 으르렁거렸다. 한시가 급한 마당에 찬밥 더운밥 가릴 것이 없었다.

"한인수 병장님, 여기는 절대 안 됩니다. 다른 곳은 안 되겠습니까?"

도신이가 인수에게 간청하듯 말했다. 고함 소리와 비명 소리, 말울음 소리 등 온갖 소리가 난무하고 있었다.

"빨리 들어가!"

인수는 도신이를 잡아서 강제로 집어넣었다.

"살려주십시오."

도신이가 구멍에 빠지면서 말했다.

"누가 죽인대냐? 넘어지면 너만 손해다. 향기라고 생각해."

인수는 팔을 걸쳐서 버티는 도신이의 머리를 지그시 밟았다. 도신이는 더 이상 버티지 못하고 구멍 아래로 들어갔다. 들어가면서 시끄러운 소리는 나지 않았다.

"조용히 하고 내 말 잘 들어. 꾸물대지 말고 빨리 들어가라. 너희들 귀에는 저 소리가 안 들려?"

비명 소리와 고함 소리가 점점 가까이에서 들리고 있었다.

"그래도 여기는……."

재수도 난색을 표했다.

"그러니까 제일 안전한 곳이야. 생각해 봐. 너 같으면 여기를 뒤져 보고 싶겠냐?"

"절대 못 뒤져. 아니, 안 뒤져."

재수는 대답을 하며 진저리를 쳤다.

"그래, 사람이면 누구나 다 그렇게 생각한다."

인수는 그렇게 말하면서도 걱정이 되었다. 그저 남한테 들었던 이야기를 흉내 내는 것에 불과했다.

예전에 파견을 갔다가 특공대 애들을 만난 적이 있었는데, 이런 곳에 숨어 있다가 작전을 성공했다는 침 튀기는 무용담을 들었다. 물론 피부병으로 고생을 했다는 깔끔한 마무리로 사실성을 높여주었다. 그때는 그냥 흔히 듣는 군대 이야기 정도로 생각했는데 오늘 드디어 그것을 시험할 기회가 생겼다. 그렇다고 인수가 그 특공대원의 말을 철석같이 믿는 것은 아니었다. 단지 더러운 곳은 일단 피하는 인간의 본성을 믿어볼 뿐이었다.

"도신아, 깊으냐?"

인수는 구멍에 몸을 숙이고 말했다. 막대기로 찔러보기는 했지만 실제로 얼마나 깊은지는 알 수가 없었다.

“무릎밖에 오지 않습니다.”

인수는 도신이의 대답을 들으며 불행 중 다행이라고 생각했다.

“자자, 다음 빨리 들어가. 이것들이 하는 짓들을 보니까 여기도 안전하다고 장담할 수가 없다.”

인수는 마음이 급했다. 제일 안전하다고 생각하는 곳에 숨기는 하지만 정말 목숨이 걸린 일이 아니라면 이런 곳에 숨기는 싫었다. 인수는 상식이를 잡아서 구멍으로 밀어 넣었다. 상식이는 반항하지 않고 밑에 있는 도신이의 도움을 받으며 구멍으로 들어갔다. 인수는 상식이의 총을 내려주며 상태를 쳐다보았다. 곧 상태는 말없이 구멍으로 몸을 집어넣었다. 이제 위에는 쾌적해졌다. 좁은 공간에 모여 있던 여섯 명의 사람이 이제는 반으로 줄어서 여유가 있었다. 인수는 제이미를 쳐다봤다. 인수의 눈빛을 받자 제이미가 몸을 떨며 뒷걸음질 쳤다. 인수는 밖으로 나가려는 제이미의 팔을 낚아채며 붙잡았다.

“조용히 해. 언젠가는 오늘 일을 나에게 감사하게 될 거다.”

인수는 제이미의 귀에 속삭였다.

“제발!”

제이미는 간절하게 애원했다. 눈에는 눈물이 그렁그렁했다.

"울어도 지금은 소용없다. 솔직히 너를 집어넣고 싶은 생각은 없지만 혹시라도 네가 사로잡혀서 우리가 숨은 곳을 말하게 된다면 어떻게 될까?"

인수는 대충 생각나는 대로 이유를 붙였다.

"절대 말하지 않을게요."

"됐네요, 이 아가씨야."

인수는 제이미의 몸을 들어서 천천히 구멍으로 밀어 넣었다. 제이미는 소리를 지르지는 않았다. 팔로 약간 반항을 하기는 했지만 인수의 힘을 당할 수는 없었다.

"숙녀 한 분 내려가니 좋은 자리 하나 만들어라."

인수는 긴장을 풀기 위해 농담을 했다.

"걱정 마십시오, 한인수 병장님. 형수님은 좋은 자리로 모시겠습니다."

밑에서 도신이가 제이미의 다리를 잡으며 인수의 농담에 호응했다. 이미 밑에서 적응을 한 것 같았다. 엄청난 적응력이었다.

"이런, 젠장. 케이트!"

재수는 이제야 케이트가 생각난 것 같았다.

"잊어라!"

인수는 딱 잘라서 말했다. 어차피 지금 나가봐야 좋은 꼴 보기는 글렀다. 비명 소리가 난무하는 걸로 봐서 무차별적으로 살육이 자행되고 있을 것이다.

“안 돼. 그럴 수는 없어.”

인수는 문으로 뛰쳐나가려는 재수를 붙잡았다.

“잘 들어. 너 하나 때문에 밑에 있는 놈들 다 죽일 거냐?”

인수는 낮지만 조용하게 재수를 타일렀다.

“한 병장, 하지만 케이트가……. 저기…….”

인수는 울먹거리는 재수를 다독였다.

“네 마음 다 알아. 일단은 숨자. 난 케이트도 중요하지만 네가 더 중요하다.”

인수는 재수의 몸을 잡고 구멍으로 집어넣었다. 재수는 포기했는지 순순히 들어갔다. 인수는 재수의 눈에 흘러내리는 눈물을 보면서 아무 말도 할 수가 없었다. 그저 이를 악물었다. 인수라고 마음이 편한 것은 아니었다.

재수의 총을 내려주고 인수는 자신의 총을 밑으로 내려보냈다. 그때 아주 가까운 곳에서 비명 소리가 들렸다.

인수가 엉성한 문틈으로 밖을 내다보니 갑옷을 입은 병사가 여자의 머리를 잡고 끌고 가고 있었다. 자세히 보니 경비대의 식사를 맡아서 해주던 헤스라는 여자였다. 음식 솜씨가 좋아서 인수가 눈여겨봤던 여자였다. 어제저녁에 헤스가 해준 식사는 눈물이 나올 정도로 맛있었다. 헤스는 소리를 지르며 발버둥쳤지만 우악스러운 병사의 손길에 계속 끌려가고 있었다. 그 모습에 인수의 주먹에 힘이 들어갔다.

잠시 머릿속으로 갈등이 스쳤다. 여기서 나가면 저 여자는 구할 수 있지만 자신은 물론 밑에 있는 동료들도 위험해진다. 어쩔 수 없는 일이라고 자신에게 최면을 걸며, 그렇게 헤스가 끌려가는 모습을 인수는 보고만 있었다.

밑에서 작게 인수를 부르는 소리가 들렸다.

"한인수 병장님!"

"쉿, 조용히 해라."

인수는 밑에다 그렇게 말하고 다시 밖을 보았다.

"엄마!"

꼬마 아이가 병사에게 달려들고 있었다. 병사는 달려드는 아이를 발로 걷어찼다. 어찌나 세게 걷어찼는지 아이는 비명을 지르며 뒤로 쓰러졌다. 쓰러진 아이는 움직이지 않았다.

"조오오오!"

헤스는 비명을 지르며 아이에게 가기 위해 몸부림을 쳤다. 병사는 그런 헤스를 몇 번 더 걷어찼지만 헤스가 더욱 격렬히 반항하자 가차없이 검으로 헤스의 목을 내려쳤다. 헤스의 움직임이 그대로 멈추었다. 인수는 눈을 부릅뜨며 입술을 깨물었다. 병사는 헤스의 피가 묻은 검으로 바닥에 누워서 움직이지 않는 아이의 가슴을 찔렀다. 그리고는 발로 아이의 몸을 밟고 검을 뽑아서 공중에 휘두르며 피를 떨어냈다. 눈 깜짝할 새에 그렇게 두 생명이 사라졌다.

인수는 막연하게 비명 소리로 살육이 자행되고 있을 거라고 짐작은 했지만 직접 눈으로 보니 정말 끔찍하고 무자비했다. 이들과는 아무 관계도 아니었지만 무차별한 살인에 피가 끓어올랐다.

"카아악, 퉤!"

병사는 아이의 시체에 침을 뱉었다.

인수는 병사의 입을 뭉개 버리고 싶었다. 인수의 손이 허리춤에 있는 검의 손잡이를 잡았다가 다시 놓았다. 혼자 흥분해서 날뛰게 되면 다른 사람들의 목숨까지 위험하게 만드는 것이다. 무슨 일이 있어도 참아야 했다.

"빌어먹을!"

병사는 그렇게 말하며 아이의 시체를 걷어찼다. 마치 누군가 보고 있으면 분노에 몸을 떨면서 나오라고 하는 행동 같았다. 하지만 숨어서 모든 것을 지켜보고 있던 인수는 결국 뛰쳐나갈 수가 없었다. 아이의 원수는 갚을 수 있겠지만 그 다음 벌어질 일에 대해서는 감당할 수 없었다. 인수는 비겁해질 수밖에 없었다.

"미안하다."

인수는 아주 작게 속삭인 후에 문에서 눈을 뗐다. 입 안에서 피 맛이 느껴졌다. 입술이 터진 것 같았다. 인수가 할 수 있는 일은 아무것도 없었다. 겨우 입술을 악무는 정도였다. 지금 인수의 역할은 비겁한 방관자였다.

온갖 소음이 중구난방으로 들려왔다. 수색 범위가 넓어지는 것 같았다. 인수는 구멍으로 몸을 집어넣었다. 거부감이 느껴지지는 않았다. 더럽다고 생각하지만 군대 생활을 하면서 이와 비슷한 경험을 몇 번 했다. 나중에는 앞장서서 한 적도 있었다. 그리고 막상 하고 나면 별것 아니었다. 그리고 그런 것에 앞서서 이 행동은 살기 위한 몸부림이었다.

누군가 인수의 발을 잡아서 내려올 수 있게 도와주었다. 지상과는 비교가 안 될 정도로 지독한 향기였다. 인수의 코는 이 지독한 향기에도 마비가 안 된 것 같았다. 차라리 마비가 돼서 향기를 맡지 못했으면 좋겠다는 생각이 들었다. 말랑거리는 것이 다리에 닿는 느낌이 전해진다. 꼭 늪에 빠졌을 때의 느낌이었다. 대충 인수의 발은 무릎 어림에서 빠지는 것이 멈추었다.

'이곳은 늪이다. 이곳은 늪이다……'
인수는 그렇게 마음먹었다.

아래는 매우 어두웠다. 실루엣만이 겨우 보일 정도였다. 숨을 쉬기 힘들 정도로 향기가 지독해서 인수는 코를 막고 입으로 숨을 쉬었다. 인수는 중심부에서 벽으로 움직였다. 벽에 붙어 있으면 누군가 들어오더라도 자세히 들여다보지 않으면 쉽게 발견하지 못할 것이다. 몸집이 작은 것을 보니 제이미라는 것을 알 수 있었다. 인수가 다가가서 몸을 붙잡자 약간 반항을 했지만 인수의 의도를 알았는지 인수에게 몸을 기대었다.

"왜 이렇게 늦게 내려와?"
재수가 불만 어린 목소리로 말했다.

인수는 별로 말하고 싶지 않았다.

"쉿!"

가까이에 병사들이 돌아다니고 있었다. 정말 우리가 목표라면 적들은 구석구석 뒤질 것이다. 아직도 밖에서는 여러 가지 소리가 들려왔다. 아니, 이제 시작인 것 같았다.

"걱정했잖아."

재수라고 생각되는 실루엣이 그렇게 말하며 인수의 옆으로 이동을 해서 총으로 판단되는 물건을 건네었다.

"미안."

인수는 짧게 대꾸를 하고는 총을 목에 걸었다. 얼마나 걸릴지는 모르지만 한동안 이곳에 처박혀 있어야 했다.

"위에는 어때?"

재수는 위에 상황이 걱정되는 듯했다. 하긴 끊임없이 울려 퍼지는 비명 소리와 그런 비명을 피해서 이런 곳에 숨어 있는데 궁금한 것이 없으면 이상할 것이다.

인수는 조금 전에 목격한 것을 말해줄까 하다가 참았다. 끔찍한 경험은 혼자만으로 족했다.

"시끄럽다. 향기 맡는 것도 모자라서 맛보고 싶냐?"

5

끼이익!

기분 나쁜 소리와 함께 문 열리는 소리가 들렸다. 다들 그 소리에 숨을 죽였다.

"퉤! 냄새하고는."

침이 구멍 아래의 햇빛이 들어오는 곳에 떨어지는 것이 보였다.

"거봐. 내가 거기는 뒤져 봤다니까."

"미친놈이 아니고서야 어떻게 변소에 숨겠냐?"

"혹시 알아?"

"내가 밑에까지 샅샅이 뒤졌어. 거기 막대기 안 보이냐?"

말하는 걸로 보아 아까 다녀간 자였다.

"정말이냐? 제길, 코가 썩는 것 같네."

"다른 곳이나 뒤지자."

"숨어 있는 여자들이 있어야 재미 좀 보는데."

목소리가 점점 멀어졌다. 결국 또 한 고비를 넘겼다.

"휴우."

인수는 길게 한숨을 내쉬었다. 아까 막대기로 구멍 아래를 찌를 때는 그 치밀함에 혀를 내둘렀다. 그나마 운이 따라서 형식적으로 한 번 찔러보고 갔기에 들키지 않고 넘어갔다. 무서운지 인수의 어깨를 잡은 제이미의 손에 힘이 들어갔다. 인수는 걱정하지 말라는 뜻으로 손을 몇 번 두드려 주었다.

이제는 한계였다. 숨이 턱턱 막힐 지경이었다. 쓰러질 뻔한 제이미를 인수가 부축했다. 제이미의 체력이 다한 것 같았다.

　마지막 비명 소리가 들리고 한참이 지나서야 인수는 재수의 도움을 받으며 위로 올라갔다. 죽으라는 법은 없는지 문은 닫혀 있었다. 벌레들이 몸 위를 기어다니는 느낌은 다시 생각하고 싶지 않을 만큼 끔찍했다. 변에 독성이 있다는 소리를 들은 적이 있기에 어서 빨리 깨끗한 물로 몸을 씻고 싶었다. 그러나,
　"잠시 기다려라."
　인수는 재수에게 총을 받으며 작게 말했다. 조심해서 나쁠 것은 없었다. 밖에서 뭔가 타는 냄새가 심하게 나 인수는 문 밖을 살폈다. 불이 났는지 연기가 보였다. 아무래도 병사들이 불을 지른 것 같았다. 헤스와 아이의 시체는 치워졌는지 보이지 않았다. 땅바닥에 흘러내린 핏자국만이 아까의 참상을 말해주고 있었다. 지금 함부로 밖으로 나갈 수는 없다. 너무나 조용한 것이 함정일 확률이 높고, 처음부터 목표가 우리였다면 숨어서 지켜보고 있을 것이다. 밖으로 나가는 것은 해가 지고 더 이상 위험하다는 생각이 들지 않을 때까지 참아야 했다.
　"한 명씩 올라와. 우선 제이미부터 올려보내라."
　인수는 제이미의 팔을 잡고 천천히 끌어올렸다. 얼굴은 파랗게 질려 있었고, 다리는 오물과 벌레투성이였다. 인수는 손

수건으로 제이미의 다리에 붙은 벌레와 오물을 대충 털어냈
다. 제이미는 버티지 못하고 구석에 주저앉아 버렸다. 훌쩍거
리며 울기는 했지만 그 소리가 크지는 않았다. 그나마 분별력
은 있는 모양이었다.

인수의 도움을 받으며 한 명씩 위로 올라왔다. 모두들 꼴이
말이 아니었다. 다들 웃어야 될지 울어야 될지 모를 듯한 얼
굴이었다. 재수가 오물과 벌레를 털려고 했기에 인수가 한마
디 했다.

"털지 마. 튄다."

재수의 일그러지는 얼굴을 보자 인수는 웃음이 나오는 것
을 참을 수가 없었다. 인수가 웃자 웃음이 전염된 듯 서로의
모습을 보며 나직하게 웃었다. 향기 속에서 피어나는 전우애
라고나 할까? 이상한 곳에서 이상한 방법으로 동질감을 느끼
고 있었다.

"모두들 밑에서 고생 많았다. 아직 밖으로 나가기에는 위
험하니까 일단 해가 질 때까지 이곳에 있자. 조금 괴롭겠지만
이해하기 바란다."

"인간적으로 냄새 너무 구리다. 난 죽어도 다시는 안 들어
가."

재수가 죽겠다는 표정을 지으며 단호하게 말했다.

"그래도 죽는 것보다는 낫잖아? 안 그래? 난 살 수만 있다
면 또 들어갈 수 있다."

인수는 재수를 보며 웃어주었다.

"그런데 왜 마을을 공격한 걸까?"

인수는 재수의 말을 들으며 같은 의문에 빠졌다. 마을이 공격당할 이유가 선뜻 떠오르지 않았다.

"나도 잘 모르겠다."

"근데 정말 마을 사람들이 죽었습니까?"

상식이가 의문을 나타냈다. 그럴 수밖에 없는 것이, 소리만 들었지 실제로 마을 사람들이 죽는 것을 인수를 제외하고는 보지 못했기 때문이다.

"죽었다. 그것도 잔인하게."

인수는 상식이의 말에 짧게 대답했다. 인수는 아까의 처참한 광경이 생각났다.

"다 죽은 건가?"

재수는 걱정이 되는 것 같았다.

"확실히는 모르겠다. 해가 지고 나면 같이 확인해 보자."

인수는 겨우 두 명이 죽는 모습을 봤지만 그 정도로 잔인하다면 마을 사람들 모두가 죽었을지도 몰랐다. 케이트라고 직접적으로 말을 하지는 않았지만 인수는 재수의 마음을 어느 정도 알 수 있었다.

"혹시 말입니다, 그 경비병이 불러온 것이 아닐까요?"

도신이가 치료사를 부르러 간 경비병을 주범으로 지목했다.

　인수는 도신이의 말을 들으며 그럴 가능성이 높다는 생각
이 들었다. 자신은 어설프게 협박을 해서 경비병을 옆 마을로
보냈을 뿐이다. 감히 자신에게 반항하지는 못하겠지 하는 순
진한 생각을 했다. 하다못해 마을에 정말로 그 경비병의 가족
이 있는지 다른 사람에게 물어보지도 않았다. 아니, 그자의
이름조차 묻지 않았다. 그렇다면 다른 경비병들도 한통속일
지 몰랐다. 그렇게 의심을 하자 의문이 꼬리를 물고 일어났
다.
　"그럴지도 모르겠는데."
　상식이도 도신이의 말에 동의했다.
　"그렇단 말이지?"
　재수의 눈이 반짝였다. 그 경비병이 재수를 만나게 된다면
죽음보다 더한 고통을 맛볼지도 몰랐다.
　"너무 속단하지는 말아라. 아직 밝혀진 것은 아무것도 없
다."
　인수도 그 경비병에게 의심이 갔다. 시간상으로도 그렇고,
밀고자를 꼽는다면 그자밖에 없었다.
　"하지만 마을을 떠난 사람은 그 경비병 혼자였습니다."
　도신이가 슬슬 열을 내기 시작했다.
　"나도 알아. 하지만 심증만으로 의심하면 안 돼. 그리고 병
사를 끌고 온 자가 그자였다고 하더라도 그건 중요하지 않다
고 생각한다."

"그럼 뭐가 중요한데?"

인수의 마지막 말에 재수가 의문을 표시했다.

"누가 우리의 진정한 적이냐 하는 것이지."

인수의 생각은 밀고자보다는 누가 우리의 진정한 적인지가 우선이었다. 어떤 목적으로 영주의 딸과 엘프디언으로 위장한 자신들을 공격한 것인지가 중요했다.

"응?"

재수는 인수의 말을 이해하지 못한 것 같았다.

"생각해 봐. 이 땅은 케이트 아버지의 땅이야. 그리고 우리는 엘프디언이란 말이다. 영주가 초대한 손님이지. 우리가 경비병을 몇 명 죽이기는 했지만 그런 이유로 우리를 공격할 수 있을까?"

인수의 어려운 질문에 다들 고민하는 얼굴이 되었다. 누구도 인수의 말에 선뜻 대답할 수가 없었다. 신분만으로도 지금 일행은 무소불위의 권력자나 마찬가지였다.

와당탕!

인수의 고민은 밖에서 들려온 소리에 오래가지 않았다.

"쉿!"

인수는 소리가 들리자마자 급히 조용히 하라는 신호를 보냈다. 일행이 숨어 있는 변소에서 멀지 않은 곳이 분명했다.

"이제 더 이상은 없는 건가?"

“부대를 이동시키는 것이 나을 겁니다. 이미 병사들이 피맛을 너무 많이 봐서 통제하기가 힘듭니다.”

“어쩔 수 없군. 가지.”

발자국 소리가 점점 멀어지는 것 같았다.

“한인수 병장, 으음…….”

인수는 급히 재수의 입을 막았다. 꼭 누군가 들으라고 크게 말하는 것 같았다.

영웅문의 한 장면이 생각났다. 양과가 이막수에게 쫓기는 장면에서 이막수가 양과가 방심하도록 이와 비슷하게 행동했었다. 갑자기 왜 영웅문이 생각났는지는 인수도 알 수가 없었다.

한참이 지나서 다시 목소리가 들렸다. 역시나 아까의 말은 미끼였다.

“이 근처에는 더 이상 생존자가 없는 것 같습니다. 다른 곳에서는 마지막으로 숨어 있던 두 명을 찾아내 죽였다고 합니다. 엘프디언의 흔적은 발견하지 못했습니다.”

“그런가? 하지만 조금은 아쉽군. 전설의 엘프디언과 싸워 볼 수 있었는데.”

“전설이야 과장되는 것 아니겠습니까?”

“그럴까? 이제 소문만 내면 되는 것인가?”

“예, 엘프디언이 마을 사람들을 죽였고, 쇼운 왕 때문이라고 소문이 퍼져 나갈 겁니다.”

“전 영주의 딸은?”

“치료사의 말로는 상처가 심하지만 초기 치료가 잘되어서 죽지는 않을 거라고 합니다.”

“잘됐군.”

“정말 의외의 성과입니다. 소문이 더욱 신빙성 있을 겁니다.”

“슬슬 퇴각하는 것이 좋겠군.”

“예, 명령을 내리겠습니다.”

발자국 소리가 다시 멀어지기 시작했다. 그러나 누구도 섣불리 움직이지 않았다. 한 번의 경험으로 충분했다. 이 세상은 온갖 위험으로 가득 차 있다. 인수를 바라보는 재수의 눈빛은 존경심으로 가득 차 있었다.

“봤지? 마음 놓지 마라. 어두워질 때까지 죽은 듯이 이곳에서 기다린다.”

CHAPTER 2

추적자들

완 전히 해가 모습을 감추고 어둠이 세상을 뒤덮고 나서야 인수는 몸을 움직였다. 이제는 어둠에 의지해 움직일 때가 되었다. 가끔 큰 소리가 나서 숨어 있는 일행을 불안하게 했지만 병사들은 철수했는지 더 이상의 움직임은 없었다.

끼이익!

불길한 소리와 함께 변소의 문이 열렸다. 귀에 거슬리는 큰 소리에 문을 열던 인수는 긴장할 수밖에 없었다. 인수는 일단 혼자서 마을을 돌아볼 생각이었다.

"한 시간이 지나도 돌아오지 않으면 재수가 지휘를 맡는다."

"조심해, 한인수 병장."

"걱정 마라. 혹시 총소리가 들리면 무조건 다시 밑으로 숨어라."

"엉."

인수는 낮은 자세로 경계하며 밖으로 나갔다. 이미 옷에 묻은 오물이 굳어가기 시작해서 움직임에 제약은 없었다. 인수는 몸을 낮추며 어두운 곳에 몸을 숨겼다. 가까이에는 불에 타는 집이 보이지 않았다.

일단 주변을 살피는 것이 중요했다. 변소 주변을 살펴보았지만 병사들은 볼 수가 없었다. 불타는 집 가까이로는 다가갈 수조차 없었다. 밀짚으로 지붕을 만들어서 그런지 엄청난 열기를 내뿜으며 불타오르고 있었다.

아까 가끔씩 나던 큰 소리의 정체를 이제야 알 수 있었다. 그 소리는 불타오르는 집의 기둥 같은 것들이 주저앉으며 내는 소리였다. 인수는 마을 중앙으로 가기 위해 다시 몸을 움직였다. 마을 바깥쪽에도 숨어 있는 병사들이 없는 것 같았다.

마을은 너무나 조용했다. 누군가 꼭 뒤에서 덮칠 것 같아서 조금은 무섭기도 했다. 인수는 자세를 더욱 낮추고 만약의 사태에 대비하며 경계를 게을리 하지 않았다. 인수는 어두운 곳을 골라서 재빠르게 이동했다.

'이런, 미친!'

귀퉁이를 돌아서 재빠르게 이동하며 앞을 살피던 인수는 자신의 눈을 믿을 수가 없었다. 다리에 힘이 풀려서 그대로 주저앉았다. 남녀노소 가릴 것 없이 마을의 모든 사람이 인수의 눈앞에 있었다. 단지 자신의 발로 서 있지 못하고 무질서하게 쌓여 있을 뿐이었다. 작은 언덕처럼. 너무나 잔인한 모습에 인수는 비명도 지르지 못했다. 인수의 바지는 사람의 피로 금방 젖어들었다. 인수는 피가 내를 이룬다는 말이 무엇인지 비로소 알 수 있었다. 인수는 그렇게 한동안 핏물 위에 앉아 있었다.

인수는 움직이지 않는 다리를 주먹으로 내려쳤다. 그렇게 몇 번 다리를 때리자 마비된 것 같던 다리가 움직였다. 정신을 놓고 주저앉아 있기에는 아직 할 일이 많았다. 산 사람은 살아야 했다.

인수는 시체 주위를 살피다가 당당하게 꽂혀 있는 나무 판을 발견했다. 등 뒤에서 불타오르는 집들 덕분에 어렵지 않게 글을 읽을 수가 있었다. 내용은 무척 간단했다.

이곳은 우리의 땅이다. 약속을 어긴 자에게 자비란 없다.

엘프디언.

"으아아악!"

인수의 발길질에 나무 판이 그대로 뽑혀 버렸다. 나무 판을 보고 더 이상 참을 수가 없었다. 지금껏 참았던 모든 울분을 나무 판에 쏟아 부었다. 혹시라도 숨어서 보고 있을 누군가에게 이 모습이 고스란히 노출되어도 좋았다. 학살자의 누명이 인수의 몸을 옥죄었다. 시체들이 인수를 쳐다보는 것 같았다. 차라리 죽고 싶었다. 살기 위해 몸부림치던 그동안의 일들이 너무나 우습게 느껴졌다. 자신이 벌레보다 못하다는 생각이 들었다.

"왜 우리가 이런 꼴을 당해야 되는 거야? 이건 정말 해도 너무한다는 생각이 들지 않나? 우리는 버러지가 아니야! 왜 우리를 이렇게 시험하는 거야? 차라리 죽여라! 제발 우리를 죽이라고!"

인수는 오열했다. 하늘이 원망스러웠다. 신이란 존재가 있다면 이렇게까지는 하지 못할 것이다.

"어머니, 아버지, 누나, 정말 너무나 보고 싶어요. 제가 보고 싶지 않으세요? 전 정말 보고 싶어요. 벌써 저를 잊지는 않았죠? 전 아직도 생생하게 기억이 나요."

인수는 하늘에 대고 그동안 가슴속에 묻어두었던 말들을 끊임없이 외쳤다.

"친구들아, 보고 싶다! 이리 와서 나 좀 데려가라! 너희들만 편한 곳에 가면 다냐? 나 좀 데려가라! 제발 부탁이다!"

인수는 그냥 나오는 대로 계속 소리를 질렀다. 이 세상은 잔혹한 야만의 세계였다.

누군가 인수의 어깨를 잡고 흔들었다.

"정신 차려! 한인수 병장! 정신 차려!"

인수는 그때서야 소리 지르는 것을 중단했다. 인수의 눈에 재수의 얼굴이 보였다. 인수는 그대로 재수를 안고서 소리 내어 울었다.

"정말 미칠 것 같아!"

"울어."

인수는 그렇게 마음이 풀릴 때까지 한참을 울었다. 얼마 동안 그렇게 울자 마음이 진정되었다.

"고맙다."

인수는 그렇게 말하며 재수의 품에서 벗어났다. 실컷 울었더니 마음이 개운했다. 아직 인수에게는 넷이나 되는 동료가 남아 있었다. 절망은 이들이 죽은 다음에 해도 늦지 않을 것이다.

"덮치지는 마. 난 일편단심이야."

재수는 웃기지도 않는 우스갯소리를 했다.

"미친놈."

"저라도 괜찮으시다면……."

상식이가 언제부터 옆에 있었는지 끼어들며 장단을 맞췄다.

다들 이런 끔찍한 광경에도 정신을 차리고 있는 것을 보니 그동안 정신적으로 가장 허약했던 것은 바로 자신이었다.

'얼마나 정신없이 소리를 질렀던 것일까.'

변소에서 일행이 뛰쳐나온 걸로 봐서는 심각했을 것이다. 일단 상황을 정리해야 했다.

"상태야."

"병장 김상태!"

인수의 나직한 부름에 언제나 그렇듯 관등성명을 대며 상태가 대답했다.

"군장이 제대로 있는지 살펴보고 와라."

인수는 걱정이 되었다. 혹시라도 군장을 들고 갔다면 엄청난 낭패였다.

"예, 알겠습니다."

"재수야, 가자."

"어디?"

"케이트가 있던 곳에."

"엉."

"상식이하고 도신이는 여기서 경계를 좀 하고 있어라."

"예, 알겠습니다."

인수는 발걸음을 옮기려다 생각나는 것이 하나 있었다.

"제이미는?"

제이미가 보이지 않았다. 이 마을의 생존자는 이제 한 명밖에 없었다.

"기절해서 일단 저기에 눕혀놨습니다."

도신이가 가리키는 곳을 보자 그곳에 제이미가 누워 있

었다.

"그냥 잠시 저곳에 둬라. 어차피 씻겨야 되니까."

"예, 알겠습니다."

인수는 케이트가 있던 건물로 들어갔다. 실내가 어두워서 인수는 대충 급한 대로 횃불을 하나 만들었다. 1층 바닥은 피로 얼룩져 있었고, 각종 집기들이 널려 있었다. 인수는 집기들을 피해서 케이트가 있던 2층으로 올라갔다. 방은 엉망이 되어 있었고, 케이트가 누워 있던 커다란 침대만이 그들을 반겨주었다. 아까 들었던 대화의 내용대로 케이트는 끌려간 것 같았다. 재수는 포기하지 못하겠는지 방 안을 샅샅이 뒤졌다. 그렇게 한참을 들쑤시고 나서 포기를 했다.

"케이트는 살아 있겠지?"

"아까 그들의 말이 사실이라면 죽이지는 않을 거다."

인수는 재수를 안심시키기 위해서 거짓말을 했다. 쉽게 죽이지는 않겠지만 안 죽인다고 장담은 할 수 없었다. 이용 가치가 사라지면 공개 처형을 할 것이다.

인수는 분명히 들었다. 케이트를 전 영주의 딸이라고 했다. 그런 걸로 유추해 볼 때 케이트의 아버지는 이미 죽었을 것이다. 영주가 바뀌는 것은 죽지 않는 한은 불가능하고, 더구나 케이트와 엘프디언의 신분을 알면서 공격을 한다는 것은 그런 인수의 생각을 뒷받침해 주고 있었다. 어떤 커다란 음모에 휘말린 것이 분명했다.

"한인수 병장, 케이트는 어떻게 할 거야?"

재수가 조심스럽게 인수의 의견을 물었다. 재수가 무슨 생각을 하고 있는지 인수는 대충 감을 잡을 수 있었다.

"너 하고 싶은 대로 하자."

한 번쯤은 재수의 의견을 들어주는 것도 괜찮을 것 같았다.

"정말?"

재수의 얼굴이 밝아졌다.

"그래. 속고만 살았냐?"

인수는 재수의 얼굴이 밝아지자 마음이 편해지는 것을 느꼈다. 생각해 보니 언제나 자신의 뜻을 강요만 했지 들어준 적은 별로 없는 것 같았다.

"고마워."

재수는 그렇게 말하며 밝게 웃었다.

"덮치지는 마. 난 일편단심이야."

인수는 아까 재수가 했던 말을 그대로 다시 되돌려 주었다.

"재수야, 근데 우리가 해낼 수 있을까?"

"인생 뭐 있어? 직진이지."

2

재수가 우물에 달려가서 두레박을 던졌다. 풍덩! 소리와 함께 두레박이 우물에 빠졌다.

“손대지 마!”

인수는 재수를 보며 말했다.

“왜? 빨리 씻고 싶은데.”

재수는 대답을 하면서 부지런히 손잡이를 돌렸다. 끼릭끼릭 하는 소리를 내며 줄이 팽팽하게 당겨졌다.

“너 같으면 이런 일 저지르는 녀석들이 우물에 독도 안 풀었을 거라고 생각하냐?”

말을 하는 인수도 그냥 짐작만 할 뿐이다. 실제로 독을 풀었는지는 보지 않았으니 알 수가 없었다.

“독?”

재수는 깜짝 놀라며 재빨리 우물에서 멀어졌다. 풍덩! 소리와 함께 두레박이 다시 우물에 빠지는 소리가 났다.

“그래, 상식적으로 생각했을 때 그렇다는 거야. 그리고 숨어서 우리를 지켜보고 있는 녀석들이 있을지도 모르지.”

인수의 말에 모두 사방을 매섭게 둘러보았다.

“설마?”

재수는 잔뜩 긴장한 목소리로 반문했다.

“설마가 사람 잡는 법이야. 이곳에 정상적인 것이 하나라도 있었냐?”

“없지.”

재수는 인수의 말에 동의했다.

안전하게 몸을 씻기 위해 일행은 우물을 포기하고 마을 밖으로 나갈 수밖에 없었다. 우물에 독이 있든 없든 매사에 조심하는 것이 좋았다. 최소한 흐르는 물은 독 걱정은 하지 않아도 되었다. 그리고 어차피 버린 몸이었다. 조금 더 묻히고 있다고 해서 나쁠 것도 없었다.

마을은 밝게 빛나고 있었다. 마을에서 멀어질수록 불타오르는 모습이 아름답게 보였다. 세상에서 가장 재미난 구경 중 하나가 불구경이라고 하더니 왜 그런지 알 수 있었다. 그냥 아름답게만 보일 뿐 추악한 진실은 가까이에 있지 않으면 알 수 없는 것이다. 마을의 학살이 어떻게 소문이 날지 생각하니 인수는 발걸음이 무거워졌다.

제이미는 실어증에 걸린 것 같았다. 기절했다 깨어난 이후로 입만 벙긋거릴 뿐 말을 하지 못했다. 인수는 정신과 의사가 아니었기 때문에 치료는 힘들겠지만 제이미가 당황하지 않도록 아는 대로 자세히 말해주었다. 시간이 모든 걸 해결해준다는 인수의 말에 제이미는 조금은 안심하는 표정이었다.

제이미의 안내를 받으며 한참을 걸어서 개울에 도착했다. 인수는 맑은 물을 보자 더 이상 참을 수가 없었다.

"물이다."

인수는 제이미를 업은 채 물로 뛰어들었다. 발을 적시는 차가운 느낌이 너무나 상쾌했다.

제이미가 인수의 어깨를 두드렸다. 인수는 제이미를 업고 있다는 사실을 잊고 있었다. 인수가 개울에 내려놓자 제이미는 다리를 씻기에 여념이 없었다. 대충 다리를 씻은 걸 보고 인수가 말했다.

"제이미, 너는 상류로 올라가서 씻어."

제이미는 대답도 없이 갈아입을 옷을 들고 상류로 뛰어갔다. 뛰어가는 제이미의 마음을 인수는 충분히 이해했다.

"제이미 빼고 나보다 더 상류로 올라가면 죽을 줄 알아!"

인수는 물가에 무기와 군장을 풀어놓고 개울에 들어가서 누워버렸다. 가을의 개울물은 너무나 차가웠다. 몸을 짜릿하게 만드는 차가움이 오히려 인수를 기쁘게 했다. 이 순간만은 모든 것을 잊고 삶의 기쁨을 충분히 만끽했다.

"그런 게 어디 있어?"

재수가 그렇게 말하며 인수의 옆에 와서 누웠다.

"억울하면 군대 일찍 오든가?"

인수는 그렇게 말하며 물속에서 전투화를 벗어 물에 대충 씻어서 물 밖으로 던져 버렸다.

다들 인수와 재수 근처에 나름대로 자리를 잡았다. 가능한 한 상대의 오물이 자신에게 오지 않게 신경을 쓰는 대형이었다. 역시 계급이 깡패라고 인수보다 위로 올라가는 녀석은 없었다. 인수는 옷을 하나씩 벗어서 행군 후에 물 밖으로 던졌다. 알몸이 되자 비로소 살 것 같았다. 오물은 깨끗이 씻어냈지만 냄새는 제거되지 않았다. 취사반의 정화조를 퍼냈을 때의 경험으로 미루어 최소 1주일 이상은 냄새가 날 것 같았다.

손과 발이 퉁퉁 부을 때까지 인수는 물속에서 몸을 씻었다. 몸을 덜덜 떨면서 군장에서 깨끗한 전투복을 꺼내 입었다. 다행히 병사들이 군장을 들고 가지는 않았다. 약탈보다는 사람 사냥에 열을 올려서 그런 것 같았다. 인수는 피곤했지만 아직 할 일이 많았다. 옷을 빨고 전투화를 손질하고, 오물이 묻은 장비들을 물속에 담가서 깨끗이 닦았다. 어느 것 하나 소홀히 할 수가 없었다. 인수가 그렇게 하자 다들 자신의 장비를 가지고 와서 닦기 시작했다.

인수는 불가에 앉아서 재수가 건네주는 딱딱한 빵을 조금씩 뜯어 먹었다. 어제 먹었던 닭고기가 생각났다. 그러다 닭고기를 해주던 헤스도 생각났다. 갑자기 목이 메여 가슴을 치며 억지로 빵을 넘겼다. 그 순간에는 손에서 나는 악취도 맡지 못했다.

제이미는 피곤했던지 인수의 침낭 속에 들어가서 잠들어 있었다. 자는 얼굴은 아무 걱정이 없어 보였다. 제이미도 참 불쌍했다. 인수 덕에 고아가 되었고, 이제는 말도 하지 못한다. 인수는 제이미를 측은한 눈길로 보다가 입을 열었다.

"아직 애들한테 이야기 못했지?"

깨어 있는 사람은 인수와 재수뿐이었다.

"어? 엉."

재수의 목소리가 작아졌다. 인수가 무슨 이야기를 하는지 재수는 알 수 있었다.

“걱정하지 마. 애들도 반대하지는 않을 거다.”

“그럴까?”

재수는 걱정이 많이 되는 것 같았다. 케이트를 구출하는 일은 매우 힘든 일이었다. 목숨을 걸어야만 했다.

“사람이 은혜를 모르면 개, 돼지하고 다른 게 뭐가 있겠냐? 걱정하지 마. 하기 싫다고 하면 너랑 나, 단둘이서라도 구하자.”

“섭섭합니다, 한인수 병장님.”

도신이의 목소리가 들렸다.

“안 잤냐?”

“악취 때문에 잠이 안 옵니다. 그리고 저도 케이트를 좋아합니다. 아직 장재수 병장님한테 넘겨줄 마음은 없습니다.”

“너도 좋아하냐? 나도 케이트 좋아하는데. 경쟁률이 몇이야?”

상식이가 끼어들었다.

“3파전이지.”

“경쟁률, 구리네.”

“저를 빼놓으면 섭섭하지 말입니다.”

역시나 상태도 잠을 안 자고 있었다. 케이트에 대한 이야기를 할 때면 언제나 잠을 안 자고 있는 것 같았다.

“고맙다, 다들.”

재수의 목소리에 물기가 느껴졌다.

"저는 제 여자를 구하러 가는 겁니다."

"나도 그런데."

"저도 그렇습니다."

"그냥 케이트에게 전부 장가가라."

인수는 그렇게 결론을 내렸다. 곧바로 인수는 네 명으로부터 어린애한테 장가가더니 이상해졌다는 야유를 들어야 했다.

인수는 몸을 뒤척이다가 몸을 일으켰다. 몸은 피곤했지만 잠이 오지 않았다. 재수가 불침번을 서고 있었다.

"왜? 혼자 자니까 잠이 안 와서 그래?"

재수는 여전히 인수를 놀렸다.

"제이미랑은 아무 일도 없었다."

"정말?"

"그래."

인수는 추위를 느끼며 모포를 두르고 불가에 바싹 다가가서 앉았다. 탁탁거리는 소리가 듣기가 좋았다.

"재수야?"

"왜?"

"우리가 무엇을 위해서 열심히 살아남은 걸까?"

"글쎄, 너무 어려운 건 나한테 묻지 마."

"그러냐?"

"난 배운 것도 없고, 군대 전역하고 할 것도 없었어. 누구처럼 학교를 다시 복학하거나 아니면 회사에 취직할 만한 기술이 있는 것도 아니고, 지금껏 그냥 되는 대로 살다가 군대에 왔을 뿐이야. 애당초 나한테 미래는 없었어. 근데 요즘은 꿈이 하나 생겼어."

"케이트?"

인수는 재수의 꿈을 짐작할 수 있었다.

"엉. 케이트에게 모든 걸 걸고 싶어. 아무 생각 없이 그냥 사는 것보다 케이트라는 목표를 향해서 달리고 싶어."

재수의 말은 너무나 멋졌다. 인수는 재수의 말에 감탄할 수밖에 없었다. 생각해 보니 자신은 뚜렷한 목표가 없었다. 살기 위해서 몸부림치고 전우들을 위해서 열심히 살아야 한다는 생각만 했다.

인수도 재수처럼 한 가지 목표를 향해 달리고 싶었다.

"목표라……."

3

인수는 차가운 금속성 물질의 느낌에 잠이 깼다.

"움직이지 마!"

낮은 목소리가 인수의 귓가에 들렸다. 해가 뜨려는지 사물이 뚜렷이 보였다. 남자 한 명이 인수의 목에 단검을 겨누고 있었다. 누가 불침번이었는지 몰라도 개판으로 근무를 섰다고 인수는 속으로 욕을 퍼부었다.

"너희들은 뭐냐?"

인수는 목에 닿은 검을 무시하며 태연하게 말했다. 겁을 먹었다는 느낌을 주면 오히려 더 위험했다. 그리고 이질적 생김새의 자신들을 공격하지 않은 걸로 봐서 말로 하면 통할 것도 같았다.

순간 단검이 조금 움직이는 듯하더니 목이 아파왔다. 아무래도 살이 베인 것 같았다.

"움직이지 말라고 했다. 질문은 내가 한다."

인수는 남자의 말을 무시하고 몸을 일으켰다. 목이 조금 아팠지만 단검도 인수의 상체를 따라서 움직였다. 일단은 성공한 것 같았다. 상대편은 아직 인수를 죽일 마음이 없었다.

인수가 일어나서 보니 일행은 모두 제압되어 있었다. 다들 누운 채로 목에 단검이 닿아 있었다. 상대편은 눈에 보이는 숫자만 여덟 명이었다. 사냥꾼인 커크의 복장과 비슷했다. 아무래도 마을을 떠나 있던 사냥꾼들인 모양이다.

"단검은 치우지? 말하기 불편하거든?"

인수는 배짱을 부렸다. 인수의 목에 닿아 있는 단검이 떨리는 것을 느낄 수 있었다.

"닥쳐라! 너희들은 누구냐?"

남자는 이런 것에 익숙하지 않은 것 같았다. 인수의 태연한 대응에 크게 당황했는지 목소리가 높아졌다.

"우리가 누구라고 하면 믿어줄 거냐?"

인수는 말장난을 하듯이 말했다.

옆에 서 있던 남자가 다가와서 인수의 가슴을 걷어찼다.

"장난치지 마라."

"장난……."

인수는 다시 날아온 남자의 발길질에 다음 말을 할 수가 없었다. 이 남자에게는 인수의 방식이 통하지 않는 것 같았다.

"누구냐고 물었다."

"맞혀봐!"

인수는 오기가 생겨서 발길질을 한 남자를 뚫어지게 쳐다보았다.

"대답하지 않으면 죽이겠다."

"마음대로."

남자의 말이 빈말처럼 들리지는 않았지만 잘못한 것도 없이 이런 취급을 받고 싶지는 않았다.

남자가 상태에게 다가갔다. 아무래도 인수가 대장이라는 것을 파악한 것 같았다. 남자는 정말로 무슨 짓을 저지를 것 같았다. 최후의 방법을 써야 했다.

"너희들, 바보냐?"

인수의 말에 남자가 인수를 뒤돌아봤다.

"뭐야?"

인수의 목에 단검을 대고 있던 남자가 소리쳤다. 목에 다시 상처가 났는지 따끔했다.

"흥분하지 말고 잘 들어라."

모든 이목이 인수에게 집중되었다.

"케이트는……."

인수는 말소리를 일부러 작게 했다.

"뭐라고? 크게 말해라."

"못생겼다!"

인수는 그 말과 함께 남자의 팔을 낚아챘다. 그와 동시에 네 군데에서 같은 일이 벌어졌다. 다들 잊지 않은 것 같았다. 워낙 순식간에 일어난 일이었다. 인수는 남자를 넘어뜨리며 순식간에 자세를 역전시켰다.

"움직이지 마!"

인수는 남자의 목에 단검을 겨누며 소리를 질렀다. 약간 거칠게 단검을 갖다 대서인지 남자의 목에서 피가 흘렀다.

기습은 보기 좋게 성공했다. 이런 때를 대비해서 연습했던 패턴이다. 물론 옆에서 연습을 지켜보던 케이트가 자신이 못생겼다는 말로 약속어를 정한 것에 반발했었다. 그렇게 장난삼아 했던 연습이 오늘 톡톡히 효과를 봤다.

"이제 역전이 되었군. 우리는 다섯 명을 인질로 잡았으니 말이야."

"움직이면 제이미를 죽이겠다."

남자가 제이미 쪽으로 움직이며 말했다. 자연스럽게 제이미를 중심으로 세 명의 남자가 모여들었고, 나머지는 인수를 중심으로 모였다. 물론 각자 훌륭하게 제압한 인질들을 데리고 있었다.

"죽여."

인수는 짧게 말했다. 어차피 죽이지 못할 것이다. 제이미라고 이름을 말한 걸로 봐서 서로 안면이 있는 사이였다.

"정말 죽인다?"

인수의 말에 당황한 듯 남자가 말했다.

"아직 모르나 보군."

"뭘 말이냐?"

"제이미는 우리 일행이 아니다. 죽여도 상관없어. 오히려 너희랑 더 가까울걸? 안 그런가?"

"이익!"

남자는 인수의 말에 분통이 터지는 것 같았다.

"아, 너무 열 내지 마. 뉴베리 마을의 유일한 생존자를 죽이면 어떻게 하냐?"

"그, 그게 무슨 소리냐?"

남자는 인수의 말에 동요하기 시작했다.

"너희들도 연기를 보고 마을로 오는 것일 텐데, 아니었나? 뉴베리 마을은 이제 없다."

"헛소리하지 마라."

"병사들이 들이닥쳐서 전부 죽였다."

"거짓말!"

"사람들은 그게 문제지. 눈으로 보지 않으면 도무지 믿지를 않거든."

"피터, 진짜면 어떻게 하지?"

"거짓말이다. 속지 마라."

저들은 이미 의견이 엇갈리고 있었다. 피터라는 자가 리더인 것 같았다.

어느새 다섯 명의 사냥꾼들에 대한 포박이 끝났다.

"더 이상 이야기할 필요가 없군. 움직이면 쏴버려."

인수는 그렇게 말하며 검을 허리춤에서 풀었다. 나머지 일행은 발로 사냥꾼들을 밟고서 총을 겨누었다.

"무슨 소리냐?"

"무기를 버리고 항복해라."

"헛소리."

인수는 몽둥이처럼 검을 휘둘렀다. 검집을 씌운 상태라 치명상은 주지 않고 고통만 줄 것이다.

퍼억!

제법 큰 소리를 내며 묶여 있는 사냥꾼의 등을 강타했다. 사냥꾼은 비명을 질렀다.

"항복해라."

인수는 다시 짧게 말했다. 남자는 갑작스런 인수의 반응에 당황한 나머지 제대로 말을 하지 못했다. 인수의 검이 다시 인수의 발밑에 있던 남자의 몸에 떨어졌다. 조금 전과는 비교도 될 수 없는 비명을 질렀다. 제이미를 잡고 있던 남자들의 얼굴이 찡그려졌다.

"계속 버텨라. 너무 쉽게 항복하면 재미가 없거든?"

인수는 이번에는 한 번이 아니라 세 번을 연속으로 내려쳤다. 인수의 검이 남자의 몸에 닿을 때마다 얻어맞는 남자는 끔찍한 비명을 질렀다. 불쌍한 생각도 들었지만 어설프게 보이면 나중에 뒤통수를 맞을 가능성이 있었다.

"자, 잠깐."

남자는 말을 더듬고 있었다. 주도권은 이미 인수가 쥐고 있었다.

"그런 소리 들으려고 하는 게 아니다."

인수의 손이 다시 움직이며 남자의 몸을 두들겼다.

"항복하겠다."

그렇게 말하며 남자는 손에 들고 있던 단검을 앞으로 던졌다. 나머지 두 명도 남자를 따라서 단검을 던졌다.

"너무 늦었다."

인수는 그렇게 말하며 피터라는 남자에게 달려들어 발로 명치를 찼다. 인수가 튀어나가자 나머지 일행도 한꺼번에 달려들어서 무차별적으로 구타를 시작했다. 결국 그렇게 어설픈 새벽의 습격자들은 제압되었다.

제이미가 달려와서 인수의 가슴을 마구 때렸다. 인수는 제이미의 손이 무척 매웠지만 그냥 맞아주었다. 제이미는 여전히 입만 벙긋거릴 뿐 말은 하지 못했다. 그 모습이 불쌍해서 가슴에 안고 머리를 쓰다듬었다.

4

열두 명의 사내가 울부짖고 있었다. 인수가 사로잡은 여덟 명에 외에 마을로 먼저 출발했던 네 명의 사냥꾼은 제압할 필요조차 없었다. 그들은 작은 언덕을 보고 넋이 나가 있었다. 자신의 가족을 찾으려고 달려드는 사람들도 있었지만 이내 포기하고 그 앞에 무릎을 꿇고 오열할 뿐이었다.

인수는 천천히 마을을 수색했다. 혹시 우리처럼 살아남은 사람이 있을지도 몰랐다. 인수는 책임을 느끼고 있었다. 마을 사람들을 일이라도 할 수 있게 마을 밖으로 나가게 해주었으면 많은 사람들이 살아 있을지도 몰랐다. 제발 한 명이라도 살아 있는 사람이 있었으면 하는 마음에 꼼꼼히 살폈다.

"숨어 있는 사람들은 나오세요. 마을은 안전합니다. 병사들은 모두 갔습니다. 함정이 아닙니다. 밖으로 나오셔도 안전합니다. 피터란 사람이 생존자를 찾고 있습니다."

그렇게 외치며 생존자를 찾았다. 불은 이제 더 이상 번지지 않았다. 마을의 집 중 거의 반 정도는 불에 탄 것 같았다. 불에 새까맣게 탄 집들은 아직도 열기를 토해내고 있었다.

"한인수 병장님, 이것 좀 보십시오."

혹시나 살아 있는 사람을 찾은 것인가 하는 마음에 인수는 상태가 부른 곳으로 뛰어갔다.

이곳은 우리의 땅이다. 약속을 어긴 자에게 자비란 없다.

엘프디언.

상태가 서 있던 집 문에 새겨진 글귀였다.

"여기에도 있습니다."

상태가 옆집 문을 보며 말했다.

"한인수 병장님, 여기에 이상한 글이 쓰여 있습니다."

상식이가 인수를 불렀다. 인수는 무슨 글이 쓰여 있을지 가 보지 않아도 알 수 있었다.

글이 쓰여 있는 곳은 한두 곳이 아니었다. 인수는 마을 곳곳에 쓰여진 글들을 보면서 이를 갈았다. 어제는 어두워서 발견하지 못했는데 낙서처럼 글들이 남아 있었다. 인수가 부숴 버린 나무 판 하나만이 아니었던 것이다. 내용은 한결같았다. 인수는 커다란 음모의 냄새를 맡을 수 있었다. 인수는 어떤 놈들인지 찾아내서 가만두지 않으리라 다짐했다.

혹시나 해서 인수는 변소까지 샅샅이 뒤졌지만 결국 생존자를 찾아내지 못했다.

"한인수 병장, 케이트 구하러 가야지?"

"잠깐 기다려. 일에는 순서가 있는 법이야."

"케이트가 잘……."

"그만 좀 해라! 케이트! 케이트! 지겹지도 않냐?"

인수는 결국 재수에게 짜증을 내고야 말았다. 재수의 얼굴이 순식간에 굳어졌다. 재수한테 화낼 이유는 없었다.

"미안하다. 너무 신경이 날카로워져서."

인수는 급히 사과했다. 재수는 이미 삐쳤는지 대답이 없었다.

인수는 답답한 마음에 사냥꾼들에게 갔다. 재수는 조금 지나면 저절로 풀어질 것이다.

"언제까지 넋을 놓고 있을 거냐?"

나이는 인수보다 훨씬 많아 보였지만 자연스럽게 반말이 나왔다. 케이트가 엘프디언을 설명할 때도 그렇게 말했었다. 고압적인 자세야말로 엘프디언의 특징이라고 했다.

"하지만……."

피터란 자는 말을 잇지 못했다. 피터의 얼굴은 아까 인수에게 얻어맞아서 우스꽝스러운 얼굴이었지만 웃음이 나오지는 않았다. 벌겋게 충혈된 피터의 눈에서는 피눈물이 흘러내릴 것 같았다. 건장한 체격의 사내 열두 명은 약속이나 한 듯 똑같은 모습으로 주저앉아 울고 있었다.

"그렇게 울 시간이 있으면 이들을 편하게 해줘야 하지 않을까?"

"예?"

피터는 인수의 말을 이해하지 못한 것 같았다.

"너희는 이 냄새가 나지 않는가?"

인수는 인상을 찌푸렸다. 이미 시체는 썩고 있었다. 계절은 가을로 접어들어서 찬바람이 불기는 했지만 아직도 낮에는 더웠기 때문에 하루 이틀만 더 지나면 눈 뜨고 보지 못할 정도가 될 것 같았다.

피터란 남자도 인수의 말을 이제야 이해한 것 같았다.

"조금만 더 시간을 주시겠습니까?"

피터의 말은 매우 공손했다. 이미 마을의 참상에 대한 인수의 논리적인 설명과 무수히 남아 있는 말발굽 같은 증거가 일행의 결백을 증명했다. 거기다 추가로 인수 일행이 진짜 엘프디언이라는 타이틀까지 더해졌다. 그렇다고 완전히 믿는 눈치는 아니었지만 인수는 그 정도로 만족했다. 얼마 남지 않은 귀중한 총알을 낭비해 가면서 이들에게 인정받고 싶지는 않았다.

"시간을 더 줄 수도 있지만 생각이 많으면 행동에 방해가 될 뿐이야. 우리가 자네들을 도와주지."

경험자로서의 충고였다. 이런 것은 빨리 잊는 것이 좋았다. 그리고 잊는 방법으로는 몸을 혹사시키는 것만큼 좋은 것이 없었다. 인수도 이들의 죽음을 잊고 싶었다. 잊혀질지는 장담할 수 없지만.

"말씀은 감사하지만 저희 손으로 하겠습니다. 도움은 필요 없습니다."

정중하지만 왠지 가시가 돋쳐 있었다.

"너희들은 바보냐?"

인수는 피터의 꽉 막힌 성격에 화가 나기 시작했다.

"무슨 말씀입니까?"

"멍청해서 하는 소리다. 여기 죽어 있는 시체들과 다를 바가 없지. 그저 시키는 대로 굽실거리기만 하는 벌레 같은 존재들이란 말이야. 그러니 반항 한 번 제대로 못하고 죽었겠지."

인수는 독설을 퍼부었다.

"그 말, 취소하십시오."

피터도 인수의 말에 화가 나는지 목소리가 바뀌었다.

"취소 못하겠는데."

"취소해!"

피터란 자가 소리를 지르며 달려들었다.

인수의 주먹이 피터란 자의 안면에 적중했다. 피터는 버티지 못하고 대 자로 나가떨어졌다.

"그렇게 궁상 떨고 있으면 죽은 사람이 살아서 돌아와? 힘도 없는 주제에 자존심은 있다는 건가?"

인수는 피터를 걷어찼다. 피터는 맞은 곳이 아픈지 비명을 지르며 몸을 웅크렸다.

"왜, 맞은 곳이 아파?"

인수는 다시 피터를 걷어찼다. 피터는 비명을 질렀다.

"그런 비명을 지를 수 있다는 것에 감사해. 이미 죽은 사람들은 그런 비명조차 지를 수가 없으니 말이야!"

인수의 발이 쉬지 않고 피터를 걷어찼다.

"이 느낌을 꼭 기억해! 살아 있다는 것을 항상 고맙게 느낄 수 있도록 해줄 테니까!"

포반원들이 달려들어서 인수를 말렸다.

"한인수 병장, 왜 그래? 미쳤어? 이러다 죽겠어!"

재수가 인수를 말리며 말했다.

"그래, 미쳤다!"

처음에는 그냥 정신을 차리게 몇 마디 충고를 해주려고 했을 뿐이다. 말을 하다 보니 왠지 답답했다. 힘이 없어서 죽어가야 하는 이들에 대한 연민이었다. 지렁이도 밟으면 꿈틀하는데 이들은 그냥 참는 것 같았다. 거기다 복수는 생각지도 못하는 것 같았다. 그것이 더욱 인수를 미치게 만들었다.

피터는 바닥에 누워서 꿈틀거리고 있었다.

인수의 지랄 같은 성격이 또 나온 것이다.

"진정됐으니까 좀 놓아줄래?"

"요즘 도대체 왜 그래?"

재수의 말에 인수는 딱히 대답할 말이 떠오르지 않았다.

“그날이라서.”

인수는 그렇게 둘러댔다.

인수는 피터의 곁을 지나치며 말했다.

“시체는 곧 썩을 것이다. 시체는 땅에 묻고 원한은 가슴에 묻어라.”

5

“한인수 병장, 그만 화 풀고 나와서 지시나 좀 해줘.”

재수가 문을 열고 말했다.

“내가 왜?”

인수는 아직 화가 풀리지 않았다. 당연히 말이 퉁명스럽게 나왔다.

“한인수 병장이 없으니까 다들 우왕좌왕 난리도 아니야.”

인수를 치켜세우는 것인지, 아니면 진짜로 그런 것인지는 알 수가 없었다.

“잘난 사냥꾼들끼리 알아서 하라고 그래. 너희들도 도와주지 말고 내버려 둬.”

“화 풀고 나와. 다들 기다리니까.”

재수는 그렇게 말한 후 방문을 조용히 닫았다.

인수는 다시 눈을 감았다. 케이트를 어떻게 구할 것인지 생각해 보았다. 적은 너무나 많았다. 기습보다는 결정적인 기회를 노려야 했다. 케이트가 어느 곳으로 옮겨질지 인수는 대략 짐작이 갔기에 급하게 따라갈 필요는 없었다.

누군가 인수의 어깨를 흔들었다. 깜빡 잠이 든 것 같았다.
"누구냐?"
대답이 없었다.
눈을 살며시 뜨니 제이미가 보였다. 입을 벙긋거리며 무슨 말인가를 하려고 했다. 화가 난 표정이었다.
"왜?"
제이미가 인수의 손을 잡고 잡아당겼고, 인수는 안 일어나려고 버텼다. 그 덕에 제이미는 힘을 너무 줘서 얼굴이 벌겋게 변했다. 제이미는 밖을 가리키며 인수를 일으켜 세우려고 했다. 결국 인수는 못 이기는 척 침대에서 몸을 일으켰다.
"왜 그러는데?"
제이미가 글을 알았으면 필담이라도 나누었을 텐데 제이미는 글을 몰랐다. 떼쓰는 아이처럼 인수를 밖으로 끌고 가려고만 했다. 인수는 그때서야 대충 감을 잡았다.
"밖에 나가서 도와주라고?"
제이미의 고개가 좌우로 움직였다. 인수의 짐작이 맞았다.
"내가 왜 도와줘야 돼?"
인수는 심술궂게 말했다. 제이미의 얼굴이 일그러졌다. 뭐라고 벙긋거리며 말을 하는데, 처음에는 화를 내다가 나중에는 애원하는 얼굴이 되었다. 그리고는 답답한지 가슴을 두들겼다.

"좋아, 저들을 도와주지."

제이미의 얼굴이 밝아졌다.

"대신 조건이 있어."

제이미가 인수의 얼굴을 빤히 처다봤다.

"그런 얼굴로 보지 마. 인생이란 원래 그래. 대가없이 얻어지는 것은 아무것도 없어."

제이미의 얼굴이 일그러졌다.

"내 조건은 간단해. 시원한 물이나 한 잔 줘. 목마르네."

허겁지겁 물을 가져온 제이미한테 물을 한 잔 얻어먹고 인수는 밖으로 나섰다.

"왜 이렇게 늦게 나와?"

재수가 손에 들고 있던 시체를 수레에 올려놓고 인수한테 왔다.

"뭐 하냐?"

인수는 퉁명스럽게 말했다.

"마을 공동묘지가 있대. 거기다 묻을 건가 봐."

"삽질한다."

"뭐가?"

"언제 공동묘지까지 옮기고 있냐?"

"그럼? 피터라는 사람이 그렇게 하겠다는데."

“피터 좀 불러와.”

“무슨 일이십니까?”

피터는 한눈에 보아도 몸 상태가 그리 좋아 보이지는 않았다. 인수는 내심 찔렸지만 모른 척했다.

“쓸데없는 짓이야.”

“뭐가 말입니까?”

“공동묘지까지 언제 옮길 생각인가? 마을은 이미 끝났어.”

“그래서요?”

“그냥 이곳에 매장한다.”

“예?”

“내 말 못 들었어? 어차피 마을은 버려졌어.”

인수의 말대로 결국 큰길에 매장했다. 화장을 하는 편이 훨씬 편하겠지만 화장은 영혼까지 태운다고 믿어 그렇게 할 수는 없었다. 일정한 간격으로 시체를 옮겨서 길에 차례로 나열했다. 자신의 가족이 나오면 부둥켜안고 울부짖는 통에 작업이 약간씩 지연되었다.

인수는 병사들의 잔인함에 다시 한 번 치를 떨었다. 시체 더미에는 가축들도 섞여 있었다. 가축과 사람을 똑같이 취급한 잔인함에 욕조차 나오지 않았다.

묻어도 묻어도 끝이 없었다. 그러나 누구도 불평을 하지는 않았다.

해가 질 때까지 서둘렀지만 4분의 1정도만 매장이 끝났다.

인수는 입맛이 없었지만 저녁을 꾸역꾸역 먹었다. 사냥꾼들은 대부분 먹는 둥 마는 둥했다.

"아직도 정신을 못 차렸군?"

피터가 힘없이 숟가락을 내려놓자 그 모습을 조용히 지켜보고 있던 인수가 화를 참지 못하고 입을 열었다.

"무슨 말이야?"

재수가 인수의 말에 대꾸했다.

"배가 불렀다는 이야기지."

"누구? 우리?"

"잘난 사냥꾼들 말이야."

"저희가 무슨 잘못을 했습니까?"

그렇게 맞고도 아직 기가 죽지 않았는지 피터가 인수를 똑바로 쳐다보며 말했다.

"누군 입맛이 있어서 먹는 건가? 내가 아까도 말했지? 오늘 야간 작업할 거라고."

"저희도 알고 있습니다."

"근데 이렇게 처먹고 힘을 쓰겠냐? 아니면 우리한테 모든 것을 떠넘기려고?"

인수의 말이 끝나자 피터는 숟가락을 들고서 수프를 떠먹었다. 쩝쩝거리는 소리까지 내면서 먹었다. 입은 맛있는 소리를 냈지만 눈에서는 눈물이 흐르고 있었다. 피터는 금방 한 그릇을 비우고 제이미에게 접시를 내밀었다.

"제이미, 너무 맛있다. 나, 조금 더 줘. 너무 맛있어서 눈물이 다 나네."

피터는 눈물을 닦으며 그렇게 말했다.

제이미는 인수를 쳐다보았다.

"좋겠다, 제이미. 너의 음식 솜씨를 알아보는 사람이 나 말고 또 있어서. 나도 조금 더 줘."

다른 사냥꾼들도 다시 식탁으로 다가왔다. 약속을 한 것처럼 식탁에 남겨놓은 음식을 꾸역꾸역 먹었다. 근데 왜 다들 음식을 먹으며 울고 있는 것인지 정확히 답을 아는 사람은 없었다.

그날 저녁 제이미가 한 음식은 하나도 남지 않았다.

6

이백일흔한 구의 시체를 묻는 일은 결코 쉬운 일이 아니었다. 인수의 적절한 도발과 격려에도 불구하고 마무리 짓는 데는 3일이나 걸렸다. 마을은 이제 공동묘지로 변했다. 거기다 저녁이 되면서 비까지 내리자 한층 더 괴기스러웠다.

이른 저녁을 먹고 인수는 방에서 검을 닦았다. 이도 빠지고 많이 낡기는 했지만 2년여를 가지고 다녀서 이제는 정이 듬뿍 든 검이었다. 딱히 검에 이름을 지어주지는 않았다. 왠지 이름을 붙이려고 하니 닭살이 돋아서 결국 붙이지 못했다. 하지만 재수는 그런 것은 신경 쓰지 않는지 검에다 X니지에 나오는 검의 이름을 붙였다. 촌스럽다는 모두의 말을 무시하고 손잡이에 이름까지 새겼다. 재수는 설명이 불가능한 녀석이었다.

그때 그리 크지 않게 문을 두들기는 소리가 들렸다.

"누구야?"

"피터입니다."

"들어와."

인수는 검을 검집에 집어넣고 의자를 가리켰다. 저녁을 먹으며 피터에게 방으로 오라고 했었다.

피터가 의자에 앉자 인수가 입을 열었다.

"내가 왜 불렀는지 알아?"

인수는 후임병을 대하듯 반말을 했다.

"잘 모르겠습니다."

"앞으로 어떻게 할 건지는 생각해 봤어?"

"아직 이야기된 것이 없습니다."

"그래? 하긴 3일 동안 바빴으니까."

인수는 잠시 뜸을 들이며 피터의 눈을 똑바로 쳐다봤다. 피터는 인수의 눈을 피하지 않고 마주 쳐다보았다.

"좋은 눈빛이야. 아직 부족해?"

그렇게 말하며 인수는 검을 쓰다듬었다. 인수의 말을 이해했는지 피터가 흠칫했다. 천천히 피터의 고개가 숙여졌다.

"그렇게 기죽을 필요는 없어. 난 네가 아주 마음에 들어. 그래서 거래를 하고 싶어서 부른 거야."

"무슨 거래 말씀입니까?"

"그렇게 쳐다볼 것 없어. 그냥 네가 가지고 있는 것을 원하는 거야."

피터는 인수가 무슨 말을 하는지 모르겠다는 표정이었다.

"네가 가지고 있는 것을 나에게 주면 난 네가 가장 원하는 것을 도와주지."

인수는 목소리를 낮추며 말했다.

"저는 가진 것이 아무것도 없습니다. 집도 불타 버렸습니다."

"누가 그런 쓸모없는 것을 달라고 했어?"

"그럼 어떤 걸……?"

"너한테 가장 귀한 것을 원하지. 그래야 거래가 성립되잖아?"

"잘 모르겠습니다. 확실히 이야기해 주십시오."

"너의 복수를 도와주지."

"예?"

피터의 눈이 커졌다.

"가장 원하는 것 아닌가? 난 너의 눈에서 분노를 읽었는데, 아닌가?"

인수가 무슨 독심술을 배운 것도 아니고, 그냥 현재 상황에 어울리는 것을 짐작해서 말했을 뿐이다. 순진한 피터는 인수에게 딱 걸리고 말았다.

"그, 그것이 가능합니까?"

피터의 목소리가 떨렸다.

"전부는 힘들겠지만 원흉 정도라면 도와줄 수 있지."

"원흉이라고 하시면?"

"말했듯이 전부 죽이기는 힘들어. 하지만 제일 위의 몇 놈은 죽일 수 있는 힘을 가지고 있지."

인수는 총을 쓰다듬으며 말했다. 총이라면 가능했다.

"정말입니까?"

"내가 거짓말이나 하는 엘프디언으로 보여?"

"아닙니다."

"너무 좋아하지는 마. 이야기가 끝난 것이 아니니까."

"예."

"난 대가없이 남을 도와주지는 않아. 대가를 들어볼 생각 있어?"

"제가 할 수 있는 것이라면 어떤 것이라도 상관없습니다."

"그렇게 말하니 다행이야. 대가는 너의 목숨이야."

피터의 얼굴이 귀신을 본 듯 굳어졌다.

"왜, 싫은가?"

인수는 피터의 표정을 보며 웃으며 말했다.

"아, 아닙니다. 복수만 할 수 있다면 이까짓 목숨은 드릴 수 있습니다."

"아주 마음에 들어. 그럼 먼저 대가를 받지."

인수는 검을 뽑아 들었다. 검을 본 피터의 얼굴이 파랗게 질렸다. 인수는 검을 들고 상단 자세를 취했다.

"고통은 없을 거야. 순식간에 끝내주지."

인수의 말을 듣고 체념했는지 피터는 눈을 감았다.

"머리잇!"

기합과 함께 인수는 피터의 머리로 검을 휘둘렀다.

이제는 끝이라고 생각하며 피터는 주먹을 꽉 쥐었다. 복수만 할 수 있다면 영혼이라도 팔겠다고 생각했었다. 그렇게 삼일 동안 복수만을 생각하며 버텨왔다. 하지만 아무리 생각해도 방법이 떠오르지 않았다. 자신은 그냥 힘 약한 사냥꾼이었기에, 그래서 분노만을 가슴에 담아두었다. 그런데 눈앞의 엘프디언이 복수를 해주겠다고 한다. 그 대가가 자신의 목숨이었지만 눈앞에 엘프디언이라면 약속을 지킬 거라는 생각이 들었다.

한참이 지나도 고통이 느껴지지 않아서 피터는 살며시 눈을 떴다. 눈앞에 검이 멈춰 있었다. 자신은 아직 살아 있었다.

"사냥꾼 피터는 죽었다. 이제부터 너는 나의 부하다."

인수라는 이름을 가진 엘프디언의 말을 들으며 피터는 정신을 차릴 수가 없었다. 너무 놀라고 갑작스러워서 무슨 말을 해야 될지 몰랐다.

"왜, 싫은가?"

엘프디언이 다시 물었다.

가끔씩 얄밉게 말을 하고 폭력적이지만 이 엘프디언이라면 믿어도 되겠다는 생각이 들었다. 피터는 그래서 망설임없이 대답했다.

"아닙니다. 따르겠습니다."

"좋아. 그럼 가서 다른 사냥꾼들에게도 내 뜻을 전하고 오도록."

그날 저녁, 인수는 피터에게 보고를 받았다. 모든 사냥꾼들이 인수에게 목숨을 맡겼다.

며칠 동안 인수가 생각한 파티는 이제 완성되었다. 열두 명의 사냥꾼과 군인 다섯 명, 그리고 말 못하는 소녀 한 명으로 이루어진 약간은 이상한 파티였다. 판타지 소설에 자주 나오는 마법사와 정령사, 검사, 도둑은 없었지만 실망할 필요는 없었다. 언제나 그렇듯 최선을 다할 뿐이었다.

이제는 적을 추적하기만 하면 되는 것이다.

CHAPTER 3

크레이

크레이는 특유의 저음으로 말했다.

"영주님, 그랑시온 기병대가 돌아오고 있습니다."

"그런가?"

크레이는 시큰둥하게 대답했다. 그도 그럴 것이, 자신의 영
지에 다른 귀족의 병사들이 제집마냥 활개를 치고 다니는 것
이 그다지 마음에 들지 않았다. 그것이 아무리 그랑시온 공
작, 아니, 이제는 왕으로 추대된 자의 명령이라고 해도 말이
다. 자신도 이제는 어엿한 한 지역의 영주이다. 그럼에도 그

랑시온 왕은 영지의 안정이라는 이름으로 자신의 영지에 병사들을 보냈다. 자신의 영지 장악력을 의심한 것인지, 아니면 의도된 견제인지는 알 수가 없었다.

"다른 것은 알아낸 것이 없나?"

"그게 저… 뉴베리 마을이 엘프디언에 의해 사라졌다는 소문이 퍼지고 있습니다."

"뭐라고? 엘프디언?"

"예, 그랑시온 기병대가 갔을 때는 이미 모든 마을 사람들이 죽었다고 합니다."

"냄새가 나는군."

크레이는 직감적으로 알 수가 있었다.

"예?"

"아니다. 그만 나가봐. 오늘 저녁에는 데릭스 남작을 초대하겠다. 준비하도록."

아마도 데릭스 남작이 오면 더 많은 것을 알 수 있을 것이다. 세상에 우연이란 없는 것이다.

"예."

일단은 데릭스 남작을 마중 나가야 했다.

"어서 오십시오, 데릭스 남작님."

크레이는 격식을 갖추어 인사를 했다. 같은 남작이지만 데릭스라는 자는 공작의 심복 중의 심복이었다. 내전이 끝나게 되면 백작 정도는 될 것이 뻔했다. 자신이야 데릭스에 비하면 별 볼일 없는 존재였다. 공작이 콜 영주에게 심어놓은 첩자에 불과한 것이다. 이제부터 자신의 가치를 인정받아야 했다.

"또 귀찮게 해드리는군요, 템플턴 남작님."

역시 만만히 볼 수 없는 자다. 정중하게 말하는 가운데에서도 어딘지 모르게 자신을 깔보는 듯한 기분이 들었다.

"저의 영지가 볼 만합니까?"

크레이는 이 영지가 자신의 영지임을 강조하면서 말했다.

"괜찮더군요."

데릭스 남작은 역시나 능글맞게 넘어갔다.

"아차, 이런 결례가 있나. 일단 안으로 드시지요. 시간이 아직 이르니 가볍게 술이라도 마시면서 이야기를 나누지요."

더 이상 자극하면 역효과였다. 아직은 시간이 많으니 천천히 알아내면 되는 것이다.

"호의에 감사드립니다."

"병사들에게도 충분히 쉴 수 있도록 만전을 기하게."

"예, 영주님."

일부러 데릭스 남작이 들을 수 있게 큰 목소리로 집사에게 말했다. 데릭스는 아름드리 나무고, 크레이는 아직 어린 나무였다. 잘 보여서 나쁠 건 없었다.

데릭스 남작은 응접실에 앉아서 풍광이 어떻다든가 하는 이야기를 했다. 훨씬 중요한 이야기가 있을 법했지만 뜸을 들이는 것이 그랑시온 왕이 중히 여기는 이유를 알 만했다.

"아차, 깜빡 잊고 있었군요."

응접실에 앉아서 술을 마시며 데릭스 남작이 막 생각이 난 것처럼 입을 열었다.

"무슨 말씀이신지?"

이제부터가 본론이었다.

"제가 이번에 뉴베리 마을에 갔다는 것은 이미 아실 겁니다."

데릭스 남작은 대놓고 뉴베리 마을에 대한 이야기를 꺼냈다. 물론 알고 있었고, 뉴베리의 일에 대해서 데릭스 남작을 의심하고 있었다.

"예, 알고 있습니다."

이쯤 되면 모른 척하기도 힘들었다.

"뜻밖의 소득이 있었습니다. 그것을 선물할까 합니다만 좋아하실지 모르겠습니다."

묘한 여운이 남는 말투였다.

혹시나 뉴베리 마을에 관한 진실을 이야기할 줄 알았더니 난데없이 선물 이야기를 꺼냈다.

크레이는 호기심이 생겼다. 준다는 선물을 마다할 필요가 없었다. 일단 좋은 의미로 생각했다. 데릭스가 자신을 함부로 대하지는 못할 것이다. 내전은 소강 상태였고, 서로 견제만 하며 병사를 모으고 있었다.

지금 이곳은 남작의 영지이지만 백작의 영지에 못지않을 정도로 많은 영지민을 거느리고 있었다. 영지민이 많다는 것은 그만큼 병사들을 많이 모을 수 있다는 이야기였다. 그렇다고 모든 영지민을 끌어 모을 생각은 없었다. 내전이 끝난 후 살아남기 위해서는 적당히 병사를 모을 필요가 있었다.

“무슨 선물인지 정말 궁금하군요.”

크레이는 웃으며 말했다.

“여자입니다.”

크레이는 순간 기분이 나빠졌다. 자신에 대한 소문이 어떤지 자신도 잘 알고 있었다. 부인하고 싶은 생각은 없었지만 면전에 대놓고 자신의 여성 편력에 대해서 이야기할 줄은 몰랐다.

“아, 말씀을 잘못 이해하셨군요.”

비꼬는 듯한 말투였다. 하지만 다음에 이어지는 말에 화가 났던 기분은 금방 풀어졌다.

“케이트라고, 기억하실지 모르겠습니다.”

“케이트 아가씨 말씀입니까?”

크레이는 가슴이 두근거렸다. 어떻게 그녀를 잊는다는 말인가? 전 영주의 딸이자 자신에게는 첫사랑이었다. 크레이는 그렇게 믿었다.

“이번에 우연히 케이트를 뉴베리 마을에서 발견했습니다.”

데릭스 남작의 비웃음을 띤 얼굴을 보자 크레이는 자신이 너무 흥분했다는 사실을 알았다.

“엘프디언하고 같이 나타나서 마을을 공격했다고 하더군
요.”

케이트도 중요했지만 엘프디언이라니? 크레이는 자신의
귀를 의심했다.

“정말 엘프디언이 나타났습니까?”

케이트를 영원의 숲에 보낼 때도 엘프디언의 존재에 대해
서는 믿지 않았다. 지난 백 년 동안 그들은 나타나지 않았다.
지금은 있는지 없는지도 모르고 소문만 무성할 뿐이었다.

몇백 년 전의 약속? 웃기는 소리였다. 그래서 책임자인 슈
미트 경에게 만약 엘프디언을 찾지 못한다면 뉴베리 마을로
돌아와서 조용히 숨어 지내라고 제안했었다. 그러면 자신이
알아서 처리하겠다는 말도 잊지 않았다. 슈미트도 케이트를
불쌍하게 생각했기에 크레이의 말에 동의를 했었다. 단, 엘프
디언을 찾지 못했을 때에 그렇게 하겠다고 못을 박았다.

이제나저제나 하고 연락을 기다렸지만 슈미트로부터는 연
락이 없었다. 결국 남작이 정한 기간인 1년이 되어서도 케이
트는 나타나지 않았다. 그때도 콜 남작은 크게 걱정하지 않는
눈치였다. 그때부터 그는 엘프디언에 대해서 더욱 의심하게
되었다.

“우리가 구한 경비병의 말로는 그렇다고 하더군요. 마법
무기를 가진 다섯 명의 엘프디언이라고 했습니다. 하지만 아
쉽게도 우리가 마을에 도착했을 때는 모든 마을 사람들이 죽

어 있었습니다. 유감입니다. 조금만 빨리 갔더라면……."

정말로 분해하는 데릭스 남작을 보면서 어디까지가 진실인지 크레이는 감을 잡을 수가 없었다.

"그렇게 신경을 써주셔서 감사합니다."

의심은 나중 문제였고, 답례 인사는 해야 했다. 어쨌든 조사해 볼 가치는 있었다. 다른 건 몰라도 엘프디언 이야기는 쉽게 믿을 수가 없었다.

"아닙니다. 응당 해야 될 일이지요. 처음 그랑시온 왕께서 명하시기를, 템플턴 남작님을 도와서 영지를 안정시키라고 하지 않았습니까? 그런데 그 말을 지키지 못했습니다. 전설처럼 엘프디언들이 잔인하기는 했지만 저희가 갔을 때는 증명해 줄 사람이 없었지요. 그래서 직접 조사를 할까 하다가 영지의 주인이신 템플턴 남작님께 누가 될까 싶어서 급히 케이트만 데리고 돌아올 수밖에 없었습니다. 아, 그리고 저희가 구한 경비병은 상처가 심해서 죽었습니다."

크레이는 이제야 대충 감을 잡을 수 있었다. 증명해 줄 사람이 없으니 나서지 말라는 이야기였다. 이야기가 계속될수록 데릭스 남작에게 끌려가고 있었다.

"고생이 많으셨습니다."

이유야 어찌 됐든 케이트를 자신에게 줄 것이다.

"케이트는 남작님께 넘기겠습니다. 철저한 조사를 하시리라 믿습니다. 참고 삼아 말씀드리자면 마을 곳곳에 이런 글귀가 남아 있었습니다."

"어떤 글귀입니까?"

"'여기는 우리의 땅이다. 약속을 어긴 자에게 자비란 없다', 이런 글이었습니다."

"백 년 전 이야기랑 비슷하군요."

제나르 사람이라면 어렸을 때 누구나 한 번쯤은 들어본 말이다. 백 년 전에 엘프디언이 마을 하나를 없애 버린 후에 저런 글을 남겼었다.

"예, 그래서 걱정입니다. 혹시라도 템플턴 남작님에게 해가 될 것 같아서요."

"해라니요?"

"그렇지 않습니까? 겨우 다섯 명으로 삼백여 명이 사는 마을을 도륙한 그들입니다. 전설처럼 그들이 강하다면, 남작님께는 물론이고 그랑시온 왕께도 영향을 미칠 것입니다. 그것이 걱정이지요."

"그런……."

크레이는 그 말에 대답을 할 수가 없었다. 자신은 완전히 걸려들었다.

"그래서 제가 작은 소문을 내고 말았습니다."

데릭스 남작은 잠시 뜸을 들였다. 확실히 뛰어난 화술을 가지고 있었다.

크레이는 자기도 모르게 침이 말랐다.

“쇼운 때문에 엘프디언들이 화가 났다는 것이지요.”

“음.”

훌륭한 계략이었다. 사실이 아니어도 소문이 퍼지기 시작하면 사실처럼 될 것이다.

“크레이 남작님께서 무도한 콜을 제거하고 영주 위를 승계한 이유가 무엇입니까?”

“그야 콜 영주는 쇼운의 첩자가 아니었습니까?”

명목상의 이유가 아닌, 실제로도 콜 영주는 쇼운의 첩자였다. 그랑시온이 내전을 일으키며 제일 먼저 크레이를 시켜서 제거하게 만들었다. 대외적으로는 사고라고 알려졌고, 내전과 함께 왕에 등극한 그랑시온의 명으로 크레이가 영주가 되었다. 하지만 크레이가 콜 영주의 목을 쳐서 죽였다는 소문이 돌고 있었다.

“그렇습니다. 그것과 연관시키면 되는 것입니다. 쇼운과 콜이 너무 무리한 요구를 했기에 엘프디언이 화가 난 것이라는 소문을 내는 것입니다. 그러다 보면 아마 콜 영주의 죽음도 엘프디언의 저주 때문이라고 소문이 날지도 모르지요. 그리고 곧 쇼운 왕을 찾아갈 거라는 소문을 낸다면, 글랜 성에 웅크리고 있는 쇼운도 편히 잠을 자지는 못할 겁니다. 소문이란 다 그런 것 아닙니까? 하하하!”

크레이는 결국 진실을 알 수가 있었다. 이것 때문에 영지의 안정화라는 명목하에 뉴베리까지 갔고, 영지민을 자신의 허락도 없이 마음대로 죽였으리라. 확실히 엘프디언과 적이 되었다는 소문이 난다면 쇼운에게는 좋을 것이 없었다. 제나르 사람이라면 누구나 엘프디언에 대한 소문을 알고 있었고, 엘프디언은 그 이름만으로도 부담스러운 존재였다. 더구나 백년 만의 폭주라는 소문은 그랑시온에게 매우 유리하게 작용할 것이다. 거기다 글랜 성으로 가는 길 주변의 마을 두어 곳을 더 그렇게 만들어놓는다면 공포는 걷잡을 수 없을 것이다. 크레이는 케이트랑 같이 있었다는 사람들이 정말 엘프디언인지 더욱 의심이 갔다. 어쩌면 슈미트 일행이었는지도 모른다. 그랑시온의 음모가 어디까지인지 짐작조차 할 수가 없었다.

데릭스 남작이 덧붙이듯 말했다.

"아, 그리고 템플턴 남작님도 로드 슬레이어라는 오명을 벗을 수 있겠지요."

아직까지 자신의 목줄은 그랑시온이 쥐고 있었다.

2

데릭스 남작은 장난을 치듯 애를 태우다가 떠나는 날이 되어서야 케이트를 넘겼다. 그래도 기쁜 마음으로 제법 큰 주머니를 데릭스 남작의 몫으로 찔러주었다.

크레이는 케이트의 방에서 술을 마셨다. 영주가 되면서 이 방을 달라고 조르던 미사의 말을 묵살하고 자신만의 공간으로 남겨두었다. 그런데 이런 날이 올 줄은 몰랐다. 죽었다고 생각했던 케이트가 지금 침대에 누워 있다.

"난 너를 하루도 잊은 적이 없다."

크레이는 케이트에게 다가갔다. 2년 전보다 훨씬 아름다운 얼굴이었다. 이제야 겨우 권력을 손에 넣었고, 꿈에 그리던 여인까지 자신의 것이 되었다. 이제부터 시작이었다. 크레이는 보석을 만지듯 조심스럽게 케이트의 얼굴을 쓰다듬었다. 조금 야윈 볼의 느낌이 너무 좋았다. 아니, 케이트의 모든 것이 좋았다. 그 순간,

"누구냐?"

문이 열리는 소리에 크레이가 신경질적으로 말했다. 아무도 들어오지 말라고 분명 말해두었건만 누군가가 들어온 것이다.

"저예요."

그렇게 말하며 뒤에서 크레이를 껴안았다.

"숙녀 흉내는 그만 내지?"

이런 대담한 짓을 할 여자는 한 명뿐이 없었다.

"왜 그러세요? 이런 모습이 좋다고 했잖아요."

"이제는 싫어졌다."

이제 실물이 나타났으니 더 이상 대용품은 필요가 없다. 그런데도 자신에게 달라붙었다. 때려도 소용이 없었다.

어깨에 느껴지는 아픔에 크레이는 인상을 썼다. 어깨를 깨

물고 있는 미사의 머리채를 휘어잡고 따귀를 때렸다.

"아!"

묘한 비명 소리를 내며 미사가 입술의 피를 핥았다.

"더 때려주세요."

크레이는 미사의 말에 피가 끓어올랐다.

"소원대로 해주지."

미사는 크레이에게 머리채를 잡힌 채 끌려 나갔다.

그날 밤 크레이의 방에서는 끊임없이 비명이 터져 나왔다.

새벽녘이 되어서야 크레이는 잠이 들었다. 다시 크레이의 관심을 끌었다는 생각에 미사는 만족스런 미소를 지었다. 그런 미사의 얼굴은 눈 뜨고 못 볼 정도로 변해 있었다. 미사는 살금살금 도둑고양이처럼 크레이의 방을 나와서 케이트의 방으로 갔다.

"오랜만이에요, 아가씨."

미사는 케이트를 내려다보며 부드러운 목소리로 말했다. 확실히 자신이 2년 전에 모시던 케이트였다.

그러나 케이트는 대답이 없었다. 미사는 혼자 신이 나서 떠들었다.

"한번은 꼭 만나고 싶었는데……."

"왜냐고요?"

"아가씨도 참 급하세요. 이유를 말씀드릴게요."

그러며 미사는 옷을 벗었다. 온몸이 상처와 멍투성이였다.

그중에는 오래된 상처부터 오늘 만들어진 따끈따끈한 상처까지 골고루 자리를 잡고 있었다.

"보여요, 아가씨? 덕분에 이렇게 됐어요."

미사는 모든 것을 보여주기 위해 제자리에서 한 바퀴 돌았다. 등에는 채찍에 의해서 만들어진 상처들이 빼곡했다.

상처를 쓰다듬는 미사의 눈빛이 변했다.

"너 때문에 내가 이렇게 됐다고!"

미사의 말투도 갑자기 바뀌었다.

"눈 뜨고 보란 말이야!"

미사는 케이트의 눈을 억지로 벌리며 말했다.

"똑똑히 봐!"

"지난 2년 동안 내가 얼마나 힘들었는지 알아? 살기 위해서 별 짓을 다했다고."

미사의 목소리에 물기가 묻어났다.

"이제야 조금 살 만해졌는데 네가 다시 나타난 거야. 나를 이렇게 만든 것은 용서할 수 있어. 하지만 크레이는 안 돼. 내가 크레이를 너한테 뺏길 것 같아? 어림없는 소리 마. 절대 뺏기지 않을 거야. 크레이는 내 거야!"

미사는 미리 준비한 집게를 들었다. 생각 같아서는 케이트의 얇고 긴 손가락을 부러뜨리고 싶었다. 하지만 그렇게 되면 크레이가 눈치 챌 수도 있었다.

"아가씨, 저를 원망하지 마세요."

미사는 원래의 목소리로 돌아와 있었다. 케이트의 입에 헝겊을 물렸다. 아주 가끔 케이트는 정신을 차린다고 들었다. 혹시라도 정신을 차려서 소리를 지르면 위험했다.

이불을 걷자 예쁜 발이 나타났다. 확실히 태생이 다른 귀족 출신이라 발가락도 예뻤다.

"아가씨, 발이 참 예쁘네요."

미사는 케이트의 발을 쓰다듬었다. 자신의 발이 참으로 초라하게 보였다. 오른쪽 새끼발가락을 집게에 물렸다.

"아가씨, 아직 시간은 많으니까 오늘은 이것 하나만 부러뜨릴게요."

미사의 손에 힘이 들어가고, 이내 우두둑 하는 소리가 들렸다. 고문을 할 때 쓰는 집게라 케이트의 발가락에서 피가 나지는 않았다. 외관상으로는 쉽게 알아보지 못할 것이다.

케이트는 고통에 눈을 떴다. 비명을 지르고 싶었는데 입을 무언가가 막고 있었다.

"아가씨, 깨어나셨군요?"

말을 건넨 것은 미사였다. 얼굴은 형편없이 변해 있었지만 케이트는 미사의 모습을 잊어본 적이 단 한 번도 없었다.

"사람들이 아가씨를 어떻게 다루었는지 발가락이 부러졌어요. 그래서 제가 치료를 했어요. 많이 아프셨죠?"

그렇게 말하며 미사는 케이트의 입에서 헝겊을 꺼냈다. 집게는 침대 밑에 감추었다.

“고마워.”

케이트는 쥐어짜듯 말을 했다. 자신을 원망하지는 않는 것 같았다.

“아가씨, 물이라도 드릴게요.”

바싹 마른 입술을 타고 물이 입속으로 들어왔다. 케이트는 살아 있다는 느낌이 들었다.

“아가씨, 이제 편히 쉬세요. 여행을 마치고 집으로 돌아오셨잖아요.”

케이트는 불안했다. 자신의 옆에 꼭 붙어 있던 재수 오빠가 보이지 않았다. 아니, 항상 보이던 다른 오빠들도 보지 못했다. 그래도 미사의 말을 들으니 안심이 되었다. 진짜 자신은 집으로 돌아온 것이다. 다시 잠이 왔다.

“뭐 하는 짓이지?”

크레이의 목소리가 등 뒤에서 들렸다. 미사는 몸이 절로 떨렸다. 자신의 행동을 크레이가 봤을지도 몰랐다.

“아가씨가 보고 싶어서요. 마침 아가씨가 잠깐 깨어나서서 물을 조금 드렸어요.”

“정말 케이트가 눈을 떴나?”

케이트가 깨어났다는 말에 기뻐하는 크레이를 보며 다행이라고 생각했다. 그녀가 케이트의 발가락을 부러뜨린 것을 보지 못한 것 같았다. 하지만 케이트가 눈을 떴다는 말에 이렇게 반응을 하다니 한편으로는 씁쓸했다.

“예, 제가 왜 거짓말을 하겠어요. 저한테 고맙다고 말씀까
지 하셨는데요.”

“알았다. 그만 나가봐.”

크레이의 말투가 많이 누그러졌다.

“크레이님은…….”

미사는 말끝을 흐렸다. 크레이의 품에서 잠들고 싶었다.
심하게 때린 날은 언제나 옆에 있어주었다.

“네가 신경 쓸 일이 아니다.”

“예.”

크레이의 말을 들으며 미사는 물러날 수밖에 없었다.

아침이 되어도 크레이는 방으로 돌아오지 않았다. 하녀에
게 물어보니 집무실에 있다고 했다.

미사의 위치는 묘했다. 2년간 크레이의 옆에서 버틴 덕에
하녀보다는 높은 위치였지만 그 이상은 아니었다. 하녀들이
그녀를 가리키며 ‘얼룩 개’라고 욕하는 것도 알고 있다. 그녀
는 항상 멍이 들어 있었다. 때때로 얼굴에도 멍이 들어서 소
문을 뒷받침해 주곤 했다. 멍이 든 얼굴이 부끄럽지는 않았
다. 처음에는 부끄럽고 크레이가 무서웠지만 지금은 크레이
가 자신을 사랑하는 증거라고 생각했다.

미사는 하녀를 불러서 크레이가 만들어준 사랑의 상처에
약을 발랐다. 그런데 왠지 하녀의 손길이 못마땅했다.

“아얏!”

미사는 일부러 크게 소리를 냈다. 이 정도의 아픔은 아무것도 아니었지만 그녀만의 유희를 즐기기 위한 준비였다.

“죄송합니다. 죄송합니다.”

하녀는 죄송하다는 말을 연거푸 하며 눈물까지 흘렸다.

“흥! 멍청한 계집애. 잘못을 했으면 혼이 나야지.”

그렇게 말하며 미사는 몸을 일으켰다.

미사가 몸을 일으키자 하녀는 얼른 무릎을 꿇고 빌었다.

“마님, 죄송합니다. 용서해 주십시오.”

평소에는 마님이라고 부르면 용서를 해주곤 했다. 하지만 오늘은 ‘얼룩 개’ 미사가 작정을 했다는 것을 미처 알지 못했다.

하녀는 미사가 서랍에서 채찍을 꺼내 들자 말없이 침대에 엎드렸다. 반항을 하면 그녀를 더욱 기쁘게 하고, 그만큼 시간이 길어졌다. 반항을 하지 않고 그냥 채찍질을 당하면 금방 흥미를 잃었다. 그리고 엎드리면 등에만 채찍질을 했다. 그것은 경험에서 우러나온 것이다.

쫘악!

하녀는 고통을 참기 위해 이불을 입에 물었다. 절대 소리를 내면 안 되었다. ‘얼룩 개’ 미사는 고통을 참지 못해서 나오는 억눌린 신음 소리에 더욱 흥분했다.

“흥! 네년이 버틴다, 이거지? 어디, 누가 이기나 해보자!”

흥분이 미사의 온몸을 감쌌다. 크레이한테 맞을 때하고는 또 다른 쾌감이었다.

평소보다 오래 이어진 채찍질에 결국 하녀는 참지 못하고 소리를 내고 말았다.

"좋아! 아주 좋아! 내가 그래서 너를 좋아하는 거야! 더욱 소리를 질러라! 더 크게! 더!"

3

"젠장, 힘들어 죽겠네."

도신이가 투덜거렸다.

"그러게. 비까지 오고 지랄이야."

옆에서 상식이가 냉큼 대꾸했다.

"쉿! 힘이 남아돌지?"

인수가 도신이와 어깨를 나란히 하면서 말했다.

"판초 우의가 몸에 달라붙어서 죽겠습니다."

"그래도 그 정도면 괜찮은 거다. 제이미를 봐. 아무 말 없이 가잖아."

인수는 바로 앞에서 걷고 있는 제이미를 가리키며 말했다.

"형수님은 아무 말이 없는 게 아니고 말을 못하는 거 아닙니까?"

"음, 그거야 그렇지."

도신이의 반박에 인수는 일순 말문이 막혔다.

"그래도 판초 우의라도 걸친 게 어디야? 사냥꾼들 봐라. 맨몸이잖아."

엄밀히 말해서 사냥꾼들은 맨몸이 아니었다. 가죽으로 된 우장 같은 것을 상체에 두르고 있었고, 거기다 아래위 모두 가죽으로 된 옷을 입어서 쉽게 젖지는 않을 것 같았다.

피터와 함께 선봉을 서고 있던 재수한테까지 말소리가 들렸는지 재수의 목소리가 들렸다.

"닥치고 따라와!"

"야, 나한테 그런 거냐?!"

인수가 혹시나 하고 물었다.

"엉."

사도신과 김상식은 발작하는 인수를 붙잡아야만 했다.

열여덟 명의 인원은 지금 야간 행군 중이었다. 비까지 내리고 있어서 판초 우의를 입을 수밖에 없었다. 인수는 제이미에게 판초 우의를 양보했다. 사냥꾼들은 비에 대해서 어느 정도 준비가 되어 있었지만 제이미는 그런 준비가 없었다.

총은 비가 올 때를 대비해서 만든 가죽 덮개가 있었기 때문에 비를 맞지는 않았다. 인수는 비를 고스란히 맞았지만 판초 우의처럼 기분 나쁘게 달라붙지 않아서 활동하기가 더 편했다.

삼 일 전 베리에 잠입했던 피터의 말에 의하면 소문이 무척이나 안 좋다고 했다. 엘프디언이 뉴베리 마을 사람들을 몰살시켰다는 소문이 온 마을에 이미 퍼져 있었고, 다음은 베리 마을이라는 소문까지 나돌고 있었다. 쇼운 왕 때문에 엘프디언이 화가 난 것이고, 쇼운 왕이 죽어야 멈춘다는 소문도 있었다. 케이트가 너무 못생겨서 엘프디언이 화가 났다는 이야기도 있었다. 그래서 쇼운 왕의 동생인 왕국제일미녀라고 소문난 안젤라 공주를 바쳐야 된다는 소문도 있었다. 이밖에도 아이들부터 잡아먹는다는 소문에 마을에는 아이들의 소리가 들리지 않는다고 했다. 대부분이 허황되고 어이없는 소문이었다.

그중 가장 쓸 만한 것은 기병대에 대한 이야기였다. 아마도 인수가 본 기마병들은 그들인 것 같았다. 기병대가 영주의 성으로 돌아간 지도 며칠이 지나 있었다. 또한 크레이라는 자가 영주가 되었다고 했다. 크레이라는 이름은 케이트에게 들은 적이 있었다. 계획을 세우며 가장 조심해야 될 인물로 케이트가 지명했던 인물이다. 동일 인물인지는 확실하지 않지만 어쨌든 조심해야 될 것 같았다.

일행은 비를 맞으며 길을 재촉했다. 피터의 말로는 영주성이 얼마 남지 않았다고 했다.

"그래서?"

크레이는 저녁 늦게 보고를 받고 있었다. 보고를 하는 병사는 크레이가 며칠 전에 뉴베리 마을에 보낸 자였다. 한눈에 보아도 급하게 온 것이 분명한 모습이었다. 초저녁부터 내리기 시작한 비를 흠뻑 맞아서 얼굴까지 묻은 진흙과 지금 그가 무릎 꿇고 있는 바닥에는 그의 몸에서 흘러내린 빗물과 흙으로 더럽혀지고 있었다. 하지만 크레이는 그런 것에는 신경을 쓰지 않았다.

"예, 마을은 불타서 흔적만 남아 있었습니다."

"모두 불에 탔다고?"

"예."

"시체는?"

"시체는 모두 매장되어 있었습니다."

"매장이 되어 있었다?"

살아남은 사람들이 있다는 소리였다. 사냥꾼이 많은 마을이니 사냥을 나갔던 사냥꾼들이 돌아온 모양이다.

"예, 하지만 누가 그런 것인지 흔적은 발견하지 못했습니다."

"무덤 숫자는 얼마나 되던가?"

"250개 정도였습니다."

대충 마을 사람들 숫자가 맞았다.

"내가 시킨 대로 살펴보았나?"

"예, 말씀하신 대로 살펴보았습니다. 시체가 이미 썩고 있었지만 검상이나 창상으로 보이는 상처를 발견할 수 있었습니다."

"확실한가?"

"예, 틀림없습니다. 일부러 십여 구의 시신을 파내서 빈틈

없이 살폈습니다.”

“베리 마을과 뉴베리 마을 사이의 차단은 확실히 하고 왔나?”

“예, 수상한 자가 나타나면 무조건 체포하라고 했습니다.”

“수고했다. 그만 물러가라.”

“예, 영주님.”

크레이는 골치가 아팠다. 데릭스가 벌인 일이 확실했다. 그리고 거슬러 올라가면 그랑시온 왕이 나왔다. 영지도 얻었으니 슬슬 그랑시온의 그늘에서 벗어나고 싶었지만 그것이 쉽지가 않았다. 이번 일로 영지민의 동요가 상당했고, 들리는 소문들이 예사롭지 않았다. 무리한 징병과 세금은 반발로 이어질지도 몰랐다. 크레이는 엘프디언이 그런 존재였나 하는 생각이 들었다. 백 년 전의 전설을 철석같이 믿고 있는 것도 황당했다.

“영주님, 부르셨습니까?”

크레이는 침통한 표정으로 영주의 침대 옆에 무릎을 꿇었다.

콜 영주는 병색이 완연했다. 자신이 몰래 중독시킨 독의 효과가 나타나고 있었다. 치료사의 말로는 오늘을 넘기지 못할 거라고 했다.

“크레이, 가까이 오게.”

“예.”

크레이는 콜에게 가까이 다가갔다. 자신이 그랑시온의 첩자라는 사실은 죽을 때까지도 모를 것이다.

"크레이, 마지막으로 부탁 하나만 하겠네."

조용하면서도 날카롭던 목소리가 아니었다. 죽어가는 자의 목소리였다. 크레이는 측은한 마음까지 들었다. 첩자로 잠입했지만 이유야 어쨌든 10년이 넘도록 자신의 로드였다.

"말씀하십시오."

"사람들을 물려주겠나?"

"영주님 말씀을 들었겠지? 모두 나가게."

어차피 이 방에 있는 인물들은 모두 크레이에게 포섭된 자들이었다.

마지막으로 치료사까지 나가고 나자 영주가 자신을 가까이 불렀다.

"귀를……."

크레이는 영주의 말대로 귀를 가까이 댔다. 아직까지는 영주의 충직한 기사였다.

"그동안 고마웠네. 클클클."

콜은 웃음을 참지 못하겠다는 얼굴이었다.

"무슨 말씀이신지?"

크레이는 콜의 웃음소리를 들으며 무언가 잘못되었다는 것을 알았다. 하지만 애써 태연한 척했다.

"자네 덕에 나의 로드이신 쇼운 왕께서 왕위를 계속 지킬 수 있을 거야. 모두 자네 덕분이야."

크레이는 자신의 귀를 의심했다. 쇼운이라니? 이미 공작과 연계를 하고 공작을 왕으로 추대하기 위한 연판장에 서명도 하지 않았던가?

표정을 잘 드러내지 않는 크레이가 놀란 얼굴을 하자 아주 재미있다는 듯이 콜은 다시 웃으며 입을 열었다.

"클클클, 내가 자네의 정체를 몰랐을 것 같나? 엘프디언? 웃기는 이야기지. 나도 잘 믿기지가 않는 이야기였지. 나는 그저 시간이 필요했을 뿐이야."

"그럼 케이트는?"

"그 아이한테는 미안한 일이었지만 어쩔 수가 없었지. 동……."

크레이는 콜의 말소리가 잦아들자 급히 귀를 갖다 댔다.

"지옥에서 기다리겠네."

그렇게 말하며 콜은 크레이의 귀를 깨물었다.

"으아아악!"

크레이는 비명을 지르며 잠에서 깼다. 꿈이었다. 자신의 오른쪽 귀를 만져 보았다. 아직도 그날의 상처가 만져졌다.

4

"어디쯤이야?"

재수가 털썩 주저앉으며 말했다.

“못 찾겠다.”

케이트에게 들은 것만으로 비밀 통로를 찾는 것이 쉽지가 않았다. 벌써 몇 개의 바위 더미를 뒤졌는지 모를 정도이다. 어두운 곳에서 찾으려니 더욱 힘들었다.

“그럴 때는 주문을 외워야지.”

“무슨 주문?”

“못 찾겠다 꾀꼬리.”

“죽을래?”

인수는 순간적으로 울컥해서 진짜로 화났을 때의 목소리가 튀어나왔다.

“미안해.”

재수도 긴장했다. 지금 잘못 건드리면 폭발할지도 몰랐다.

인수의 목소리에서 짜증이 묻어났다.

“야, 너 좀 비켜봐.”

인수는 재수가 앉은 바위가 그 바위 같았다.

“내가 쉬는 꼴을 못 보지?”

“내가 만약 바위를 밀어서 비밀 통로가 나타나면 죽어!”

“설마?”

재수가 일어난 바위를 인수가 힘을 주어서 밀자 드르륵 소리와 함께 옆 바위가 움직이며 구멍이 나타났다.

“하하하! 여기 있었네!”

“네가 아주 매를 벌지?”

“자, 들어가자.”

재수는 모른 척 군장을 벗고 앞장을 서서 구멍으로 머리를 집어넣었다. 인수는 그냥 웃을 수밖에 없었다. 휘파람을 불어서 주변에서 경계를 서고 있는 일행을 불렀다. 재수가 등잔을 찾았는지 입구에서 빛이 새어 나왔다. 한 명씩 작은 구멍 속으로 모습을 감추었다.

인수가 마지막으로 비밀 통로를 닫고 계단을 내려오자 모두 자리를 잡고 앉아 있었다. 여기저기 횃불이 타올라서 통로가 무척 밝았다.

“지금부터 케이트 구출 및 성 점령 작전에 대해 설명하겠다.”

인수는 그렇게 말하고 잠시 뜸을 들이자 모두의 이목이 인수에게 집중되었다. 지금까지는 모든 것이 순조로웠다.

“피터가 알아온 정보로는 영주성에 케이트가 있는 것이 분명하다. 우리가 제일 먼저 할 일은 케이트의 위치를 찾는 것이다.”

“어떤 식으로?”

“일단 들키지 않게 비밀 통로를 따라 잠입한 후에 케이트의 위치를 아는 사람을 사로잡아서 위치를 알아낸 다음 은밀하게 구출한다. 케이트 구출조는 나하고 재수, 상식이, 도신이가 간다.”

“저는 안 갑니까?”

상태가 아쉬운 듯 말했다.

“상태는 통로에 남아서 퇴로를 지킨다. 사냥꾼들도 마찬가지다. 만약에 들키게 되면 너희들의 책임이 막중하니까 아쉬워하지 마라.”

“예, 알겠습니다.”

여러 명이 그렇게 대답하자 비밀 통로에 목소리가 울렸다.

“쉿, 목소리가 너무 크다.”

“그럼 만약 들키면?”

재수가 인수에게 목소리를 낮추고 물었다.

“만약 구출 작전에서 들키게 되면 마법 무기 사용을 허가한다. 그리고 천천히 비밀 통로로 후퇴한다. 상태는 퇴로가 막히지 않도록 엄호한다.”

인수는 일부러 총이라고 말하지 않고 마법 무기라고 바꾸어 말했다. 전설의 엘프디언처럼 사냥꾼들에게 신비감을 심어줄 필요가 있었다. 인수가 아리스 인를 상대하기 위해서 세운 기본 전략은 공포와 신비감이었다.

“그럼 케이트는?”

“재정비 후에 재수가 사냥꾼 두 명을 데리고 케이트를 찾는다. 나머지는 엘프디언 한 명과 사냥꾼 두 명으로 조를 만들어서 성 점령에 나선다. 나머지 사냥꾼 두 명은 제이미를 보호한다. 불만있냐?”

재수가 입을 삐죽여서 인수는 그렇게 덧붙였다.

"아니야."

말은 그렇게 했지만 불만이 어려 있는 목소리였다. 케이트를 찾는 것에 소극적으로 보여서 그런 것 같았다.

"확실히 말해."

인수는 재수에게 다시 물었다. 확실히 해야만 했다. 불만이 있어서 돌출 행동을 하면 골치가 아픈 정도에서 끝나는 것이 아니라 목숨이 위험했다.

"없어."

"성에 있는 병사들의 숫자는 백여 명이다. 내성에는 몇 명이나 있을지 알 수 없지만 많아야 서른 명 정도라고 생각한다."

"확실한 겁니까?"

상식이가 물었다.

"병사들이 백여 명인 것은 확실하다. 겁나냐?"

"아닙니다."

상식이의 표정을 보니 약간 겁이 나는 모양이었다. 하지만 인수는 충분히 이길 수 있다고 생각했다. 관건은 아무도 죽거나 다친 사람 없이 성을 점령하는 것이다.

"좋아. 다음은 들키지 않고 무사히 케이트를 구출할 경우에 대해서 말하겠다."

"언제 그런 걸 다 생각하셨습니까?"

거침없이 말하는 인수를 보며 상태가 존경스러운 눈빛을

보내며 말했다.

"많은 걸 알려고 하지 마라. 다친다."

인수는 그렇게 말하며 경직된 분위기를 풀려고 했다. 물론 웃는 사람은 없었다. 포반원들은 썰렁해서 웃지 않았고, 사냥꾼들은 말뜻을 이해 못해서 웃지 않았다.

"케이트를 무사히 구출하게 되면 우선적으로 비밀 통로로 옮긴다. 사냥꾼 두 명은 남아서 케이트와 제이미를 보호하고, 나머지는 전부 크레이란 이름의 영주 생포 작전을 실시한다."

"생포하지 못하거나 죽으면 어떻게 합니까?"

상태가 진지하게 물었다.

"죽는 건 상관없다. 만약 놓치게 되면 내성과 외성의 통로를 차단하고 내성에서 농성에 들어간다. 그 다음 상황은 그때 따로 이야기해 주겠다."

그때는 인수가 상상할 수 있는 최악의 상황이었다. 몰래 도망가는 수밖에 없었다. 하지만 잘 도망갈 수 있을지도 미지수였다.

"거기까지는 준비가 안 되어 있는 건가?"

도신이는 자기 딴에는 옆에 있는 상식이에게 이야기한다고 생각했겠지만 목소리가 커서 인수도 들을 수 있었다.

"그럴지도."

상식이가 보조를 맞췄다.

인수는 둘을 노려보다 애써 무시하며 다음 지시 사항을 전달했다.

"지금부터 각자 무기를 점검하고 잠시 후에 출발한다."

인수는 자리에 앉아서 무기를 점검했다. 발목의 단검을 꺼내서 정성껏 닦았다. 각반을 고쳐 매고 대검을 꺼내서 몇 번 던지는 시늉을 해봤다. 별거 아닌 것 같지만 실전에서는 이런 작은 것들도 중요하게 작용했다. 오른쪽 허벅지에 달린 손도끼를 꺼내서 닦은 후에 마찬가지로 몇 번씩 던지는 시늉을 했다. 무기가 부족한 것 같아서 단독군장을 풀어 예비로 가지고 다니던 대검을 허리 뒤쪽에 가로로 하나 더 결속했다. 무기는 많으면 많을수록 좋았다. 검을 닦은 후에 마지막으로 총을 점검했다. 총기 수입 도구를 꺼내서 부품을 하나하나 차분하게 수입했다. 총구와 약실 상태도 깨끗하고 별다른 이상은 없었다.

인수가 점검을 끝내고 주위를 살펴보자 대부분 점검을 끝내었다. 사냥꾼들은 총을 점검하는 포반원들을 신기한 듯이 쳐다보았다. 마법 무기라고 이야기만 했지 그들도 사용하는 모습을 본 적이 없었고, 이렇게 분리하는 모습도 본 적이 없었다.

"신기한가?"

인수가 피터를 보며 말했다.

"예, 인수님."

"안타깝군. 너희에게도 주고 싶지만 함부로 만지면 큰일이

나거든. 예비로 가져온 것도 없고 말이야.”

“아닙니다. 저희는 이 활로도 충분합니다.”

피터는 활을 들어 보이며 말했다. 활에 대한 자부심을 알 수 있었다.

“그래, 좋은 자세야. 최선을 다할 때 결과가 좋은 법이지.”

인수는 그렇게 말했지만 좁은 통로에서 활이 얼마나 위력을 발휘할지 의문이 되었다. 차라리 단검이 나을 것이다.

“피터, 적을 제압하면 검과 같은 무기를 챙기는 것이 좋을 거야. 이런 좁은 곳에서는 활을 쏘지 못할 경우가 있으니까.”

“예, 알겠습니다!”

피터의 목소리가 너무 컸다. 며칠 동안 같이 지내면서 이런 대답에 익숙해져 있었다.

“쉿, 너무 크다니까.”

피터는 자신감이 넘쳐 보였지만 다른 사냥꾼들은 벌써부터 긴장한 티가 역력했다.

인수는 이들의 긴장을 풀어줄 좋은 생각이 떠올랐다.

군장 깊숙이 넣어둔 녹색의 플라스틱 상자를 꺼냈다. 그것은 군용 삼색 위장 크림이었다. 한번 얼굴에 바르면 씻어도 잘 지워지지 않고 피부에 뾰루지를 무한 생성하는 공포의 물건이었다. 물론 사냥꾼들에게는 거짓말을 하는 것이지만 이것으로 인해서 사기가 오르고 적을 겁내지 않고 싸운다면 그 걸로 충분하다고 생각했다.

“사냥꾼들부터 내 앞으로 서도록.”

인수의 명령에 피터가 제일 먼저 인수의 앞에 섰다. 인수는 플라스틱 상자를 열어서 내용물을 보여주며 말했다.

“이것은 우리 엘프디언들이 쓰는 ‘용기의 가루’ 라는 마법 가루다. 검은 가루는 적의 힘을 약하게 하고 공포를 심어줄 것이며, 녹색 가루는 너희에게 힘과 용기를 심어줄 것이다. 그리고 갈색 가루는 적으로부터 너희를 보호할 것이다. 무서워하지 말고 당당하게 적과 맞서라. 너희들은 이제부터 엘프디언의 병사들이다.”

인수의 그럴듯한 설명에 사냥꾼들은 감격한 것 같았다.

“감사합니다, 인수님.”

피터가 눈물을 떨어뜨릴 것 같은 얼굴로 말했다.

[한인수 병장, 그거 그냥 위장 크림이잖아!]

인수는 재수가 아리스 어로 말하지 않는 것에 감사했다.

[너, 그거, 무슨 효과라더라? 플라시보 효과라던가? 그런 것도 모르냐?]

[그걸 알면 내가 여기 있어? 서울대 다니고 있지.]

[하여튼 그런 게 있어. 아스트릭스인가 그 만화 보면 무슨 물약 먹고 힘 세지는 것도 나온 것 같은데?]

[몰라.]

[아, 그거, 저도 본 적이 있는 거 같습니다.]

도신이가 기억이 난다는 듯이 말했다.

[하여튼 그런 거야. 비록 평범한 위장 크림이지만 자신은 강해지고 적은 약해지는 효과가 있다고 하면 가뜩이나 긴장한 애들 힘나잖아. 안 그래? 군소리 말고 너희들도 발라.]

[알았어.]

"너희들은 진짜 행운아다. 이건 만들기가 어려워서 내가 조금만 쓸려고 했더니 다른 엘프디언들이 듬뿍 발라주라고 하는구나."

인수는 그렇게 둘러대었다. 이들이 모르는 언어를 알고 있다는 것이 이럴 때는 좋았다.

"감사합니다. 감사합니다, 엘프디언들이시여!"

"쉿, 너무 크잖아!"

5

"아가씨, 저예요."

"기다리셨다고요?"

"기뻐요. 저를 그렇게 생각하고 계셨다니."

"오늘도 크레이에게 맞았어요."

"제가 불쌍하다고요?"

"아니에요. 요즘은 최고로 기분이 좋아요."

"왜냐구요?"

"크레이가 자주 때려주거든요."

“아가씨도 기쁘다구요?”

“어머, 아가씨도 저하고 똑같은 것 같아요. 저도 맞을 때가 좋거든요.”

“크레이요?”

“크레이는 잠들었어요. 저를 때린 날은 잠이 잘 오나 봐요.”

그렇게 말하며 미사는 케이트의 입을 벌리고 헝겊을 물렸다. 그리고 이불을 걷었다. 이틀 전에 부러뜨린 새끼발가락의 색깔이 변해 있었다.

“새끼발가락의 색깔이 아름답게 변했어요.”

미사는 발가락을 만지며 말했다.

“다른 발가락도 그렇게 해달라고요?”

“알았어요, 아가씨. 저는 언제나 아가씨의 말을 잘 듣는 하녀잖아요.”

미사는 케이트의 네 번째 발가락을 집게에 물렸다.

“미사.”

아주 작은 목소리였지만 막 힘을 주어서 발가락을 부러뜨리려던 미사는 갑자기 불려진 자신의 이름에 깜짝 놀랐다. 말소리가 들린 곳에는 케이트가 눈을 뜨고 자신을 슬픈 얼굴로 바라보고 있었다.

“아, 아가씨!”

“미안하구나.”

케이트는 조금 전 미사가 했던 말을 모두 듣고 있었다. 이상한 소리를 하는 미사가 무섭기도 했고 한편으로는 불쌍하고 측은했다.

"아가씨, 일어나셨군요? 죄송해요. 아가씨, 저는… 저는……."

미사는 당황해서 어쩔 줄 몰라 하다가 눈물을 흘리며 말을 잇지 못했다.

"이리 오려무나."

케이트는 힘들게 팔을 벌리며 미사를 불렀다. 미사가 한 일이 어떤 일이었는지 알게 되었지만 불쌍한 얼굴을 하고 울고 있는 하녀를 차마 미워할 수가 없었다. 하녀를 불쌍하게 생각하다니, 지난 2년의 시간이 케이트를 변하게 만든 것인지도 몰랐다. 품에 안겨 울고 있는 하녀를 보며 케이트는 전에는 몰랐던 다른 세상을 맛보고 있었다. 울고 있는 하녀를 위로하는 주인이라니…….

미사는 케이트의 품에서 정말 서럽게 울었다.

"아가씨!"

한참을 울던 미사가 눈물을 닦으며 케이트를 불렀다.

"왜 그러느냐?"

케이트는 미사의 머리를 쓰다듬으며 미소를 지어 보였다. 앞으로는 이 아이에게 잘해주어야겠다는 생각이 들었다.

"그동안 고마웠어요."

“무슨 말이…….”

케이트는 더 이상 말을 할 수가 없었다. 미사의 손이 케이트의 목을 조르고 있었다.

“캑캑! 살…….”

케이트는 살려달라는 말을 하고 싶었다. 아직 하고 싶은 일이 너무 많았다.

“죽어주세요. 그것이 저를 도와주는 거예요.”

미사는 손에 더욱 힘을 주며 음산하게 말했다.

“뭐 하는 거냐?!”

크레이가 뛰어 들어오며 소리를 질렀다.

미사는 크레이의 목소리에 깜짝 놀라서 케이트에게서 손을 떼고 물러났다.

미사의 손에서 벗어난 케이트는 기침을 하며 거칠게 숨을 들이켰다.

케이트의 모습을 본 크레이의 손이 거칠게 휘둘러졌다.

“무슨 짓이냐? 죽고 싶은 거냐?”

크레이의 손에는 조금의 자비심도 없었다.

“살려주세요. 잘못했어요.”

“잘못을 했으면 죽어야지.”

크레이의 손에 제대로 반항 한 번 하지 못하고 미사는 그렇게 맞고만 있었다.

어느새 실신을 했는지 미사는 움직이지 않았다.

“그만 하세요.”

케이트의 말에도 크레이의 손은 멈추지 않았다.

“그만 하세요, 크레이 경!”

케이트는 있는 힘을 다해 소리를 질렀다. 그때서야 크레이의 손이 멈추었다. 하지만 미사는 이미 피투성이였다. 케이트는 이 두 남녀의 끔찍함에 몸을 떨었다.

“아가씨를 위해서 그런 겁니다.”

크레이는 몸을 떠는 케이트에게 그렇게 변명했다. 하지만 그런 모습이 케이트에게는 예전의 모습을 떠올리게 했다. 2년의 시간이 지났지만 인간 백정 크레이는 지금도 인간 백정일 뿐이었다.

“늦은 시간이지만 아버지를 불러주세요. 하고 싶은 말이 있어요.”

케이트는 더 이상 크레이를 보고 싶지 않았다.

“영주님은 죽었습니다.”

크레이는 담담하게 말했다.

“아버지가 죽다니, 무슨 말씀이세요? 왜 죽어요?”

케이트는 아버지가 죽었다는 것이 믿기지 않았다. 별로 좋아하지는 않았지만 그래도 아버지였다.

“사고였습니다.”

크레이는 대외적으로 알려진 영주의 죽음을 알려주었다.

“그럴 리가 없어요. 그럴 리가…….”

사고라니? 케이트는 아버지를 누구보다 잘 알았다. 절대로 쉽게 죽을 분이 아니었다. 크레이의 말에 믿음이 가지 않았다.

"걱정하지 마십시오. 아가씨는 제가 평생 돌봐드리겠습니다."

"당신이 그랬군요?"

케이트는 혹시나 해서 크레이에게 물었다. 그녀의 직감이 크레이를 의심하고 있었다.

"제법 아버지를 닮아서 눈치가 있어. 걱정하지 마라. 넌 내가 평생 돌봐주지."

기다렸다는 듯이 크레이는 가면을 벗었다. 말투마저 바뀐 채 비릿하게 웃으며 케이트에게 가까이 다가갔다.

"엘프디언들이 당신을 가만두지 않을 거예요."

케이트는 인수가 근처에 있을 거라고 생각했다.

"흥! 또 엘프디언인가? 너를 엘프디언에게 보낸 너의 아버지마저 그걸 믿지 않았는데?"

"그럴 리가 없어요."

케이트는 크레이의 말이 믿기지 않았다.

"인수 오빠! 재수 오빠! 엘프디언!"

케이트는 애타게 불렀지만 아무도 대답이 없었다. 케이트는 이 상황이 믿기지가 않았다. 덜컥 겁이 났다. 혹시 크레이에게 죽은 것인가? 불길한 생각이 들었다.

"아무리 소리를 질러도 너를 도와줄 사람은 아무도 없다."

"뭐, 뭐 하는 거예요?"

케이트는 가까이 다가오는 크레이를 보며 멀어지려고 했다. 하지만 생각과 다르게 팔과 다리에는 힘이 없었다. 크레이가 가차없이 사람을 죽이던 그날의 모습이 떠올랐다.

"비명을 질러. 그래서 날 기쁘게 해줘. 너의 비명 소리가 듣고 싶군. 그때처럼."

크레이는 케이트의 턱을 움켜쥐고 자신의 얼굴을 케이트의 얼굴에 포갰다. 케이트의 거부하는 몸짓을 보자 더욱 흥분되었다.

"으음."

케이트는 자신의 입술에 닿은 크레이의 입술이 너무나 싫었다. 벗어나고 싶었다. 케이트는 신께 간절히 빌었다.

케이트의 기도가 통했는지 크레이가 움직임을 멈추었다. 케이트는 간신히 크레이의 몸 아래에서 빠져나올 수 있었다. 크레이의 등에는 단검이 박혀 있었고, 그 뒤에는 끔찍하게 모습이 바뀐 미사가 서 있었다. 기도와는 다르게 자신을 도와준 사람이 미사였지만 그래도 다행이었다.

"아가씨, 제가 무슨 짓을 한 거죠?"

미사의 목소리가 떨렸다.

케이트는 아무 말도 할 수가 없었다. 미사의 얼굴이 일그러졌다. 좋아서 그런 건지, 아니면 슬퍼서 그런 건지 알 수가 없었다. 미사는 크레이의 등에 꽂힌 단검을 뽑았다. 상처에서 피가 흘러나왔고, 크레이는 죽었는지 움직이지 않았다.

미사는 단검을 말없이 보기만 하다가 갑자기 큰 소리로 웃기 시작했다. 제정신이 아닌 것 같았다.

미친 듯이 웃던 미사가 갑자기 웃음을 멈추고 케이트를 쳐다보았다. 케이트는 미사의 눈빛을 딱히 뭐라고 단정 지어 말할 수가 없었다. 하지만 단검을 손에 든 채 다가오는 미사를 보자 무슨 생각을 하는지 알 수 있었다.

"다가오지 마!"

케이트는 비명을 질렀다.

6

인수가 막 비밀 통로를 열었을 때 들려온 여자의 웃음소리에 일행은 멈칫할 수밖에 없었다. 인수는 주먹을 쥐어 보이며 대기하라는 신호를 보낸 후 고개를 내밀어서 바깥을 살펴보았다. 사람의 기척은 없었다. 조정간을 단발로 조정하고 경계 자세를 취하며 방 안으로 살며시 들어섰다. 케이트의 말처럼 단순한 서재였다. 창가에는 책상이 있었고, 그 앞으로 소파 두 개가 마주 보고 있었다. 특별히 누가 숨어 있을 만한 것은 없었다. 맞은편 문틈으로 불빛이 보였다. 웃음소리는 그 문 너머에서 들려왔다.

인수는 재수를 가리키며 따라오라는 신호를 보냈다. 둘은

기도비닉(조용히 안 들키고 움직이는 것. 군사 용어)을 유지하며 문가에 다가가서 귀를 기울였다. 웃음소리는 이미 멈추어 있었고, 비명 같은 목소리가 터져 나왔다. 인수가 케이트의 목소리라고 생각했을 때 재수의 발은 이미 문을 걷어차고 있었다.

"움직이지 마!"

인수는 기선 제압을 위해 소리를 지르며 재수의 뒤를 따라서 뛰어들었다. 방 안에는 칼을 든 여자가 케이트에게 다가가고 있었다.

타앙!

재수의 총이 불을 뿜었다. 인수가 말릴 틈도 없었다. 케이트 앞에 있던 여자가 허물어졌다.

케이트는 얼굴에 피를 흠뻑 뒤집어쓰고 있었다. 잠시 정적이 흘렀다.

"꺄아아악!"

그때서야 상황을 인지했는지 케이트의 비명이 방 안에 울려 퍼졌다.

[미친!]

인수는 욕이 튀어나왔다. 케이트의 상황이 위급하기는 했지만 이런 방법은 안 되었다. 조용하고 은밀하게 처리할 필요가 있었다. 재수의 총격에 상황이 꼬이기 시작했다.

"케이트!"

재수는 이름을 부르며 침대로 달려가서 케이트를 품에 안았다. 인수는 그 모습을 보고 감동 같은 것을 느낄 시간도 없었다.

"전부 이리로 와! 급하다!"

기도비닉과 같은 것들은 이제 필요가 없어졌다.

인수의 부름에 비밀 통로에서 대기하고 있던 나머지 일행이 우르르 방으로 쏟아져 들어왔다. 사냥꾼들은 방금 전 총소리에 겁먹은 얼굴이었다.

"이것이 마법 무기의 위력이다. 무섭나?"

"아닙니다!"

사냥꾼들은 큰 소리로 대답했다. 인수에게는 그 대답이 무섭다는 소리로 들렸다. 하지만 정신교육을 하고 있을 시간이 없었다.

"지금부터는 성 점령 작전이다. 아까 통로에서 이야기했던 대로 각자 두 명씩 데리고 산개해서 적을 제압한다."

"예, 알겠습니다."

재수는 아직도 케이트를 끌어안고 다독이고 있었다. 인수는 그 모습을 보고 눈살을 찌푸렸다.

"그만 떨어져라, 장재수! 네가 벌인 일은 수습해야지!"

인수는 짜증이 났다. 재수가 조금만 신중했으면 훨씬 수월했을지도 몰랐다.

"한참 좋았는데."

재수는 그렇게 말하며 케이트를 품에서 놓아주었다.

“케이트, 영주는 어디에 있지?”

케이트는 재수의 품에서 어느 정도 진정이 된 것 같았다. 케이트의 얼굴에 반가움의 눈물이 보였다. 하지만 인수는 다정하게 인사를 나눌 생각조차 하지 못했다.

“아버지는 죽었어요.”

케이트는 울먹이며 말했다.

“그건 알고 있다. 안됐구나, 케이트.”

인수는 마음이 급해 짧게 위로의 말을 건넸다. 지금은 영주를 사로잡는 것이 중요했다. 모두가 살기 위한 방법이었다.

“크레이란 자가 신임 영주라던데?”

인수의 물음에 케이트는 침대에 쓰러져 있는 남자를 가리켰다.

“이자가 크레이야?”

인수는 확인하듯 물었다.

“예, 인수 오빠.”

재수의 총에 맞아 머리가 터져 죽은 여자의 시체 밑에 깔려 있는 남자는 온통 피투성이였다. 더 볼 것도 없었다.

“피터.”

인수는 피터를 불렀다. 아까 이동하면서 조를 만들 때 피터와 제프라는 사냥꾼이 제이미를 보호하기로 했었다.

“예, 인수님.”

“여기 이 여자와 제이미를 부탁한다. 서재로 일단 옮겨서 보호하도록."

"알겠습니다, 인수님."

이미 각자 조별로 횃불을 하나씩 들고 이동 준비가 되어 있었다.

"총소리를 듣고 적들이 몰려오고 있을 거야. 최대한 신속하게 점령한다. 반항하면 무조건 사살해도 좋다."

"예, 알겠습니다."

"가자."

인수는 문을 열고 밖으로 나갔다. 아직까지 복도에서 마주친 사람은 없었다.

"상식이와 도신이는 왼쪽으로 가고 나하고 상태, 재수는 오른쪽으로 간다. 각자 흩어져서 복도와 각 방을 제압하고, 나는 내성 문을 막겠다."

"예."

"우리는 엘프디언이다! 항복하라!"

인수는 그렇게 말하며 복도를 뛰어갔고, 그 뒤를 따라서 사냥꾼 두 명이 따라붙었다. 사냥꾼 중 한 명은 횃불을 들고 있어서 통로가 어둡지 않았다. 인수는 무작정 앞으로 뛰며 소리를 질렀다. 뒤에 따라오는 사냥꾼들도 인수를 따라서 외치기 시작했다.

"항복하라! 항복하라!"

"우리는 엘프디언이다!"

뒤에서 일행이 외치는 소리가 들렸다. 앞쪽에 문이 열리는 것이 보였다. 인수는 달려가는 것을 멈추지 않고 있는 힘껏 문을 차버렸다. 쾅! 소리와 함께 문이 닫히며 찢어지는 듯한 비명이 들렸다. 누가 있었는지 살펴볼 틈도 없이 인수는 그대로 앞으로 달려나갔다.

"우리의 목표는 내성 문이다! 신경 쓰지 말고 그대로 간다!"

주춤하는 사냥꾼들을 향해 외치며 인수는 앞으로 달려나갔다. 일단 제일 밑으로 가서 내성과 외성 사이의 문을 막을 생각이었다. 그곳이 가장 중요했다.

눈앞에 계단이 보이는 것으로 방향을 제대로 잡았다는 것을 알 수 있었다. 계단을 올라오는 병사가 보였다.

"우리는 엘프디언이다! 항복하라!"

인수의 외침에도 불구하고 병사들은 멈추지 않았다.

탕!

인수의 총이 가차없이 불을 뿜었다. 왼쪽의 병사가 뒤로 넘어갔다. 오른쪽에 있던 병사는 총소리에 놀랐는지 앞으로 엎어졌다. 인수는 그대로 뛰어 내려가며 일어나는 병사의 얼굴을 걷어찼다. 비명을 지르며 병사는 계단 아래로 굴러 떨어졌다.

인수는 계단으로 내려와서 더 이상 전진할 수가 없었다. 이미 앞쪽에 십여 명의 병사들이 나타나 있었다.

인수는 계단 아래에서 재빨리 무릎쏴 자세를 취하며 말했다.

"우리는 엘프디언이다! 항복하면 살려주겠다!"

"거짓말하지 마라!"

대답을 한 남자는 다른 병사들과는 다르게 반짝거리는 갑옷을 가슴에 걸치고 있었다.

"난 두 번 말하지 않는다."

탕!

인수는 망설임없이 방아쇠를 당겼다. 한 명을 죽여서 백 명을 살릴 수만 있다면 기꺼이 그렇게 할 생각이었다. 반짝거리는 갑옷도 총알은 막지 못했는지 남자는 그 자리에서 쓰러졌다. 갑옷이 튼튼해 보여서 걱정을 했는데 인수의 총은 충분히 효과를 발휘했다.

총소리가 들리자 무기를 버리고 엎드리는 병사들도 있었고 뒤로 도망가는 병사들도 있었다.

"항복하라! 항복하는 자는 그 자리에 엎드려라!"

탕!

다시 한 번 총소리가 울려 퍼졌다. 인수의 총소리와 함께 도망가는 병사들 중 한 명이 쓰러졌다.

"항복하는 자는 그 자리에 엎드려라!"

효과가 있었는지 앞다투어 엎드리기에 바빴다.

"여기 있는 병사들을 모두 묶어라! 반항하는 자는 모두 죽여라! 고개를 들어도 죽여라!"

인수는 횃불을 들지 않은 사냥꾼에게 그렇게 명령을 내렸다.

"예! 알겠습니다, 인수님!"

사냥꾼은 씩씩하게 대답했다. 인수는 본보기로 엎드려 있는 자에게 다가가서 발로 사정없이 걸어찼다.

"움직이지 말라고 했다!"

물론 인수가 걸어찬 남자는 움직이지 않았다. 하지만 맨 앞에 있었던 것이 그의 잘못이었다. 항복한 병사가 열 명이 넘어서 사냥꾼 혼자 감당하기에는 벅차 보였다. 그래서 일부러 움직이지 못하게 만들려고 괜한 트집을 잡은 것이다. 인수의 발길질에 남자는 비명만 지를 뿐이었다. 몇 번의 발길질 끝에 남자는 어느 순간 조용해졌다.

"내성 문으로 안내해라!"

인수는 다시 다른 한 명을 발로 걸어차며 말했다.

"알겠습니다. 따라오십시오."

남자는 벌떡 일어나서 달려갔다. 인수는 사냥꾼 한 명을 남겨두고 남자를 따라서 뛰어갔다.

길이 상당히 복잡했다. 혼자서 찾으려고 했으면 쉽게 찾지 못할 뻔했다. 이미 내성 성벽 위에 있던 병사들이 계단을 내려와 외성에서 들어오는 병사들과 합류하고 있었다. 이미 30명도 넘어 보이는 병사들이 내성 문 안에 들어와 있었다. 항복권유를 할 틈도 없었다. 만약 저 병사들이 먼저 공격을 가하면 위험했다. 인수는 갑옷을 멋지게 차려입은, 기사로 추정되는 인물을 겨냥했다. 문 양편에 피워져 있는 불이 오히려 인수에게 도움이 되었다.

탕!

인수가 쏜 총알은 인수를 배신하지 않고 그대로 남자를 쓰러뜨렸다. 역시나 병사들은 총소리에 놀라서 허둥댔다.

"누가 다음에 죽을 것이냐?! 엘프디언에게 반항하면 죽음뿐이다!"

인수는 그렇게 말하며 총을 쏘았다. 총소리가 들릴 때마다 병사들이 쓰러졌다.

"엘프디언! 엘프디언! 우리는 엘프디언이다!"

뒤에 서 있던 사냥꾼도 분위기를 탔는지 소리를 질렀다.

"항복한 자는 살려주겠다! 엎드려라! 서 있는 자는 모두 죽이겠다!"

인수는 그렇게 소리치며 다시 총을 쏘았다. 두 명이 더 쓰러지자 병사들은 전의를 상실하고 모두 엎드리기에 바빴다. 확실히 총소리는 익숙하지 않은 사람에게는 공포, 그 자체였다.

모두 엎드리고 나서야 인수는 내성 문 앞으로 뛰어갔다. 몇 명을 발로 걷어차서 일으켜 세웠다.

"일어나!"

인수의 발에 채인 병사들이 벌떡 일어났다.

"성문을 닫아라!"

인수는 머뭇거리는 남자를 본보기로 걷어차자 남자는 배를 맞고 앞으로 쓰러졌다. 인수의 발에는 인정이라는 것이 없었다. 거침없는 폭력이야말로 지금 인수에게는 가장 필요한 것이었다.

내성 문을 향해 달려오는 병사들이 보였다. 인수는 병사들을 향해서 총을 쐈다.

탕!

선두에서 달려오는 남자가 그대로 쓰러졌다. 달려오던 병사들이 주춤하는 것이 보였다. 인수가 일으켜 세운 병사들도 놀라서 다시 주저앉았다.

"일어나서 성문을 닫아라! 꾸물거리면 머리를 박살 내버리겠다!"

인수는 주변에 엎드려 있는 병사들을 마구 걷어차며 말했다. 그때서야 병사들이 움직이기 시작하더니 3미터가 넘어 보이는 내성 문이 닫히고 있었다.

7

인수는 성문이 닫히자 경계를 풀고 사냥꾼과 같이 병사들을 묶었다. 아무런 피해 없이 내성 문을 점령했다. 아직 완전히 점령했다고 말할 수는 없지만 그래도 결과는 만족스러웠다. 선제 공격이 주효했다. 전에는 사람을 상대한다는 것에 조금 망설이다 피해를 봤는데 오늘은 망설임없이 행동한 덕에 아직까지 피해가 없었다.

인수는 부상을 당하거나 죽은 자는 그대로 내버려 두었다. 병사들은 이미 기가 꺾여서 저항하지 않았다. 인수뿐만이 아니라 사냥꾼이 얼굴을 가까이 들이대기만 해도 깜짝 놀라곤 했다. 얼룩덜룩한 얼굴 위장이 제 몫을 톡톡히 하고 있었다.

"문을 부숴라! 어서 사다리를 가져와!"

내성 문 밖에서 누군가 병사들을 독려하고 있었다. 주춤하는 것 같더니 벌써 재정비를 한 것 같았다.

쿵!

묵직한 소리와 함께 문이 들썩였다. 공성추라도 끌고 온 것 같았다. 인수는 성벽 위로 뛰어 올라갔다. 성벽 아래를 내려다보니 공성추는 아니었지만 그것과 비슷했다. 커다란 통나무에 사람이 들고 운반할 수 있도록 손잡이가 붙어 있었다. 십여 명의 사람이 그 통나무를 들고 달려오고 있었다. 다행히 사다리는 아직 가져오지 못한 것 같았다.

"거기 책임자가 누구냐?"

인수의 말을 못 들었는지, 아니면 무시를 한 것인지 통나무를 들고 그대로 돌진했다.

쿵!

성벽까지 진동이 느껴졌다. 이대로 놔두면 머지않아 성문이 박살날 것 같았다. 인수는 병사들을 독려하는 자를 찾았다. 인수의 눈에 금방 검을 뽑아 들고 병사들을 독려하는 사람이 들어왔다. 벌써 몇 번째의 의도적인 살인인지 알 수 없었지만 일부러 의식하지 않으려고 노력했다. 인수는 전쟁 중이라고 마음먹었다.

탕!

또 한 번의 총성이 성안을 울리고 남자는 쓰러졌다. 공격을 하면서 불을 훤히 밝혀둔 것이 그들의 잘못이었다. 남자가 쓰러지자 성벽 아래가 소란스러워졌다.

"나는 엘프디언 한이라고 한다! 책임자가 누구냐?"

대답이 없었다. 인수는 본보기로 갑옷이 좋아 보이는 자를 다시 겨냥했다.

탕!

총소리에 어김없이 한 명이 쓰러졌다. 통나무를 들고 있던 자들도 통나무를 놓고 우왕좌왕했다.

"책임자가 누구냐?"

인수는 다시 물었다. 비명을 지르며 도망치는 병사도 있었다.

"난 베르켄의 기사 이반이다!"

뒤에서 한 남자가 뛰어오며 외쳤다.

"모두 조용히 해라!"

인수의 외침에 사방이 고요해졌다.

"당신이 최고 지휘관인가?"

인수는 만족해서 다시 성벽 아래를 향해서 물었다.

"그런 것 같다! 도대체 이게 무슨 짓이냐? 어서 빨리 내성 문을 열어라!"

"무슨 짓이냐고? 오늘 부로 콜 영지의 베르켄 성은 우리 엘프디언의 소유다!"

인수는 그렇게 선포했다.

"그게 무슨 소리냐? 왜 엘프디언이 베르켄 성을 공격하느냐?"

인수의 말에 조금 놀란 것 같았다. 말하는 그의 목소리가 떨렸다.

"우리의 영원한 친구 콜과 그의 딸이자 맹약의 증표인 케이트의 부탁을 받아들여서 이 영지를 되찾아준 것이다. 앞으로 콜 영지는 엘프디언들이 관리할 것이다. 이미 가짜 영주 크레이는 죽고 내성에 있던 병사들은 제압되었다. 그러므로 너희에게 아량을 베풀어 항복을 권유하는 바이다. 항복한 자에 대해서는 더 이상 죄를 묻지 않겠다. 지위도 보장해 주겠다. 난 두 번 말하지 않는다. 항복하겠는가, 아니면 뉴베리 꼴이 되겠는가?"

인수는 그렇게 말하며 총을 들어올렸다. 적들은 인수가 잘 보이지 않겠지만 인수는 병사들이 훤히 보였다.

"생각할 시간을 조금 주시겠습니까?"

인수의 말에 이반이란 기사의 목소리가 많이 누그러졌다. 거기다 말투도 공손해졌다.

“싫다. 지금 결정해라. 죽겠는가, 아니면 항복하겠는가? 두 가지 선택뿐이 없다.”

인수는 단칼에 거절했다. 시간을 주면 잔머리를 굴리게 마련이다. 생각할 틈을 주지 말고 몰아쳐야 했다.

“항복하겠습니다.”

“저는 항복하겠습니다.”

여기저기서 병사들이 동요했다.

“싫다는 걸로 알고 셋을 센 후 공격하겠다.”

인수는 더욱 고삐를 조였다.

“하나!”

항복하겠다는 병사들이 늘어갔다.

“둘!”

인수가 둘을 세자 병사들이 무기를 버리며 항복하겠다고 외쳤다.

인수가 막 셋을 외치려는 찰나에 이반이란 기사의 목소리가 들렸다.

“베르켄의 기사 이반은 항복하겠습니다.”

인수는 이제 되었다고 생각했다. 힘들이지 않고 성을 완전히 점령해 버렸다. 외성 점령은 내성 점령이 끝나고 아침이 되면 힘을 합쳐서 하려고 했는데 혼자서 점령을 한 것이다.

엘프디언에 대한 뉴베리의 악명이 오히려 전화위복이 된 것 같았다.

인수는 이반이라는 기사의 발치에 총을 쐈다.

총소리와 함께 마음을 놓고 있던 병사들이 다시 아우성쳤다.

"이것은 경고의 의미다! 약속을 어긴 자에게는 죽음뿐이다!"

인수는 그렇게 외치며 마무리를 지었다. 이 정도면 다른 마음을 먹지 못할 것이다.

"모든 병사들은 무기를 버리고, 기사 이반은 그들을 묶어라!"

인수는 그렇게 명령을 내렸다. 인수의 명령에 병사들이 무기를 한곳에 모았다. 이반은 병사들을 묶기 시작했다. 또 한 고비를 넘겼다.

인수는 잠시 성벽에 등을 기대었다. 긴장이 풀리며 피곤이 몰려왔다. 하지만 아직 쉴 수는 없었다. 내성이 정리되면 외성도 완전히 장악해야만 했다. 거기다 열두 개의 마을과 두 개의 요새까지 점령하려면 앞으로 할 일이 많았다.

인수는 자신이 벌인 일이 과연 잘한 일인가 하는 생각 따위로 고민하기는 싫었다. 이미 일은 벌어졌고, 적극적인 삶을 위해서 그렇게 했을 뿐이다. 이곳이 아니면 더 이상 인수와 전우들에게 허용된 곳이 없다는 생각이 들었다. 그래서 조금은 무모해 보이는 작전을 펼친 것이다. 성공할 수 있을지는 아직 확신이 서지 않았다.

"제프, 불안하냐?"

피터는 방 안을 서성이는 제프에게 물었다. 고함 소리와 총소리가 아직도 들려오고 있었다.

"피터 형, 그럼 안 불안해? 저 소리를 들어봐."

"난 별로."

피터가 막 그렇게 대답했을 때 갑자기 문이 열리며 한 남자가 뛰어들었다. 제프는 갑작스러운 공격에 단검을 채 뽑지도 못하고 외마디 비명을 지르며 자신의 목을 움켜쥐며 쓰러졌다. 이미 남자의 단검은 제프의 목에서 빠져나와 다른 먹이를 찾고 있었다.

"누구냐?"

피터는 노련한 사냥꾼답게 단검을 뽑고 상대와 마주 섰다.

"크, 크레이 경?"

소파에 누워 있던 케이트는 남자의 정체를 한눈에 알 수 있었다. 미사에게 찔려서 죽은 줄 알았던 크레이였다. 피를 흠뻑 뒤집어쓴 모습이 꼭 괴물 같았다.

피터의 말에 대답도 없이 크레이는 그대로 단검을 휘둘렀다. 피터는 상대의 단검을 살짝 뒤로 물러서며 피하고 재빠르게 다시 뛰어나가며 상대의 가슴을 향해 찔러갔다. 평범한 사냥꾼의 모습이라고는 할 수 없을 정도로 빠른 움직임이었다. 피터는 크레이의 오른쪽 어깨에 고개를 올린 채 손에 느껴지는 묵직함에 크레이를 제대로 찔렀다고 생각했다. 하지만 잠시 후 피터는 복부에 통증을 느끼며 숨을 들이마셨다. 비명 소리조차 나오지 않는 고통이 전신을 휩쓸었다. 간격을 벌리며 내려다보니 단검이 자신의 복부를 찌르고 있었고, 자신의 단검은 크레이의 손에 잡혀 있었다.

크레이는 손에서 피가 뚝뚝 흘러내렸지만 인상 하나 쓰지 않았다. 오히려 피터의 단검을 잡은 채 손을 비틀어서 단검을 뺏어서 바닥에 버렸다. 크레이는 왼손으로 피터의 어깨를 잡고 복부에 박혀 있는 단검을 뽑아서 피터의 복부를 찌르기 시작했다. 한 번, 두 번, 세 번…….

"꺄아아악!"

케이트는 크레이의 광기에 비명을 질렀다.

옆에서 입만 벙긋거리며 소리도 지르지 못하고 있던 제이미가 크레이의 등에 올라타서 주먹을 휘둘렀다.

크레이는 귀찮다는 듯이 제이미의 어깨를 잡고 책상 위로 던져 버렸다. 제이미는 둔탁한 소리를 내며 책상과 부딪친 후에 다시 바닥에 엎어졌다. 제이미가 움직이지 않자 크레이는 만족한 미소를 지으며 소파에 누워 있는 케이트를 쳐다봤다.

"다시 만났군."

크레이는 그렇게 말하며 케이트에게 다가갔다.

"제발!"

케이트는 간절하게 말했다.

"아까는 정말 죽는 줄 알았다. 나답지 않게 방심을 하다니 말이야."

크레이는 피가 흐르는 왼손을 뻗어서 케이트의 볼을 쓰다듬었다. 케이트는 크레이의 광기에 몸이 움직이지 않았다. 크레이의 손을 따라 케이트의 볼에 붉은 선이 생겼다.

"예쁘군!"

크레이는 감탄성을 내뱉으며 턱을 움켜쥐고 오른손의 단검을 붉은 선에 갖다 댔다.

"내가 가지지 못하면 그 누구도 가지지 못해!"

"꺄아아악!"

케이트의 비명이 다시 성안에 울려 퍼졌다.

재수는 대충 성안이 정리가 되어서 케이트에게 가는 길이었다. 이참에 케이트에게 확실히 인정받고 싶었다. 그때 재수의 귀에 비명 소리가 들렸다. 재수는 케이트의 목소리라고 확신했다. 마음이 급해졌다. 하지만 케이트의 방을 찾는 것이 쉽지 않았다. 몇 번을 허탕 친 후에 겨우 방을 찾을 수 있었다. 재수가 침실 문을 열었을 때 케이트의 비명이 다시 들렸다. 재수는 침실에서 서재로 통하는 문을 박차고 들어갔다. 누군가 비밀 통로로 뛰어 들어가는 모습이 보였다. 도망가는 자라면 적이 분명했다.

탕!

재수는 망설이지 않고 총을 쏜 후 잠시 경계 자세를 유지했다. 재수의 뒤를 따라서 두 명의 사냥꾼이 따라 들어왔다. 하지만 적은 이미 도망을 간 것 같았다. 적보다는 케이트가 중요했다.

“쫓아가지 마라!”

재수는 그렇게 말하고 경계 자세를 풀며 방 안을 살폈다. 제프와 피터는 바닥을 피로 물들인 채 누워 있었고, 제이미는 책상 옆에 쓰러져 있었다. 케이트는 얼굴이 피범벅이 된 채 소파 위에서 움직이지 않았다. 재수는 케이트의 모습을 보고 가슴이 철렁했다.

“케이트!”

재수는 케이트부터 살폈다. 가슴에 귀를 대보니 심장이 뛰는 소리가 들렸다. 재수는 초코파이와 위문 공연 때문에 교회에 나갔지만 이 순간만은 정말 하나님께 감사를 드렸다. 케이트의 얼굴을 살폈다. 왼쪽 뺨에 길게 칼자국이 나 있었고, 상처에서는 아직도 피가 흐르고 있었다. 재수는 급히 이불을 찢어서 상처를 싸맸다. 응급처치가 막 끝났을 때 케이트가 눈을 떴다.

“오빠!”

케이트는 그렇게 부르며 재수를 껴안고 울었다.

“이제 괜찮아. 괜찮아.”

재수는 케이트의 등을 토닥였다.

“크레이…….”

케이트는 울면서 말을 잇지 못했다.

“됐어. 말하지 마. 일단 치료부터 하자.”

“재수님, 피터와 제프는 죽었습니다. 제이미는 기절한 것 같습니다.”

보고를 하는 사냥꾼의 목소리는 침울했다. 동료의 죽음에 충격을 받은 것 같았다.

재수는 케이트를 안고 방을 나서며 말했다.

“비밀 통로를 막고 제이미를 데리고 오도록.”

“알겠습니다, 재수님.”

CHAPTER 4

영지

수는 케이트가 있는 방으로 들어갔다. 침대 옆에는 재수가 찰떡처럼 붙어 있었다. 치료는 이미 끝났는지 얼굴은 붕대로 감싸져 있었다. 보고는 새벽에 받았지만 외성을 완전히 점령하고 외성 문 앞에 나타난 병사들까지 처리하느라 시간을 낼 수가 없었다. 마을에서 총소리를 듣고 달려온 것 같았다. 인수의 사격에 말에 타고 있던 두 명이 죽고 나머지는 도망을 갔다.

"케이트는 어떠냐?"

인수는 재수의 뒤에 서서 조용히 물었다. 너무 늦게 와서 미안한 마음이 들었다.

“생명에는 지장이 없는데 얼굴은 흉터가 생긴대.”

재수는 침울하게 말했다.

“누가 그런 거냐?”

얼굴을 다쳤다고 대충 이야기는 들었지만 이 정도일 줄은 몰랐다.

“몰라. 아까 크레이 어쩌고 한 것 같기는 한데. 한인수 병장, 우리 케이트 불쌍해서 어떡하지?”

재수는 그렇게 말하며 케이트의 손을 붙잡았다.

“크레이? 지금 크레이라고 했어?”

인수는 너무 놀라서 심장이 내려앉는 것 같았다. 죽은 자다. 아니, 죽었다고 판단한 자다.

“엉, 크레이라고 말하는데 내가 말을 못하게 막았어. 너무 고통스러워 보여서.”

“젠장!”

“왜?”

“아니야. 나한테 화가 나서. 케이트를 부탁한다.”

인수는 그렇게 말하고 서둘러 케이트의 방을 나왔다. 미안한 마음에 더 이상 있을 수가 없었다. 지금 인수가 케이트를 위해 할 수 있는 일은 아무것도 없었다. 아니, 한 가지 있었다. 케이트의 영지를 찾아주는 것이다. 물론 그것은 인수와 전우들을 위해서도 꼭 필요한 것이었다.

“인수님.”

문 앞에서 사냥꾼 두 명이 무릎을 꿇었다.

"뭐냐?"

인수는 사냥꾼들의 갑작스러운 행동에 놀랐다.

"피터 형과 제프의 원수를 갚을 수 있게 해주십시오."

"안 된다."

인수는 딱 잘라 말했다. 피터와 제프도 손을 쓰지 못하고 죽었다. 그리고 정말 크레이란 자가 맞다면 사냥꾼 두 명으로는 더욱 상대하기 힘들지도 몰랐다. 상대는 기사이다. 그리고 지금 인수에게는 믿을 수 있는 사람이 필요했다.

"그자의 목을 가지고 오겠습니다. 허락해 주십시오."

사냥꾼은 간절하게 말했다. 인수도 마음이 약간 움직였지만 마음을 다잡았다.

"안 된다. 피터와 제프의 복수만 하고 말 생각인가?"

"예?"

"마을 사람들의 복수를 해야지. 안 그런가?"

인수는 더 큰 복수를 들먹이며 그들을 달랬다. 인수의 말에 어느 정도 납득을 한 것 같았다.

'피터, 약속은 지킨다.'

인수는 마음속으로 그렇게 다짐하며 그들을 남겨두고 외성으로 향했다. 제이미의 방에는 들르지 않았다. 제이미는 별로 다친 곳이 없다는 말을 이미 들었다. 걱정이 되기는 했지만 시간을 너무 지체하면 안 되었다. 인수에게는 아직 할 일이 많았다.

"별일없었냐?"

"예, 없었습니다."

상태는 병사들에게 눈을 떼지 않고 말했다.

상식이와 도신이는 외성에 올라가 있었다. 인수가 아까 마을에서 나타났던 병사들을 쫓아버리기는 했지만 다시 올지도 몰라서 외성 밖의 경계를 맡겼다.

"내성과 외성에 있는 사람은 모두 이곳으로 모았습니다."

옷을 제대로 갖추어 입지 못한 여자와 남자도 있었다. 대부분이 하녀나 하인인 것 같았다. 불안한 눈을 하고 쳐다보다가 인수랑 눈이 마주치면 얼른 눈을 아래로 깔았다.

"왜? 엘프디언 처음 보나?"

인수는 삐딱하게 말했다. 더욱 고개만 숙일 뿐 대답하는 사람이 없었다.

"여자는 이쪽으로 모인다."

인수는 방향을 지시하며 말했다.

"왁!"

인수는 여자들이 꾸물거리자 갑자기 소리를 질렀다. 놀란 여자들은 비명을 지르거나 울음을 터뜨렸다. 기어서 움직이는 여자들도 있었다. 손을 뒤로 묶으니 허둥대는 여자들이 많았다. 개중에는 차분하게 무릎을 꿇고 쉽게 일어나는 여자들도 있었다. 여자들이 인수가 지시한 방향으로 모두 옮겨가자 다시 명령을 내렸다.

"하인들은 이쪽으로 나와라."

남자들은 이미 여자들의 교훈을 깊이 새겼는지 빠르게 인수가 말한 곳으로 이동했다.

"조사를 해서 만약 거짓말을 한 자는 가만두지 않겠다."

인수의 말이 끝나자 슬며시 다시 주저앉는 사람이 보였다. 사람 사는 곳은 다 똑같은 것 같았다. 살기 위해서는 거짓말도 아무렇지 않게 하는 법이다.

"병사들은 지금 내성 문 바깥쪽으로 모인다."

인수의 말에 병사들이 일어나서 움직였다.

"누가 기사들보고 움직이라고 했나?"

인수의 말에 몇 명이 주저앉았다.

인수는 분류된 사람들을 다 믿을 생각은 없었다. 그저 이들이 인수를 믿게 만들면 되는 것이다. 사납고 포악해서 마을 하나는 순식간에 없애 버리는 엘프디언으로.

"잘 들어라. 지금부터 콜 영지는 엘프디언이 대리인으로서 관리한다. 이것은 우리의 친구인 콜 영주와 그의 딸이자 맹약의 증표인 케이트의 부탁에 의해 이루어진 것이다. 우리는 콜 영주를 크레이가 죽였다는 것을 이미 알고 있었다. 그래서 크레이를 쫓아내고 성을 되찾은 것이다. 이 점을 잘 알아두기 바란다. 우리는 절대 거짓말을 하지 않는다. 배신을 하라는 것이 아니라 원래의 주인에게 충성하라는 것이다."

인수는 크레이가 진짜로 콜 영주를 죽였는지 하는 것에는 관심없었다. 다만 그럴듯한 구실을 만들기 위해 갖다 붙인 것이다. 인수의 말에 다들 동요하는 것 같았다.

잠시 분위기를 살피다 기사들에게 다가갔다. 이제 슬슬 수확을 하면 되는 것이다. 제일 먼저 기사들을 휘어잡을 생각이었다. 패싸움은 우두머리 급이 제일 중요했다. 인수가 숱하게 읽은 무협지나 판타지에도 그렇게 나와 있었고, 심지어 영화나 만화에서도 항상 우두머리의 중요성을 강조했다.

기사들은 다섯 명이 있었는데, 그들은 철판으로 만들어진 고급스럽게 보이는 갑옷으로 상체를 빈틈없이 보호하고 있었다. 책에 나오는 플레이트 메일 같은 전신 갑옷은 아니었지만 사슬 갑옷보다는 훨씬 튼튼해 보였다.

"나에게 충성을 맹세하겠는가?"

인수는 제일 우측에 있는 기사에게 다가가서 물었다. 하지만 대답을 하지 않았다. 이것이 기사도인가 하는 생각도 들었다. 인수는 검을 뽑았다. 기사는 인수가 검을 뽑자 겁을 먹은 것 같았다. 인수는 천천히 검을 들어올려서 수평 베기 자세를 취했다.

"맹세."

기사는 끝까지 말을 하지 못했다. 인수의 검은 가차없이 기사의 목을 지나쳤다. 여기저기서 비명이 터져 나왔다. 인수는 마음속으로 죽은 기사에게 미안하다고 말했다.

"난 두 번 묻지 않는다!"

인수는 모두가 들으라는 듯이 크게 말했다. 모든 사람들에게 훌륭한 본보기가 될 것이고, 배신이라는 생각이 들지 않게 합리화시켜 줄 것이다. 생명은 누구에게나 귀중한 것이다.

"충성을 맹세하겠는가?"

인수는 바로 옆의 기사에게 물었다.

"충성을 다하겠습니다."

인수의 말이 끝나기가 무섭게 기사는 대답했다. 인수는 마음이 내키지 않았지만 어쩔 수 없었다. 지금 이자를 살려주면 안 되는 것이다.

"거짓말을 하는군."

인수는 그렇게 말하며 기사의 목을 베었다. 다시 여기저기서 비명이 터져 나왔다.

"조용히 해라. 입을 열면 그자부터 죽이겠다."

[한인수 병장님, 왜 그러십니까?]

상태의 목소리가 떨렸다. 이런 모습은 처음이라 많이 당황한 것 같았다.

[어쩔 수가 없다, 이들을 모두 우리편으로 만들기 위해서는.]

인수는 그렇게 말하고 옆의 기사에게 이동했다. 이반이란 자였다. 이자는 살려주고 싶었다. 아니, 피는 이미 손에 충분히 묻혔다.

"죽여라!"

이반이란 자는 인수가 앞에 서자 체념한 것처럼 말했다.

"싫다."

이런 태도가 인수는 마음에 들었다.

"희롱하지 말아라. 베르켄의 기사 이반은 명예롭게 죽겠다."

기사의 모범 답안처럼 말하는 것이 약간 답답한 면이 엿보였지만 이런 자야말로 인수에게 필요한 자였다.

"너에게는 선택권이 없다. 오직 복종만이 필요할 뿐이다."

인수는 그렇게 말하고 이반을 건너뛰어서 다른 기사 앞에 섰다.

"충성하겠는가?"

인수는 자세를 잡고 이반을 보며 말했다. 대답을 안 하거나 싫다고 하면 어쩔 수 없이 또 손에 피를 묻혀야 했다. 인수의 앞에서 떨고 있던 기사가 금방이라도 눈물이 쏟아질 것 같은 얼굴로 이반을 바라보았다. 이반은 기사와 눈을 마주치더니 입을 열었다.

"충성하겠다."

충성하겠다고 말은 했지만 공손하지가 않았다. 하지만 그 정도는 참아줄 생각이었다.

"다음부터는 존칭을 써라."

그렇게 말하며 인수는 이반이란 기사를 발로 계속 걷어찼

다. 오히려 깔끔하게 단칼에 죽는 것이 낫다는 생각이 들 정
도로.

기사들은 대충 그 수준에서 마무리를 지었다. 나머지 기사
들은 눈물까지 흘리며 진심임을 알리기 위해 애썼다. 인수는
충성의 맹세를 듣고 대범하게 기사들을 그 자리에서 풀어주
었다. 그것은 기사들이 덤벼도 무섭지 않다는 자신감의 표현
이었다.

이제 병사들을 처리해야 했다. 병사들은 정확히 60명이었
다. 병사들은 기사들의 변절로 더욱 쉽게 대답할 것이다. 하
지만 병사들은 기사와는 다른 방법으로 제압할 생각이었다.
최소한의 안전 장치가 필요했다.

인수는 병사들 앞에 서서 말했다.

"충성을 맹세하느냐?"

인수의 물음에 여기저기서 대답이 들렸다.

"좋다. 너희들이 충성을 맹세한다니 기쁘다."

[내가 명령을 내리면 병사 몇 명을 본보기로 걷어차.]

인수는 상태에게 그렇게 명령을 내렸다.

"지금부터 열 명 단위로 선다."

인수는 말을 끝맺음과 동시에 병사들에게 달려들어서 걷
어찼다. 상태도 덩달아 병사들에게 달려들었다.

"빨리 서라! 빨리 서!"

정신을 쏙 빼놓는 인수의 행동에 금방 열 명씩 섰다.

"너희들은 이제부터 '분대' 라고 불릴 것이다. 왼쪽부터 1분대, 마지막이 6분대다. 지금부터 각 분대마다 우두머리를 뽑는다."

병사들은 인수의 행동에 어리둥절해했다.

"셋을 세겠다. 우두머리는 앞으로 나서라. 만약 셋을 세는 동안 우두머리가 나서지 않으면 그 분대는 전부 죽는다."

"하나."

"아무나 빨리 나가."

"네가 해."

"둘."

인수는 둘을 세며 총을 들어올렸다. 인수가 총을 들어올리자 그 위력을 이미 알고 있는 병사들은 더욱 소란스러워졌다.

"그냥 제일 앞에 있는 사람이 해!"

"네가 나이가 제일 많잖아!"

"셋."

각 분대의 앞에는 정확히 여섯 명이 나와 있었다. 인수는 그 모습에 만족했다.

"너희들 우두머리는 이제부터 '분대장' 이라고 불릴 것이다. 명심하도록. 두 개의 분대는 한 명의 기사가 책임질 것이다. 이반은 1분대와 2분대를 맡을 것이다. 알겠나?"

"예."

인수는 나머지 두 명의 기사에게도 분대를 맡겼다.

이제 최종 마무리를 지으면 되었다. 즉흥적으로 생각해 낸 것치고는 제법 아귀가 맞아 돌아갔다.

"잘 들어라. 만약 하녀나 하인이 우리의 명령을 따르지 않거나 도망을 가면 병사를 죽이겠다. 병사가 명령을 따르지 않거나 도망을 가면 그 가족은 물론이거니와 분대장을 죽일 것이다. 분대장이 명령을 따르지 않거나 도망을 가면 그 분대는 물론이거니와 그 분대의 가족들까지 죽이고, 분대를 지휘하는 기사와 그 가족까지 모두 죽일 것이다. 알겠나?"

여기저기서 중구난방으로 대답하는 목소리가 들렸다.

"잘 안 들린다! 대답은 언제나 크고 정확하게 '예, 알겠습니다' 로 한다!"

"알겠나?!"

"예, 알겠습니다!"

2

포고문.

1. 콜 영지는 엘프디언이 케이트의 대리인으로서 관리한다. 이것은 우리의 친구인 콜 영주와 그의 딸이자 맹약의 증표인 케이트의 부탁에 의해 이루어진 것이다. 우리 엘프디언은 맹약의 증표인 케이트를 도와 극악무도한 로드 슬레이어 크레이를 쫓아내고 베르켄 성을 되찾은 것이다. 엘프디언은 절대 거짓말

을 하지 않는다. 배신을 하라는 것이 아니라 원래의 주인에게 충성을 하라는 것이다. 이미 베르켄 성의 모든 기사와 병사는 충성을 맹세했다. 만약 이 사실에 불만을 품고 반란을 일으키면 뉴베리처럼 엘프디언이 직접 토벌할 것이다.

2. 마을의 관리인과 경비대장은 이 포고문을 수령하는 즉시 베르켄 성으로 입성하여 충성의 서약을 한다. 만약 이에 불응하거나 10월 12일까지 입성하지 않는 관리인과 경비대장은 반란으로 간주하여 무조건 마을을 토벌한다. 뉴베리의 교훈을 잊지 말도록.

3. 극악무도한 로드 슬레이어 크레이는 콜 영주를 살해한 혐의로 수배한다. 그를 숨겨주거나 도와주는 자는 그 가족뿐만 아니라 마을까지 토벌한다. 그의 목을 가져오는 자는 금화 열 개를 포상하고 기사의 작위나 그에 준하는 포상을 한다.

4. 영지민의 세금을 생산량의 절반으로 줄인다. 이를 어기는 관리는 가족까지 참한다. 규정보다 세금을 많이 걷는 관리를 신고하는 자에게는 금화 다섯 개를 포상한다.

5. 마을의 모든 16세 이상 26세 미만의 젊은이는 마을의 경비대장을 따라 베르켄 성으로 입성한다. 이들은 영지병으로 5년간 복무한다. 이에 불응 시 그 가족까지 참한다. 영지병에게는 일 년에 금화 다섯 개를 지급한다.

6. 마을의 모든 사냥꾼들은 경비대장을 따라 베르켄 성으로 입성한다. 이들은 영지병으로 5년간 복무한다. 이에 불응 시 그

가족까지 참한다. 사냥꾼에게는 일 년에 금화 여섯 개를 지급한
다.

　7. 마을 관리인은 베르켄 성 입성 시 마을의 모든 관리 장부
를 가지고 입성한다. 이에 불응 시 명령 불복종으로 간주하여
관리인과 그 가족을 참한다.

　8. 경비대장은 베르켄 성 입성 시 영지병으로 복무할 자들과
함께 입성한다. 이를 어길 시 명령 불복종으로 간주하여 경비대
장과 그 가족을 참한다.

　9. 마을 경비병은 이번 가을 추수를 돕는다. 추수를 돕지 않
는 경비병은 명령 불복종으로 간주하여 경비병과 그 가족을 참
한다.

　10. 쇼운 왕이나 그랑시온 왕과 결탁한 자는 무조건 참하고,
그 가족은 물론 마을까지 토벌한다.

　11. 케이트와 엘프디언에게 충성을 맹세한 관리인과 경비대
장은 지위를 보장하고 종신 관리에 임명한다.

　12. 이 문서를 받는 경비대장과 관리인은 마을 주민을 모두
모아서 이 포고문을 읽고 마을 중앙에 붙여야 한다. 만약 마을
주민에게 포고문을 읽어주지 않았을 때는 관리인과 경비대장은
물론 그 가족을 전부 참한다.

영주 대리 엘프디언 한.

　인수는 오전 내내 머리를 싸매고 포고문을 만들었다. 나름

대로 고심한 끝에 만들었는데 완성하고 난 후 다시 보니 어딘지 모르게 어색했다. 하지만 더 이상 신경을 쓰는 것은 인수의 머리가 허용하지 않았다.

일단 연좌제를 도입해서 무조건 가족이나 마을 단위로 묶어버렸다. 이렇게 해야 행동에 제약이 생기고 조심스러울 것이다. 그리고 처음부터 뉴베리를 들먹이며 강조했다. 이미 뉴베리에 대한 소문은 엄청나게 부풀려졌다. 누군가의 음모로 생긴 악명이지만 그 덕을 끝까지 볼 생각이었다. 세금 부분은 생산량의 거의 7할을 걷고 있었기 때문에 경감을 해준 것이다. 먹고사는 문제만큼 사람을 현혹시키기 좋은 것도 없다. 거기다 병사들의 급료는 기존 병사들보다 금화 한 개를 올려준 것이고, 당장 궁병이 필요해서 사냥꾼을 모집한 것이다. 그리고 마을 경비병을 추수에 투입하면 반란을 미연에 방지할 수 있고, 영지병 모집으로 부족한 일손도 거들어줄 수 있다는 일석이조의 계산도 깔려 있었다.

"한님, 기사 이반입니다."

문을 두드리는 소리와 함께 이반의 목소리가 들렸다.

이반은 인수의 첫 번째 명령인 베르켄 마을 점령을 인명 피해 없이 훌륭하게 해냈다. 점령이라기보다는 설득에 가까웠지만 그런 것은 인수에게 상관없었다. 인수는 이반 덕에 기사 두 명과 병사 열여섯 명을 힘들이지 않고 손에 넣었다. 하지만 아쉽게도 마을에서 크레이를 본 자는 없었다.

인수는 이반에게 두 번째 명령으로 부상자와 사망자를 외성으로 옮기는 작업을 맡기며 세 번째 명령까지 같이 내렸다. 이반은 인수의 기대를 저버리지 않고 벌써 완수한 것 같았다. 혹시라도 있을지 모를 반항에 대비해서 인수는 자고 있던 도신이와 상식이를 내성 문에 급히 배치시켜 놓았었다. 총소리가 안 들렸으니 무사히 끝난 것이다.

"들어와!"

인수의 말과 함께 영주 집무실로 들어서는 이반의 얼굴은 딱딱하게 굳어 있었다.

"부상자는 병사 숙소로 옮겨서 치료 중입니다. 명령하신 대로 죽은 기사와 병사 서른네 명은 반란죄를 붙여 성문 앞에 효수했습니다."

어제까지만 해도 상급자, 동료 혹은 부하였다가 오늘은 반란자 신세가 된 서른네 명의 시신을 자신의 지휘하에 효수를 한 것이다. 기분이 좋을 리가 없었다.

성문 앞에 효수된 머리는 며칠 후에 도착할 각 마을 관리인들과 경비대장들에게 보여주기 위한 일종의 경고였다. 물론 인수는 그 끔찍한 짓을 하기 싫어서 이반을 시킨 이유도 있었지만 병사들의 충성도를 알아보기 위한 방법이기도 했다. 이고지식한 기사 이반은 자신이 내뱉은 충성의 맹세를 어기지 않고 인수의 명령을 완수했다. 거기에는 인수의 협박도 한몫했을 것이다. 어쩌면 인수를 피도 눈물도 없는 괴물로 생각하고 있을지도 몰랐다.

"불만이 있나?"

이반의 얼굴은 왜 그런 일을 시켰냐고 묻는 것 같았다.

"아닙니다."

"그 가족까지 죽이지 않은 것이 불만인가?"

인수는 한술 더 떠서 이야기했다.

"아닙니다."

"그래? 아쉽군. 불만이라고 말했으면 모두 죽이라고 명령을 내리려고 했는데."

인수는 그렇게 말하며 최대한 잔인하게 보이도록 이반을 보며 웃었다. 이반의 몸이 한차례 부르르 떨렸다. 인수는 이반의 반응에 만족했다.

"이것을 똑같이 옮겨 적어서 각 마을과 요새에 보내. 글을 읽고 쓸 줄은 알겠지?"

인수는 포고문을 이반에게 내밀었다.

"예."

이반은 대답을 하며 종이를 받아 들었다.

"인수님."

잠시 종이를 보던 이반이 떨리는 목소리로 인수를 불렀다.

"왜?"

"이 내용이 진짜입니까?"

“무슨 문제라도 있나?”

“너무 가혹한 요구 같습니다.”

“무엇이 가혹한가?”

“전부입니다.”

이반은 결심을 한 듯 입을 열었다. 30대 중반의 이 기사는 떨면서도 할 말은 했다.

“그래? 난 최대한 배려했다고 생각하는데.”

“각 마을 경비대는 병사가 많은 곳은 거의 서른 명 가까이 되는 곳도 있습니다. 그들이 만약 연합을 해서 베르켄 성을 공격한다면 너무나 끔찍한 결과가 나올 것입니다.”

“우리가? 아니면 그들이?”

인수는 농담처럼 말했다.

이반은 대답을 하지 못하고 얼굴이 벌겋게 달아올랐다.

인수는 웃음을 꾹 참으며 말했다.

“이 일은 빠르고 정확하게 지금 당장 이루어져야 할 거야. 많은 사람들의 목숨이 달려 있으니. 난 거짓말은 하지 않으니까.”

조금이라도 생각이 있다면 이반이란 자는 최대한 마을의 관리인과 경비대장을 설득하기 위해 노력할 것이다. 거기다 포고문을 들고 가는 병사들은 베르켄 성의 일을 낱낱이 떠벌릴 것이다. 그것이 병사가 입이 가볍거나 아니면 이반의 명령이겠지만 모든 소문이 그렇듯이 부풀려질 것이고, 그것은 인수가 바라는 바였다.

"예, 알겠습니다."

이반은 난처한 표정을 지으며 대답했다.

이반의 대답을 들으며 인수는 나가라는 손짓을 했다. 아직 할 일이 산더미였다. 각 마을의 관리인과 경비대 인원, 세금, 인구수, 수확량 등을 파악해야만 했다. 대충 어느 정도 감을 잡고 있어야 그들을 유리하게 이용할 수 있었다.

인수가 세금 장부를 살펴보고 있을 때 재수가 노크도 없이 문을 열고 들어왔다. 표정을 보니 실패한 것 같았다.

"내가 잡을 수 없을 거라고 했지?"

인수는 재수를 적극적으로 말렸었다. 일도 많은데 어디로 간 줄 알고 쫓아가냐고 면박을 줬는 데도 불구하고 재수는 인수의 말을 듣지 않고 나갔다.

"그 쥐새끼를 잡아야 되는데."

재수는 이를 갈았다.

"그 쥐새끼는 잠시 잊어라. 할 일이 많다."

심정적으로야 인수도 재수의 마음을 이해했다. 아니, 눈앞에 크레이가 있다면 단칼에 베어버렸을 것이다.

"크레이는?"

인수의 말에 재수가 항변했다.

"지금 도망 간 크레이가 중요하냐, 잘못하면 몇백 명이 몰려와서 우리 목을 비틀어 버리고 성 밖에 효수할지도 모르는

데? 네가 애지중지하는 케이트는 아마 어느 미친놈의 노리개
가 될지도 모르고.”

인수는 그렇게 말하며 위기감을 조성했다. 정말로 그런
일이 일어난다면 큰일이겠지만 안 일어난다고 장담할 수도
없었다. 이제 겨우 성 하나와 마을 하나를 접수했을 뿐이
다.

“무슨 소리야?”

“며칠 안으로 각 마을 경비대들이 연합해서 우리를 잡으러
올지도 모른다는 소리다.”

“무슨 경비대?”

“내가 지금 공문을 각 마을로 보냈어. 마을 관리인과 경비
대장은 와서 충성을 맹세하라고. 안 오면 마을을 토벌한다고
말이야. 일단 몇이나 올지 알 수가 없지. 더구나 몇 개 마을이
연합한다면 우리도 상당한 피해를 입을 거야.”

인수는 약간 부풀려서 말했다. 인수가 생각할 때 각 마을이
연합해서 공격할 가능성은 거의 없었다. 그들에게 명분을 만
들어주었기 때문에 약간은 반발하겠지만 포고문은 대체적으
로 채찍과 당근이 어우러져 있었다.

“그래서?”

“일단 당장 내일부터라도 베르켄 마을 사람부터 끌어다가
병사로 만들어야지. 신교대처럼 한 달 훈련으로 병사를 뽑아
내는 거야.”

“그게 가능해? 무기는?”

“불가능이 어디 있냐, 그렇게 되도록 만들면 되지? 그리고 무기, 별거 있냐? 일단 나무라도 잘라다가 나무 창이라도 만들어서 총검술이라도 가르쳐야지.”

“그럼 난 뭘 도우면 되는데?”

재수는 구미가 당기는 것 같았다. 재수의 주특기가 원래 이쪽 분야였다. 후임병 괴롭히기.

지금은 후임병이 없는 거나 마찬가지라서 못하고 있지만 그 성격이 어디 가겠는가?

“너야 당연히 신교대 대장이지. 도신이하고 상식이를 조교로 붙여줄 테니까 잘해봐. 내가 너만 믿고 사는 거 알지?”

인수는 재수를 추켜세웠다.

“때려도 돼?”

인수는 재수의 눈이 반짝이는 것을 보았다.

“반 죽여놔.”

3

그랑시온 왕에게.

나는 콜 영지의 영주 대리를 맡고 있는 엘프디언 한이다. 엘프디언의 친구인 콜과 그의 딸이자 맹약의 증표인 케이트의 부탁으로 우리는 베르켄 성을 점령했다. 이 편지를 읽고 있을 즈음에는 콜 영지는 완벽하게 엘프디언의 수중에 있을 것이다. 그리고 이 편지가 아니더라도 지금쯤은 우리에 대한 소식을 들었을 것이다. 이렇게 내가 친히 당신에게 편지를 보내는 이유는 당신을 걱정하기 때문이다.

우리 엘프디언은 제나르 왕국의 왕이 누가 되더라도 신경을 쓰지 않을뿐더러 관심도 없다. 이번 내전에서 엘프디언은 철저히 중립을 지킬 것이다. 그러나 만약 우리를 공격한다면, 엘프디언의 이름을 걸고 쇼운이 제나르의 유일한 왕이 되는 것을 도울 것이다. 부디 잘못된 판단으로 우리와 적이 되지 말기를 바란다.

이미 우리는 당신이 저지른 일을 알고 있고, 영원의 숲에 있는 다른 엘프디언들에게 연락을 취해놓았다. 서툰 짓은 하지 않으리라 믿는다. 우리를 못 믿겠다면 공격해도 좋다. 콜 영지에 발을 들여놓는 순간부터 철저하게 응징할 것이다.

콜 영지 영주 대리 엘프디언 한.

인수는 그랑시온에게 보낼 건방져 보이는 단어들로 도배된 편지를 옮겨 적었다. 약하게 보이고 몸을 낮추면 만만하게 볼 것 같았고, 이미 숲에서 나오기 전에 케이트와 상의를 하며 건방지고 거만하게 행동하기로 했다. 그것은 엘프디언의 예전 행동을 본뜬 것이었다.

인수는 그랑시온에게 보낼 편지를 다시 한 번 읽어본 후에 다시 볼펜을 잡고 쇼운에게 보낼 편지를 옮겨 적었다. 이곳의 펜은 쓰기가 불편해서 볼펜으로 쓰는 중이었다. 종이가 질이 나쁜 것만 빼면 볼펜은 훌륭히 이곳의 종이에 적응하고 있었다.

쇼운과는 멀리 떨어져 있었기 때문에 내전에서 중립을 지킬 것이며, 그랑시온이 콜 영지를 공격한다면 쇼운을 돕겠다는 내용을 썼고, 편지 말미에는 군자금을 달라는 이야기로 마무리를 지었다. 군자금을 준다면 좋고, 안 줘도 상관은 없었다. 단지 조금 친하게 지낼 필요가 있었다. 이 편지를 받은 쇼운은 어쩌면 반가워할지도 몰랐다. 적이 조금은 줄어든 것이나 마찬가지이기 때문이다. 그러나 쇼운의 손에 놀아날 생각은 조금도 없었다.

인수는 편지를 영주의 인장을 이용해서 봉했다. 이상한 초 같은 걸 녹여서 그 위를 도장 비슷한 걸로 눌러주면 콜 영지의 문장인 사슴 머리가 찍혔다. 물론 이반의 도움을 받아야 했다. 인수는 그걸 보면서 딱풀의 고마움을 새삼 느꼈다.

인수는 대기하고 있던 기사들에게 편지를 각각 나누어 주고 실수없이 전달할 것을 당부했다. 그리고 가능하면 답장을 받아오라고 지시하는 것도 잊지 않았다. 그랑시온 공작이 공격을 안 한다는 보장은 없지만, 일단 이걸로 시간이라도 벌 수 있을 것 같았다. 최소한 우리에 대하여 정확히 알 수 없어서 신중해질 것이다. 그전에 준비까지 끝내놓으면 내전이 끝나기 전까지는 안전해질지도 몰랐다.

인수가 한참 서류를 뒤적이고 있을 때 문이 열리며 상태가 뛰어들어 왔다.

"찾았습니다, 한인수 병장님!"

상태는 몹시 흥분해 있었다.

"정말?"

인수는 기쁨에 차 되물었다. 쉽게 찾지 못해서 걱정했었다.

"예, 그렇습니다."

대답을 하는 상태의 얼굴에 뿌듯함이 묻어났다.

"잘했다. 앞장서라."

인수는 바로 의자에서 일어나서 상태를 따라 나갔다.

"많이 있냐?"

인수는 복도를 걸어가며 상태에게 물었다. 찾은 것도 중요하지만 양도 중요했다.

"많은 건지 적은 건지 알 수가 없습니다."

상태의 대답은 조금은 애매했다.

"왜?"

"어디다 판단 기준을 두어야 할지 모르겠습니다."

"그래? 어쨌든 수고했어. 네 덕분에 한시름 놓게 생겼다."

양이 적더라도 큰 도움이 될 것이다. 조만간 가을 추수가 끝나면 세금도 들어올 것이고, 어떻게든 꾸려질 것 같았다. 서류상으로도 창고에는 제법 많은 곡식과 물품들이 쌓여 있었다.

"아닙니다."

상태는 인수의 말에 무척 쑥스러워했다.

"아니야. 정말 큰일을 했다. 이 성이 알맹이가 없는 성 같아서 걱정을 좀 했다."

"설마 이런 큰 성이 그럴 리가 있겠습니까?"

"내가 항상 이야기하지만 책과 현실은 다른 법이다. 소설책 보면 성에는 보물이 쌓여 있다고 그러잖아? 그런데 너, 은덩이 하나라도 본 적 있냐?"

"없습니다."

상태는 인수가 무안할 정도로 곧바로 대답했다.

"나도 집무실에서 찾아낸 주머니 몇 개가 다야. 그걸로 지금 겨우 성이 돌아가고 있는 중이야."

인수는 집무실 서랍을 이 잡듯이 뒤져서 몇 개의 주머니를 찾아냈다. 보석 주머니며 금화 주머니도 있었지만 성 크기에 비해서 그렇게 많다는 생각은 들지 않았다. 당장 내일부터 돈이 왕창 나갈 판이었다.

"그렇습니까?"

"그래, 너 아니었으면 정말 큰일 날 뻔했다. 근데 영주의 방에서 찾았냐?”

“예.”

벌써 저 앞에 영주의 방이 보였다. 사냥꾼 한 명이 문 앞에서 있었다. 인수가 다가가자 얼른 문을 열어주었다.

“수고가 많다.”

인수는 사냥꾼의 노고를 치하했다. 빈말이라도 이런 말 한마디가 힘이 되는 법이다.

“아닙니다.”

말은 그렇게 하지만 기쁜 표정이었다.

“아무도 들어오지 못하게 해라.”

“예, 인수님.”

영주의 방은 난장판이었다. 벽은 물론 바닥까지 뜯어져 있었다. 인수는 아까 상태한테 약간의 힌트를 줬다. 사실 힌트라고 할 것도 없었다. 원래 보물이나 중요한 것들은 깊은 곳에 숨겨져 있기 마련이고, 영화나 책에서 본 그대로 그림 뒤나 책장 뒤를 잘 살펴보라고 했을 뿐이다. 방 안의 풍경을 보니 그림이나 책장 뒤에서는 못 찾은 것 같았다.

인수가 방 안을 둘러보고 있을 때 상태가 사과 박스 크기의 상자를 인수 앞에 내려놓았다.

“한인수 병장님, 이겁니다.”

상자의 장식부터가 한눈에 ‘나 고급입니다’ 라고 쓰여 있었다. 인수는 상태의 말에 상자 뚜껑을 잡았다. 조금은 긴장이 됐다. 상자 뚜껑이 열리고 상자 안의 물건이 인수의 눈에 들어왔다.

"꿀꺽."

인수의 눈이 왕방울만 하게 커지며 입속에 고인 침이 넘어갔다.

"상태야, 내가 지금 꿈을 꾸는 거냐?"

인수는 상자에서 눈을 떼지 못하고 상태에게 물었다. 눈으로 보면서도 인수는 믿기지가 않았다. 어머니는 주택복권을 매주 사셨지만 큰 액수는 당첨된 적이 없었다. 인수 또한 즉석 복권을 사서 긁어본 적이 있지만 만 원 이상 당첨된 적이 없었다. 그런데 지금 눈앞에 엄청난 보물이 널려 있다. 누런 것들 사이에 파랗고 빨갛고 투명한 것들이 앞다투어 빛을 뿜내고 있었다.

"꿈이 아닙니다."

"너무 많으니까 꼭 꿈을 꾸는 것 같다."

인수는 부들부들 떨리는 손으로 뚜껑을 덮었다. 뚜껑을 덮자 인수의 눈을 어지럽히던 빛이 모습을 감추었다. 많이 가진 사람들이 왜 더 많이 가지려고 하는지 알 것 같았다.

"상태야."

인수는 은근한 목소리로 상태를 불렀다.

"병장 김상태."

상태는 언제나 그렇듯이 관등성명을 댔다.

“사랑한다.”

인수는 그렇게 말하며 상태를 껴안고 볼에다 뽀뽀를 마구 퍼부었다. 물론 장난이었다.

“한인수 병장님, 제발! 윽!”

상태는 인수의 품에서 벗어나려고 했지만 인수의 뽀뽀는 멈추지 않았다.

“인…….”

문밖에 있던 사냥꾼이 막 문을 열고 들어오다가 방 안의 풍경에 그대로 굳어버렸다.

인수는 급히 상태를 놔주고 일어섰다.

“뭐냐?”

인수는 아무 일도 없다는 듯이 말했다. 잘못하면 온 성안에 엘프디언은 남색을 한다고 소문이 날지도 몰랐다.

“아, 예. 이반 경이 집무실에서 기다린다고 합니다.”

인수의 물음에 간신히 정신을 차린 사냥꾼이 입을 열었다.

“알았다.”

인수는 나가라는 손짓을 했다.

“상태야, 수고했다. 그거, 집무실로 가져와. 그리고 애들 시켜서 방 좀 새로 정리시켜라.”

“예, 알겠습니다.”

“소문 내면 알지?”

인수는 문밖을 나서며 사냥꾼에게 조용히 목을 긋는 시늉
을 하며 말했다.

"예, 알겠습니다."

사냥꾼은 떨리는 목소리로 대답했다.

4

아침부터 베르켄 성은 분주했다. 조금 있으면 영지병 후보
들이 몰려올 것이다. 인수는 몸이 열 개라도 모자랐다. 일을
벌여놓기는 했는데 수습이 안 되고 있어서 직접 외성에 나와
서 지휘를 했다.

"한인수 병장님, 나무는 어디에 두면 됩니까?"

상태의 뒤에는 창으로 만들 나무를 수레에 잔뜩 실은 병사
들이 서 있었다.

"내가 그런 것까지 신경 써야 되냐?"

인수는 잠을 자지 못했다. 어제저녁에는 다섯 명이 모두
모여서 앞으로 어떻게 행동할 것인가에 대해서 이야기를 했
고, 잠시 짬을 내어 케이트와 제이미를 살펴본 후에 늦은 시
간에 다시 집무실에 와서 계획을 수정한 후 서류를 보다가
책상에 엎드려 잠깐 잠을 잔 것이 전부였다. 결국 새벽부터
신경이 곤두서 있다가 참지 못하고 상태에게 짜증을 낸 것이
다.

“아닙니다.”

상태는 난처한 표정을 지으며 대답했다. 말을 하고 나서 인수는 실수했다는 생각이 들었다. 상태는 새벽부터 병사들을 이끌고 근처에 있는 숲에 가서 나무를 잘라 오는 길이었다.

“나무는 이쪽에 내려라.”

인수는 미안하다는 말을 직접 하지 못하고 누그러진 말투로 나무를 내려놓을 위치를 지정해 주었다. 사과를 하는 것에 서툴기도 했고, 이런 식의 사과보다는 다른 방식으로 사과를 하는 것에 익숙했다.

인수는 수레에서 나무를 하나 내려 살펴보았다. 아직은 창이라기보다는 봉에 가까웠다. 나무는 휘어지지 않고 곧게 뻗어 길이는 3미터 정도에 잔가지는 대충 정리가 되어 있었다. 굵기도 손에 잡고 휘두르기에 딱 알맞았다. 인수는 수레에서 몇 개를 더 내려서 살펴봤다. 나무들은 한결같은 길이에 굵기였다. 인수의 마음에 쏙 들었다. 상태가 공을 들여서 잘라 왔다는 것을 알 수 있었다. 인수는 미안한 마음이 더욱 커졌다.

“아주 좋은데? 고생이 많았다. 내가 너만 믿는 거 알지?”

인수는 진심을 담아서 말했다. 상태의 표정이 밝아졌다. 인수만의 사과 방식이었다. 인수는 상태의 얼굴을 보며 짜증을 낸 자신의 행동을 다시 한 번 반성했다. 자신만 힘든 것이 아니라 모두가 힘들고 어려운 때다.

"하나 만들어볼까?"

인수는 그렇게 말하며 단검을 꺼내서 껍질을 벗겨냈다. 겉껍질을 벗겨내자 나무는 우윳빛의 속살을 드러냈다. 옹이와 창의 밑 부분을 단검을 가지고 정성스럽게 깎았다. 작은 차이가 전장에서는 목숨을 위협하는 법이었다.

"줄자 가지고 있지?"

인수는 손으로 만졌을 때 촉감이 부드럽다고 느껴지고 나서야 다듬는 것을 멈추고 상태에게 말했다.

"여기 있습니다."

상태가 얼른 건빵 주머니에서 줄자를 꺼냈다. 3m 길이로 만들어둔 것이다. 인수는 줄자를 여러 번 접어서 원하는 길이를 만든 후 나무에 대고 재었다. 손도끼를 꺼내서 필요없는 부분을 도끼로 잘라낸 후 창 촉이 될 부분을 뾰족하게 다듬는 것으로 마무리 지었다. 2m 50㎝ 정도의 나무 창이 순식간에 완성되었다. 지금은 나무로 마무리했지만 나중에 쇠로 만든 창 촉을 달면 더욱 완벽할 것이다.

인수는 몇 번 휘둘러 본 후에 창을 잡고 차렷총 자세를 잡았다. 총검술을 펼쳐 볼 생각이었다. 원래부터 병사들에게 총검술을 가르치기 위해서 만든 나무 창이었다. 총검술이 창을 대체하기 위해서 나왔다는 것을 알고 있었다. 지구에서도 오랜 기간 동안 전쟁을 하며 다듬어진 기술인 만큼 효과는 충분히 있을 거라고 생각했다. 창이 길어서 조금 어색하기는 했지만 인수는 찔러로 시작해서 우로 돌아로 끝나는 연무형 열일곱 개 동작을 펼쳐 나갔다.

"어떠냐? 제대로 됐냐?"

인수는 총검술을 마치고 상태에게 물었다.

"최곱니다, 한인수 병장님."

상태는 그렇게 말하며 박수를 쳤다. 주위에 있던 병사들도 상태를 따라서 박수를 쳤다.

"그만 해라."

인수는 쑥스러워서 부드럽게 말했다. 하지만 받아들이는 사람들은 그게 아닌지 병사들의 박수가 즉시 멈추었다. 인수는 아직도 공포의 대상인 것이다.

"빨리 작업 시작해. 시간이 얼마 없다."

인수는 갑작스러운 병사들의 변화에 머쓱해서 말했다.

"예, 알겠습니다!"

상태는 힘차게 대답했다.

상태와는 다르게 작업을 시작하는 병사들의 움직임을 보니 왠지 힘이 빠져 보였다.

"아침 굶었냐? 왜 이렇게 기운이 없어?"

인수는 병사들을 보며 소리를 질렀다.

"예, 아직……."

상태가 끝을 얼버무리며 대답했다.

“그러냐? 진작 말하지. 당장 아침 식사부터 하고 와서 한다.”

아침도 안 먹이고 작업시킨다고 병사들이 얼마나 속으로 욕했을지 생각하니 인수는 얼굴이 달아올랐다. 무안해서 상태에게 얼른 명령을 내리고 다른 곳으로 갔다.

마구간 옆에는 병사들이 잔뜩 달라붙어서 숙소를 만들고 있었다. 며칠 동안 계속해서 영지병 후보들이 도착할 것이고, 인수가 생각한 병사의 숫자에 비해 숙소가 많이 부족해 급하게 숙소를 만들고 있었다. 물론 힘들게 만든 숙소가 제대로 사용되지도 못하고 무용지물이 될 수도 있었다. 그렇게 생각하면 천막을 치고 생활할 수도 있었지만 인수는 그랑시온이 공격해 오지 않는다는 가정하에 공사를 시작했다. 앞으로 두 달만 버티면 겨울이라 그랑시온도 쉽게 공격하지 못할 것이다.

인수는 작업을 하는 병사들을 보며 이곳도 대한민국과 그리 다르지 않다는 것을 느꼈다.

대한민국 군대는 작업이 반이라는 말이 있다. 사시사철 항상 일거리가 널려 있고, 그렇게 계속된 작업은 군대 말년이 되면 노가다 십장은 울고 갈 정도의 능력을 말년들에게 만들어준다. 도면? 자재? 이런 것은 지원도 되지 않는 열악한 환경 속에서도 초소가 완성되고 개울에 다리가 놓인다.

지금 인수의 눈앞에서도 그런 광경이 벌어지고 있었다. 병사들은 능숙한 목수처럼 척척 자신의 일을 해나가고 있었다. 한두 번 해본 솜씨가 절대 아니었다. 인수가 한 일이라고는 이반에게 숙소를 짓도록 지시를 내리고, 새벽에 새로 지을 숙소의 자리를 마구간 옆에 잡아준 것이 다였다. 그럼에도 인수가 나설 틈이 없을 정도로 작업은 빠르게 진행되고 있었다.

인수는 병사들이 일하는 것을 보며 만족해하며 인수를 발견하고 다가오는 이반에게 오지 말고 거기 있으라는 손짓을 하고는 창고 쪽으로 발걸음을 옮겼다. 숙소 신축을 이반에게 맡겨두면 될 것 같았다.

"거기 팍팍 좀 쓸어!"

"그쪽 거미줄도 없애고, 빨리빨리 움직이란 말이야!"

"그거는 이리로 가져와!"

도신이가 하인들에게 바쁘게 지시를 내리고 있었다. 급한 김에 창고도 숙소로 이용할 예정이었다. 당분간 창고 안에 있는 물건들은 모두 내성으로 옮기도록 도신이에게 이미 지시를 내렸다.

"바쁘냐? 좀 도와줘?"

활기차게 움직이는 것을 보니 인수도 몸을 움직이고 싶어졌다. 인수는 지시를 내리고 감독을 하는 것보다 앞장서서 일을 하는 것이 더 좋았다. 몸으로 솔선수범하는 것이 후임병들에게 더 좋은 본보기가 된다고 생각했기 때문이다.

“아닙니다. 일일이 지시하지 않으면 작업 속도가 안 오르
는 것 빼고는 괜찮습니다.”

물론 인수까지 나설 필요가 없다는 뜻으로 말을 한 것이지
만 사도신의 대답을 들으며 인수는 약간 서운했다.

“말 안 들으면 때려. 괜히 열 내지 말고.”

인수는 도신이의 말에 고생할까 봐 그렇게 말했다.

“무식하게 때리면 되겠습니까?”

단순 무식의 대명사 도신이의 입에서 저런 말이 나오다니
인수는 할 말을 잃었다. 인수는 훈련 나오기 전날에 도신이가
취침 소등을 한 후에 훈련 준비 똑바로 안 한다는 이유로 후
임병들을 베개로 때린 것을 알고 있었다.

“안 바쁘십니까?”

인수가 아무 말을 안 하고 쳐다만 보고 있자 도신이가 히죽
웃으며 그렇게 물었다. 정말 뻔뻔함이 하늘을 찌르는 녀석이
었다.

“에휴, 수고해라.”

인수는 포기할 수밖에 없었다.

“수고하십시오.”

등 뒤에서 들려오는 도신이의 말에 뒤로 손을 몇 번 흔들어
보인 뒤 지하 감옥으로 갔다.

베르켄 성의 지하 감옥은 감옥으로서의 기능을 하지 못하
고 있었다. 빈 감옥을 보며 이반에게 물어보니 크레이가 안

에 있던 죄수들을 모두 죽였다고 한다. 그래서 휴업 상태의 지하 감옥도 당분간 병사 숙소로 쓰기로 인수는 결정을 내렸다.

"한인수 병장, 너무하는 거 아니야?"

역시나 생각했던 반응이다. 감옥 입구에 서 있던 재수가 인수를 보자마자 달려오며 투정을 부렸다.

"뭐가?"

인수는 모르는 척 발뺌을 했다.

"도신이나 상태는 깔끔한 거 시키고 난 이게 뭐야? 저 안에 냄새가 얼마나 심한지 알아?"

"변소에서도 멀쩡했잖아. 그리고 너를 생각해서 내가 이리로 특별히 보내준 거다."

인수는 물론 재수를 생각해서 보낸 것은 절대 아니었다. 어차피 제대로 작업을 안 할 것 같은 생각이 들어서 이리로 보낸 것이다. 사람 많은 곳에서 재수가 제대로 일을 안 하면 다른 작업에도 영향을 미칠 것 같았다. 그래서 외성에서도 가장 으슥하고 사람들이 안 가는 곳에 재수를 보냈다. 어차피 청소는 하인과 하녀들이 알아서 할 것이다.

"거짓말!"

재수는 역시 만만치 않았다. 단번에 인수의 마음을 꿰뚫어 본 것 같았다.

"내가 가장 아끼는 후임병을 청소나 시키겠냐, 고생했으니까 좀 쉬라고 보낸 거지? 나를 그렇게밖에 안 본 거야?"

인수는 재수의 말에 뜨끔했지만 여기서 무너질 수는 없었다. 인수는 내색하지 않고 자연스럽게 둘러댔다. 거기다 마지막엔 섭섭하다는 투로 역공까지 했다.

"정말?"

재수의 얼굴이 급격히 풀어졌다.

"속고만 살았냐? 기분 나빠서 갈란다."

인수는 쐐기를 박았다.

"한인수 병장, 미안해. 내가 깊은 뜻을 모르고. 내가 원래 좀 단순하잖아?"

재수가 인수의 팔을 붙잡으며 말했다.

"알았다, 알았어. 적당한 곳에서 좀 쉬다가 청소 끝나면 살펴보고 나한테 보고해. 애들 겁 좀 확실히 줘서 깨끗이 청소시키고."

인수는 못 이기는 척 그렇게 말하고 돌아섰다.

"나만 믿으라니까! 하하하!"

뒤에서 재수의 다짐이 들렸다.

'차라리 괴물들을 믿겠다.'

인수는 목구멍까지 치밀어 오른 말을 속으로 삼키며 다른 곳을 둘러보러 갔다.

인수가 보급품 천막에 들어섰을 때 상식이는 일일이 숫자를 세며 무언가를 적고 있었다.

“왁!”

인수는 살금살금 다가가서 귀에 대고 소리를 질렀다.

[엄마야!]

한국말로 비명을 지르며 상식이는 손에 들고 있던 볼펜과 수양록을 떨어뜨렸다.

“나이가 몇 살인데 엄마를 찾고 있냐?”

인수는 그렇게 말하며 핀잔을 주었다.

“정말 깜짝 놀랐습니다. 한인수 병장님, 기척 좀 내고 다니십시오.”

상식이는 아직도 놀란 가슴을 쓸어내리고 있었다.

“싫어. 근데 뭐 하고 있었냐?”

“신발 숫자 파악하고 있습니다.”

“다른 건 끝났냐?”

인수는 상식이에게 보급품을 맡겼다. 이런 뺀질대는 성격이 보급품 관리를 맡아야 유연하게 보급품이 돌아간다. 부족한 것은 알아서 채워 넣고 남는 것은 알아서 숨기는 것이야말로 보급계의 사명이자 로망이었다.

“예, 다른 건 끝났습니다. 근데 무기류는 많은데 옷하고 신발 같은 것들이 절대 부족합니다.”

“그래?”

“예, 200명 정도는 문제없는데 그 뒤부터는 부족합니다.”

“일단 있는 거 확실히 파악해. 그리고 나머지는 최대한 구해봐야지.”

“예, 알겠습니다.”

인수는 상식이의 대답을 들으며 발걸음을 옮기다 생각난 것이 있어서 덧붙였다.

[나한테까지 꼬불치다 걸리면 죽는다!]

성은 바쁘게 돌아가고 있었다. 하녀부터 인수에 이르기까지 손을 놀리고 있는 사람은 아무도 없었다. 재수만 빼고는…….

5

“성문을 닫아.”

인수는 베르켄 마을 관리인 페르 경과 경비대장인 구트를 외성 문까지 전송한 후에 말했다.

그 둘에게 어제 과분할 정도로 충성의 맹세를 받은 상태였다. 오늘 그들이 입성한 이유는 마을의 관리 장부와 영지병 후보들을 넘겨주기 위해서였다. 그들의 역할은 이미 끝난 상태였기에 할 일이 태산 같은 인수에게는 귀찮은 존재였고, 더 이상 그들과 이야기하는 것은 시간 낭비였다. 영지병 후보들은 훈련병이라는 이름으로 재수의 손에 넘어가 있었다. 인수는 마음이 급했다. 어서 빨리 그들을 보고 싶었다.

“성문을 닫아라!”

당번병이 되어버린 뉴베리 출신 미치가 인수의 명령을 크게 복창했다.

해자가 없는 성이라서 조금 아쉽기는 하지만 문은 견고하게 삼중으로 되어 있었다. 바깥쪽과 안쪽에는 나무 문에 철판을 덧댄 여닫이문이 달려 있었고, 중간에 쇠창살 방식의 문이 위에서 내려와 막게 되어 있었다. 인수는 번거로웠지만 항상 문을 닫아두었다. 아직은 안심할 수가 없었다.

숙소 앞 훈련장에는 훈련병들이 4열 횡대로 줄을 맞추어 서 있었다. 제일 앞쪽에는 작은 연단이 있었고, 그 옆으로는 책상이 두 개 놓여 있었다. 훈련병들은 이미 한차례 굴렀는지 옷에 흙이 묻어 있었다.

재수가 뛰어와서 인수에게 경례를 했다.

“충성!”

인수는 똑같이 절도있게 경례를 받아주었다. 어젯밤에 이런 식으로 행동하기로 이미 약속을 했었다.

“고개 돌리지 마!”

경례를 하고 인수의 뒤를 따르던 재수가 벼락같이 소리를 질렀다.

재수의 말이 끝나자 도신이가 훈련병들에게 걸어갔다. 도신이는 움직인 훈련병의 상의를 붙잡고 흔들었다. 인수는 도신이가 풍기는 위압감을 느낄 수 있었다. 도신이와 상식이는 조교 분위기를 낸다고 전투모를 빨갛게 물들여서 쓰는 열의까지 보이고 있었다.

"또 고개 돌려봐. 평생 옆만 보고 살게 해줄 테니까."

도신이는 그렇게 훈련병을 협박했다. 인수는 도신이의 후임병이 되지 않은 것을 다행으로 생각했다. 도신이의 말을 들은 훈련병들의 얼굴에서 긴장과 두려움을 느낄 수 있었다.

처음 육군 00사단 신교대에 도착해서 하차라는 말과 함께 육공 트럭에서 뛰어내렸을 때가 생각났다. 사방에서 난무하는 욕과 앉아, 일어서, 앞으로 취침, 뒤로 취침으로 반쯤 혼을 빼놓던 그 현란한 기술과 위압적인 자세에 인수는 겁이 났었다. 그때 정말 잘못 온 것 같다는 생각을 했고, 다시 집으로 돌아가고 싶었다. 어쩌면 이들의 모습이 그 당시 인수의 모습일지도 몰랐다.

인수는 짜여진 순서대로 연단으로 올라갔다.

"부대 차렷!"

인수가 연단에 올라가자 재수가 구령을 붙였다.

연단에서 훈령병들을 내려다보니 꼭 아침에 당직 사관이 점호를 귀찮아하며 인수에게 대신하도록 했을 때의 기분이었다. 말년들이 중간중간에 섞여서 점호를 방해하는 느낌이랄까? 어딘지 모르게 차렷 자세가 어색했다. 인수는 눈에 힘을 주고 병사들을 쳐다보았다. 인수와 눈이 마주친 병사들은 자세를 최대한 바르게 하려고 노력하는 것 같았다. 인수가 오기 전에 어떤 언질이 있었을지도 모르겠다는 생각이 들었다.

"베르켄 성에 온 것을 환영한다. 끝."

인수는 그렇게 짧게 입을 열었다.

짝! 짝! 짝!

인수의 말이 끝나자 도신이와 상식이의 박수 소리가 세 번 들렸다. 박수 소리에서도 신교대 분위기가 물씬 풍겼다.

"시작해."

인수는 연단 옆의 책상에 앉으며 재수에게 말했다. 인수는 잡다하게 입소식 같은 것을 할 생각이 애초부터 없었다. 그런 허례허식은 생명의 위험이 없을 때나 하는 짓거리라고 생각했다. 물론 재수를 포함한 조교들의 반발이 있었지만 가볍게 무시해 줬다.

"지금부터 한 명씩 차례가 되면 책상 앞에 가서 선다."

재수는 그렇게 말하며 좌측 제일 앞에 있는 남자를 인수에게 보냈다.

"아픈 곳이 있나?"

인수가 불안하게 서 있는 남자를 보며 물었다.

"없는 것 같습니다, 기사님."

남자는 겁먹은 얼굴로 대답했다. 남자의 말이 끝나기가 무섭게 재수의 발이 남자의 배를 강타했다.

"윽!"

외마디 비명과 함께 남자는 뒤로 벌렁 자빠졌다.

"없으면 없습니다, 있으면 있습니다. 확실하게 말해. 기사님이 아니고 병장님이다. 그리고 넘어졌을 때는 바로 일어난다."

재수는 쓰러진 남자의 턱을 붙잡고 얼굴을 들이대고 고함을 질렀다.

"없습니다, 병장님."

재수가 손을 놓아주자 남자는 재빨리 일어나서 인수에게 말했다.

"병장님은 빼고 묻는 말에만 정확히 대답한다! 목소리는 항상 크게! 벌써 잊었나?!"

재수는 다시 남자를 걷어차며 소리를 질렀다.

"없습니다!"

남자는 오뚝이처럼 벌떡 일어나며 크게 대답했다.

"옷을 벗고 나무 판 위로 올라가."

인수가 짧게 말했다.

남자의 앞에는 나무 판이 있었고, 사람 발 모양이 어깨 넓이 정도로 그려져 있었다.

남자가 머뭇거리자 재수의 발이 다시 남자의 몸에 닿았다. 남자는 다시 비명을 지르며 쓰러졌다.

“명령을 내리면 신속하게 행동한다. 옷은 모두 벗고 나무
판에 올라가서 어깨 넓이로 발을 벌리고 선 후에 양팔은 좌우
로 벌리고 손가락은 펼친다.”

“예, 알겠습니다!”

남자는 빠른 동작으로 바지를 벗다가 넘어졌다. 우스꽝스
러운 모습이었지만 누구도 웃지 않았다. 남자는 절박한 표
정으로 최선을 다해서 빠르게 옷을 벗고 나무 판에 올라섰
다.

“평발 아닙니다.”

발을 살펴본 도신이가 말했다.

“다리 이상 없습니다.”

“상체 이상 없습니다.”

“팔 이상 없습니다.”

“손가락 이상 없습니다.”

도신이는 차례로 남자의 몸을 확인해 나갔다.

“이게 무엇으로 보이나?”

인수는 작은 그림을 들어 보이며 남자에게 질문했다. 그림
에는 사슴이 그려져 있었다.

“사슴입니다!”

“합격!”

인수는 신체검사 합격 판정을 내렸다. 남자가 아픈 곳이 없
다고 말했지만 선천적 기형이라든가 병에 걸려 있을지도 모

르기 때문에 옷을 벗기고 관찰을 한 것이다. 괜히 말만 믿고 있다가 전염성이 있는 병이라도 퍼지면 큰일이었다.

"이반 경에게 이름과 나이, 직업, 마을을 말하고 다음 지시를 받는다."

도신이는 그렇게 말하며 남자의 등을 떠밀었다.

"자네는 이름이 어떻게 되나?"

새의 깃털로 장식된 멋진 펜을 들고 이반이 말했다. 이반의 말투는 옆집 아저씨 같았다.

"하인츠입니다, 기사님."

남자는 하인츠라고 자신의 이름을 밝혔다.

"나이는 몇인가?"

"열아홉입니다, 기사님."

하인츠는 기사님이라는 호칭을 뒤에 붙이며 조심스럽게 대답했다.

"생각보다 나이가 적군."

인수도 하인츠의 나이를 듣고는 놀랐다. 스무 살은 훨씬 넘어 보이는 얼굴이었다.

"마을에서는 무슨 일을 했었나?"

"밀농사와 겨울보리 농사를 지었습니다, 기사님."

"먹고살 만했나?"

"다섯 식구가 그럭저럭 먹고살 만했습니다, 기사님."

"마을은 물론 베르켄이겠지?"

“예. 베르켄 마을 바람의 언덕 밑에 살았습니다, 기사님.”

“앞으로 열심히 하게.”

“예. 열심히 하겠습니다, 기사님.”

“이반 경, 놀러 왔나?”

인수는 이반과 훈련병의 대화를 듣다가 어이가 없어서 말했다. 자상한 기사와 예의 바른 젊은이를 보는 것 같았다. 하인츠는 금방 풀어져서 순한 양이 되어 있었다.

“무슨 말씀이십니까, 한님?”

이반은 인수의 말에 알 수 없다는 표정을 지으며 대답했다.

“대화를 너무 정겹게 하고 있어서 하는 말이야. 재수야, 어떻게 하는 건지 보여드려라.”

인수는 재수가 자신이 원하는 것을 알고 있을 거라고 생각했다.

“이름?”

재수가 짧게 물었다.

“하인… 헉!”

하인츠는 제대로 말도 하지 못하고 재수의 발에 맞아서 쓰러졌다.

“이름?”

재수가 다시 물었다.

“하인츠입니다!”

이제야 아까의 교훈이 생각났는지 하인츠는 고함을 질렀다.

"나이?"

"열아홉 살입니다!"

"직업?"

"밀농사와 겨울……."

하인츠는 다시 맞아서 쓰러졌다. 재수의 발길질에는 인정이라는 것이 없었다. 하인츠의 알몸에는 여러 곳에 재수의 발자국이 찍혀 있었다.

"간단히 대답해. 농사를 지었으면 '농사입니다'. 알겠나?"

"농사입니다!"

"마을?"

"베르켄입니다!"

"봤나? 이런 식으로 하는 거야!"

재수의 시범이 끝나자 인수는 만족스러운 미소를 지으며 이반에게 말했다. 이반도 재수의 기세에 기가 죽은 것 같았다. 인수는 다음 과정으로 보내라는 손짓을 도신이에게 했다.

"저쪽으로 가라."

도신이는 상태를 가리키며 하인츠의 등을 떠밀었다.

"앉아."

하인츠는 상태의 말에 머뭇거리다가 상태의 손이 올라가는 것을 보고 얼른 의자에 앉았다. 반복적인 폭력이 낳은 결과였다. 상태는 하인츠의 목에 천을 두르고 정돈되지 않은 하인츠의 갈색 머리카락을 움켜잡고 마구잡이로 잘라 나갔다. 하인츠는 놀라서 몸을 움츠렸다.

"움직이지 마."

하인츠의 머리를 한 대 치며 상태가 말했다. 이내 하인츠는 짧은 머리가 되었다. 상태가 가위질을 멈추고 물러서자 날이 시퍼렇게 선 단검을 들고 있던 병사가 하인츠에게 다가갔다.

"저……."

하인츠가 단검을 든 병사를 보고 놀라서 입을 열었지만 더 이상 말을 할 수가 없었다.

"입을 열면 목을 따버리겠다."

상태까지도 평소와 다르게 무서운 어조로 협박했다. 물론 어젯밤에 이미 논의가 된 것이었다. 훈련병들에게 천사는 필요없었다. 귀여운 후임병을 만드는 것이 아니라 목숨을 걸고 싸울 전사를 만드는 것이 목적이기 때문에 죽지 않는 선에서의 폭력도 허용하기로 했다. 눈에 독기를 품은 병사들이 필요했다.

병사의 신들린 움직임에 순식간에 하인츠는 빡빡머리가 되었다. 도신이는 빡빡머리가 된 하인츠를 임시 천막 앞에 있는 상식이에게 끌고 갔다.

상식이는 하인츠를 한 번 훑어보고는 천막에 들어가서 속옷 세 개와 상하의 두 벌, 신발 한 켤레, 바지 형태의 양말 두 켤레를 쥐어주며 말했다.

"잃어버리면 죽는다."

"예, 알겠습니다!"

하인츠는 상식이의 협박에 목이 터져라 대답했다.

재수의 지시에 대기하고 있던 병사가 하인츠의 옷을 수레에 있는 바구니에 담았다. 하이츠가 벗어놓은 옷은 세탁 후에 수선 과정을 거쳐서 다른 병사에게 지급될 것이다. 지금 이 순간에도 성안의 모든 하인과 하녀들은 훈련병들에게 필요한 것들을 만들고 있었다.

"다음."

인수는 하인츠가 옷을 지급받는 것을 보고 나서야 앞을 보며 말했다. 하인츠는 일종의 시범 조교였다. 훈련병들도 제대로 못했을 때는 어떻게 된다는 것을 눈으로 봤으니 조금은 빠르게 진행될 것이다.

군대는 어느 곳이나 똑같다. 처음과 끝은 무조건 피하는 것이 불문율이다.

6

"내가 알고 싶은 것은 그것이 아니야!"

인수는 주저리주저리 늘어놓는 이반의 말에 신경질이 났다. 갑작스러운 고함에 집무실 안에는 정적이 흘렀다. 밖에서도 놀랐는지 미치가 문을 열고 들어왔다. 인수는 미치에게 나가라는 손짓을 했다.

"잘 들어. 자꾸 화나게 하면 다 죽여 버리는 수가 있으니까 어설프게 감싸주려고 하지 마."

미치가 나가는 것을 보고 인수는 심호흡을 하며 최대한 감정을 가라앉히고 말했다. 인수의 말에 이반은 고개를 들지 못했다.

"아직까지 도착하지 않은 마을이 어디야?"

인수는 고개를 숙이고 있는 이반을 보며 직접적으로 알고 싶은 것을 물었다.

"허슨 요새와 타리 마을입니다."

인수는 지도에서 허슨 요새와 타리 마을을 찾아보았다. 인수가 정한 기간은 오늘까지였다. 가장 멀리 있는 세 개의 마을도 오후에는 도착했다. 하지만 문제는 해가 진 지금 이 시간에도 도착하지 않은 마을이 있다는 것이다. 그것도 두 개의 마을 중 하나는 요새였다.

콜 영지에는 두 개의 요새가 있었다. 미노피 백작령 입구의 허슨 요새와 스네일 남작령 입구의 크루손 요새였다. 두 요새는 콜 영지로 통하는 입구를 막고 있는 전략 요충지였다. 상주하고 있는 병사도 경비병이 아닌 정규 영지병이었다. 그런 전략적으로 중요한 요새 중 한 곳인 허슨 요새에서 아직까지 도착하지 않은 것이다. 또한 베르켄 성과 허슨 요새 사이에 있는 마을이 타리 마을이었다. 나란히 도착하지 않은 걸로 봐서 필시 문제가 생긴 것이다. 최악의 상황은 아니었지만 두 개 마을의 반란만으로도 충분히 위협적이다. 거기다 겨울이 오기 전에 필요한 물건들이 많았다. 만약 반란이라면 상인의 통행도 막을 것이 분명했다.

"약속은 지켜져야겠지?"

인수는 고개를 숙이고 있는 이반을 보며 그렇게 말했다. 질책의 의도였다. 물론 이반은 충분히 최선을 다했을 것이다. 하지만 그래도 아쉬운 것은 어쩔 수가 없었다. 두 개 마을과 무력 충돌을 하면 그것은 무조건 인수에게 손실이었다. 그렇다고 그냥 놔둘 수도 없는 문제였다.

"한님, 시간을 조금만 더 주십시오. 다른 이유가 있을지도 모릅니다. 반란이라고 단정하기에는 무리가 있습니다. 부탁드립니다."

이반은 인수의 차가운 말투에 놀라서 애원을 했다.

"시간이라? 시간은 이미 충분히 주었다고 생각하는데, 아닌가?"

"하지만……."

이반은 입을 열었지만 인수의 말에 반박할 말이 떠오르지 않았다. 인수는 충분히 시간을 주었고, 더 멀리 있는 마을에서도 제 시간에 도착했다.

"모레 아침에 출정하겠다. 정규 병사만 데리고 갈 것이다. 철저히 준비하도록."

인수는 그렇게 결론을 내렸다. 반란이라고 확신할 수는 없었지만 어쨌든 확인과 응징은 필요했다. 지금 인수가 벌인 모든 일은 모래성이나 마찬가지였다. 아주 작은 것이 원인이 되어서 무너질지도 몰랐다. 인수는 이 모든 것들을 지켜내야 했다. 만약 반란을 일으킨 것이라 하더라도 잔인하게 토벌할 생각은 없었다. 그저 총 몇 방을 쏴 위력만 보여주고 돌아올 생각이었다. 하지만 그런 것까지 이반에게 말할 필요는 없었다.

"대답은?"

이반의 대답을 듣기 위해 인수는 한참을 쳐다보았지만 대답이 들려오지 않아 다시 물었다.

"예, 알겠습니다."

이반은 결국 대답을 하고야 말았다.

"나가 봐."

인수는 이반을 집무실에서 내보냈다. 머리가 복잡했다. 행운은 아무래도 여기까지인 것 같았다.

인수는 며칠 동안 성을 비워야 돼서 케이트와 제이미를 보고 오는 길이었다. 케이트는 상태가 많이 호전되었다. 상처를 가리기 위해 천을 얼굴에 두르고 있는 것을 보니 가슴이 아팠다. 인수가 분위기를 풀어보려고 평소와 다르게 재미있는 이야기를 했지만 잘 웃지 않았다. 몸 여기저기에 있는 상처도 컸지만 정신적인 상처가 더욱 커 보였다. 제이미는 아직 말은 하지 못했지만 밝게 웃으며 케이트를 도와주고 있었다. 그런 제이미를 보며 인수는 조금 마음이 놓였다.

"준비는 끝났나?"

응접실에서 서성이고 있는 이반을 보고 그렇게 말했다.

"예, 오십 명이 출정 준비를 마쳤습니다. 모두 외성에서 대기 중입니다."

인수에게 보고를 하는 이반의 표정은 그리 밝지 않았다. 인수는 이반이 그런 표정을 지어도 내버려 두었다.

인수는 할 만큼 했다. 어제 하루 시간을 더 준 것이나 마찬가지였지만 두 개의 마을로부터 어떠한 연락도 받지 못했다. 이제는 반란이라는 확신이 들었기에 더 이상 지체할 수는 없었다. 만약 성으로 반란군이 밀어닥치게 되면 다른 마을까지 동요할 수 있었다. 적절한 응징이 필요했다. 최대한 자제하겠지만 피를 보기는 봐야 할 것이다. 만약 인수가 아무것도 하지 않고 마을을 내버려 둔다면 다음번에는 더 많은 마을에서 문제가 생길 수도 있었다.

땡땡땡땡땡!

인수가 집무실로 들어가려는데 갑자기 비상 타종 소리가

들렸다. 엄청난 난타였다.

“무슨 일이야?”

“알아오겠습니다.”

그렇게 말하며 미치가 뛰어나갔다.

인수는 미치가 밖으로 뛰어나가는 것을 보고 창가로 갔다. 사냥꾼들이 내성 문을 닫고 있었다. 비상 타종이 울리면 내성 문을 닫도록 교육을 시켜놓았는데 잊지 않고 문을 닫고 있었다. 내성 앞에 있던 하녀들과 하인들이 종소리에 놀라서 뛰어다녔다.

“적이다! 적이 나타났다!”

“적이다! 적이다!”

타종 소리가 계속되는 가운데 고함 소리가 들려오기 시작했다. 인수는 적이라는 소리에 즉시 문을 박차고 뛰어나갔다. 그 뒤를 이반이 따랐다.

내성의 복도는 벌써 아수라장이었다. 하인과 하녀들이 소리를 지르며 뛰어다녔다. 이들은 며칠 전의 악몽을 떠올리고 있는지도 몰랐다.

“문을 열어라!”

인수는 내성 문으로 달려가며 소리를 질렀다.

“인수님, 적이 성문 앞에 나타났다고 합니다. 정확한 숫자는 아직 모르겠습니다만 백 명이 넘는다고 합니다.”

내성 문 앞에 대기하고 있던 미치의 보고를 들으며 인수는 반란군이 먼저 선수를 쳤다는 생각이 들었다.

"미치, 내성에 있는 하녀와 하인들을 식당으로 모아서 감시해!"

인수는 하녀와 하인들이 동요할지도 모른다는 생각에 그렇게 명령을 내렸다.

"예, 알겠습니다."

미치는 그렇게 말하고 내성으로 뛰어갔다.

내성 문이 열리고 인수의 눈에 보인 외성은 아수라장 정도가 아니었다. 훈련병과 병사들이 통제가 되지 않아서 뛰어다니기에 바빴다. 생각보다 상황이 심각했다.

"너희들은 내성 문을 닫고 나의 허락이 있을 때까지 이 자리를 지켜라."

인수는 문을 지키고 있는 사냥꾼들에게 명령을 내리고 연병장으로 뛰어갔다.

"장재수! 장재수!"

인수는 재수를 불렀다. 그러나 대답이 없었다. 아니, 혼란과 고함 소리에 묻혀 버렸다는 표현이 맞다. 혼란스러운 무리의 틈에서 상태가 뛰어오는 것이 보였다.

"한인수 병장님! 한인수 병장님!"

상태는 숨이 넘어갈 것같이 인수를 부르며 달려왔다.

"어떻게 된 거야?"

인수는 상태를 붙잡고 물었다.

“적입니다! 적이 나타났습니다!”

상태는 매우 흥분해 있었다.

“무슨 적? 재수는 어디 있어?”

“성문 앞에 병사들이 삼백 명 정도 보입니다. 말을 탄 병사들도 있습니다. 아직 공격은 하지 않고 100미터 전방에서 대기하고 있습니다. 장재수 병장은 연병장에서 훈련병들을 통제하고 있습니다.”

상태의 통제하고 있다는 말과는 달리 엉망진창이었다.

“정신 차려!”

인수는 고함을 지르며 뛰어다니는 훈련병 하나를 잡아서 패대기치며 말했다. 하지만 인수의 말은 그다지 효과가 없었다. 아직도 훈련병들이 외성 이곳저곳을 뛰어다니고 있었다. 숨을 곳을 찾는 것 같았다.

타앙!

인수는 하늘을 향해 총을 쐈다. 총소리에 성안이 갑자기 조용해졌다.

“정신 차려! 훈련병들은 모두 연병장으로 집합!”

총소리에 정신이 들었는지, 아니면 겁을 먹었는지 몇 명의 훈련병이 연병장으로 뛰어갔다.

“이반, 외성의 병사들을 통제하도록! 모든 정규 병사들은 성벽으로 올려 보내! 내가 갈 때까지는 어떠한 대응도 하지 말고 대기하도록!”

인수는 이반에게 명령을 내렸다. 이반이 부지런히 외성 문으로 뛰어갔다.

"상태야, 너도 따라가! 성으로 달려들기 전까지는 사격하지 말고 대기해!"

인수는 그렇게 명령을 내리고 연병장으로 뛰어갔다.

인수는 뛰어가며 방황하는 훈련병을 연병장으로 몰아갔다.

연병장에는 훈련병들이 꽉 들어차 무질서하게 앉아 있었다. 아무래도 세워놓는 것보다는 앉혀놓는 것이 통제하기 쉬웠을 것이다.

"일어나지 마!"

"움직이지 말라고 했지!"

"고개 숙여!"

재수와 도신이, 상식이를 비롯해서 새로 뽑은 베르켄 병사 출신 조교들까지 합세해서 일어서는 훈련병들에게 가차없이 몽둥이를 휘둘렀다. 하지만 워낙 숫자가 많고 겁에 질려 있어서 쉽지가 않아 보였다.

"한인수 병장!"

재수가 인수를 발견하고 뛰어왔다.

"어떻게 애들을 통제하는 거야?"

인수는 재수를 보자마자 버럭 소리를 질렀다.

"그게……."

재수는 인수가 화를 내자 대답을 하지 못했다.

"급하니까 잘 들어. 일단 통제 확실히 하고, 내가 따로 명령을 내리기 전까지 이곳에서 대기한다."

인수는 재수에게 빠르게 명령을 내렸다. 지금 중요한 것은 질책이 아니었다.

"예, 알겠습니다!"

재수는 큰 목소리로 대답했다. 재수도 긴장이 되는 것 같았다.

[최대한 진정시켜 놔! 당장 전투에 투입시켜야 될지도 모르니까! 아직 무기는 지급하지 말고 준비만 해!]

인수는 훈련병들이 들을까 봐 한국말로 다시 명령을 내리고 외성 벽으로 뛰어갔다. 훈련도 안 되어 있고, 변변한 무기도 아직 없는 오합지졸을 전투에 투입시켜야 된다는 것은 확실히 부담이 되었다. 한 가지 안심되는 것은, 상태의 말로는 적은 삼백 명 정도라고 했으니 수적으로는 확실히 우위에 있다는 것이다. 물론 대부분이 오합지졸이지만.

7

성벽 위에는 병사들이 인수의 명령대로 성 밖을 경계하고 있었다. 정규 병사들답게 금방 수습이 된 것 같았다. 이반이 보기보다는 유능한 기사라는 생각이 들었다. 일단 적의 정체를 정확히 파악하는 것이 급선무였다.

인수는 계단을 두세 개씩 건너뛰며 성벽 위로 뛰어 올라갔다. 성벽 위에 올라서서 정면을 바라보니 적들이 보였다. 상태의 말대로 숫자는 대충 300명 정도에 대부분이 정규 병사로 보였고, 바람을 타고 깃발이 펄럭이고 있었다. 특히 중앙에 있는 백여 명의 병사들은 복장이 통일되어 있었다. 좌우측 병사들 속에는 콜 영지의 병사 복장을 한 자들이 끼어 있었다. 적들은 백 미터 앞에 멈추어 있었는데 아직까지 별다른 움직임은 없었다. 인수는 저들이 공성전을 하기에는 무리라는 판단이 들었다.

성벽 위에 오른 인수를 발견했는지 망루에서 상태와 이반이 뛰어왔다.

"적의 정체가 뭐야?"

인수는 대뜸 이반을 보고 말했다. 아무래도 이반은 이곳 출신이니 확실히 알고 있을 것이라 판단했다. 인수는 처음에는 요새와 마을이 연합을 해서 공격해 온 것이라 생각하곤 최대한 신속히 처리를 하면 다른 마을의 동요는 없을 것이라 믿었다. 그런데 성벽 위에 올라와서는 생각이 바뀌었다. 가운데 통일된 복장을 보니 마을 경비대 수준이 아니었다.

"미노피 백작령 병사들과 허슨 요새 병사들이 합세한 것 같습니다."

"미노피 백작령?"

"예, 가운데 위치한 병사들의 옷 색깔도 그렇고, 깃발의 문장이 미노피 백작령을 나타내는 검은 고래입니다. 좌우 측에는 우리 병사들의 복장을 하고 있는 것이 허슨 요새와 타리 마을의 병사에 마을 주민까지 징병한 것 같습니다."

이반의 보고를 들으며 인수는 자신의 짐작이 사실로 드러나자 의지와는 다르게 심장 박동이 빨라졌다. 미노피 백작령은 인수가 생각한 적이 아니었다. 이렇게 빨리 외부의 공격이 있을 줄은 몰랐다.

"아직 도발은 없었나?"

인수는 애써 마음을 진정시켰다. 지휘자가 허둥대면 병사들도 동요하기 마련이었다.

"예, 아직 별다른 도발은 없었습니다."

"망원경이 있으면 좋겠는데."

인수는 망루에서 전방을 바라보며 그렇게 말했다. 육안으로는 선명하게 보이지 않는 거리였다.

"예? 무슨 말씀이십니까?"

이반이 무슨 말인지 모르겠다는 듯 되물었다.

"아니야."

"한인수 병장님, 김상식 병장한테 포경(포에 달려 있는 조준장치. 망원경처럼 배율이 있음)을 받아올까요?"

인수의 말에 상태가 대답했다. 포에 달려 있던 두 개의 포경 중 하나는 박살이 났고, 또 하나는 김상식이 총에 부착해서 저격용 스코프로 쓰기 위해 가지고 있었다. 나무로 받침대를 만들어서 총에 장착할 수 있었지만 오히려 조준이 정확하지가 않아서 처박아둔 상태였다.

"됐다."

갔다 오는 사이에 어떠한 일이 벌어질지 몰랐다.

"적이 움직입니다!"

망루에 있던 병사가 외쳤다.

인수도 전방에서 적이 움직이는 것을 보고 있었다. 가운데 병사들이 갈라지며 말을 탄 세 명이 앞으로 나서는 것이 보였다. 삼각형 형태로 성문으로 오고 있었다. 그중 우측 병사는 검은 고래가 새겨진 깃발을 들고 있었고, 선두와 좌측에 있는 두 명은 햇빛을 받아 번쩍거리는 것이 기사 같았다.

"왜 오는 거야, 공격은 안 하고?"

인수는 공격은 하지 않고 세 명만이 다가오자 오히려 더 긴장되었다.

"성 공격에 앞서서 미리 항복을 권유하는 것이 전통입니다."

인수는 이반의 설명을 듣고 황당했다.

"그래? 빌어먹을 전통이군. 우리의 전통은 저런 무식한 녀석들에게는 불벼락을 내려주는 것이다."

인수는 총을 들어올리며 말했다.

"그렇게 하시면 절대 안 됩니다."

"왜?"

인수는 이해가 가지 않았다.

"그것이 전통이고, 아직까지 깨어진 적이 없는 불문율입니다. 전통은 절대적으로 지켜져야 합니다."

이반이 강한 어조로 말했다.

"한인수 병장님, 잡을까요?"

상태가 무릎을 꿇고 총신을 성벽 위에 거치한 후에 조준하며 물었다. 상태가 생각해도 어이가 없는 짓거리로 느껴진 것 같았다. 이 정도 거리라면 셋 다 살아서 자기 진영으로 가지 못할 것이다.

인수는 잠시 갈등했다. 어떻게 하는 것이 좋을까 머릿속으로 생각해 보려고 했지만 딱히 좋은 생각이 나지 않았다. 이반의 말대로 병사들이 반발한다면 큰일이었다.

"잠시 기다려! 무슨 소리를 하나 들어보자!"

인수는 이내 생각을 정했다. 무슨 말을 하는지 들어봐야 될 것 같았다. 아직까지 그랑시온에게 보낸 편지가 도착하지 않았을 것이다. 그렇다면 미노피 백작이 영지를 공격할 이유가 없었다. 인수는 혹시 이것이 책으로만 읽은 영지 쟁탈전인가 하는 생각이 들었다.

"병사들에게 공격하지 말고 조준 상태로 경계만 하라고 전해!"

인수는 이반에게 명령을 내렸다.

"공격 중지! 경계 상태로 대기한다!"

망루 좌우로 인수의 명령이 빠르게 전달되었다.

말을 탄 세 사람은 성문 바로 아래까지 다가왔다. 이제는 얼굴이 뚜렷하게 보였다.

"선두에 있는 기사는 미노피 백작령의 부벨 경입니다. 그리고 좌측에 있는 자가 허슨 요새를 맡고 있는 율리스 경입니다."

이반이 다가오는 자들에 대해서 설명해 주었다. 인수는 저들에게 물어보고 싶은 말이 많았다. 저들과 함께 행동하는 것을 보니 허슨 요새가 반란을 일으킨 것이 사실인 모양이었다.

"난 미노피 백작령의 기사 부벨이다."

선두에 선 기사가 말을 세우고 자신의 이름을 막 밝혔을 때 예기치 않은 일이 벌어졌다.

푸욱, 하는 소리와 기수의 비명이 들린 것은 거의 동시였다. 기수는 화살이 눈에 박힌 채 말에서 떨어졌다.

"누구냐?"

인수는 버럭 소리를 질렀다. 갑작스러운 일에 모두들 얼음처럼 굳어버렸다.

"죄송합니다. 실수로 그만."

망루 위의 병사가 덜덜 떨며 말했다.

"이런, 비겁한!"

부벨이 그렇게 소리치더니 말머리를 돌려서 도망가기 시

작했다. 그 뒤를 율리스가 따라서 도망을 갔다.

"아, 실……."

인수는 실수라고 말하려다가 비겁하다고 말한 뒤 말을 돌려 도망가는 부벨 때문에 더 이상 말을 할 수가 없었다.

"이반, 이럴 경우에는 어떻게 하지?"

부벨이란 기사도 당황스럽겠지만 당황하기는 인수도 마찬가지였다. 너무나 순식간에 벌어진 일이었다. 수습을 해야 되는데 어떻게 해야 될지 도무지 생각이 나지 않았다.

"그것이… 저도 처음이라……."

이반도 처음 있는 일에 당황하기는 마찬가지인 것 같았다.

"공격!"

적의 본진에서 누군가 그렇게 외치더니 적들이 성을 향해 달려오기 시작했다.

"상태야, 잡아!"

인수는 그렇게 말하며 재빨리 사격 자세를 취했다. 적들이 인수의 고민을 없애주었다. 이제는 돌이킬 수가 없었다. 적은 이미 공격을 해오고 있었다. 인수는 대화를 조금 하다가 훈련병들이 준비되면 숫자의 우위를 바탕으로 기습을 하려고 생각하고 있었는데 이상한 곳에서 틀어지고 있었다.

타앙!

타앙!

본진과 합류하려던 기사 두 명이 연달아 울린 두 번의 총성과 함께 말에서 떨어져 바닥을 굴렀다. 기사와 합류하려던 삼백 명의 병사들은 갑작스러운 소리와 기사의 죽음에 당황한 듯 50미터 앞에서 멈추었다.

"적의 기사가 죽었다! 성문을 열어라! 적들을 공격한다! 적을 죽인 자에게는 상금을 내리겠다!"

인수는 그렇게 말하며 성문으로 뛰어갔다. 지금이 공격할 기회라고 인수의 본능이 외치고 있었다. 인수의 심장이 거칠게 뛰기 시작했다. 그것은 갑작스러운 신체의 움직임에서 시작된 것이 아니라 야수의 본능과 같은 흥분에서 비롯된 것이었다. 인수를 따라서 병사들이 성문으로 모여들고 있었다.

"빨리 성문을 열어라! 적들을 죽여라!"

인수는 그렇게 병사들을 독려했다.

"이반, 어디 있나! 이반!"

인수는 이반을 찾았다.

"예! 여기 있습니다, 한님!"

바로 뒤에서 대답이 들렸다.

"말을 탈 줄 아는 병사들과 함께 말을 타고 적을 추격한다."

"예, 알겠습니다!"

"김상태!"

"병장 김상태!"

"장재수에게 훈련병들 데리고 출동하라고 그래!"

"예, 알겠습니다!"

상태는 큰 목소리로 대답하고 인수의 곁을 떠났다.

이반이 말을 탈 줄 아는 병사들을 모으는지 이름을 외쳐 대고 있었다.

두 번째 문을 올리기 위해 병사들이 쇠사슬을 열심히 감고 있었다. 인수도 달려들어서 쇠사슬을 감았다. 지금의 시간이 너무나 길게 느껴졌다. 인수는 벌어진 문틈으로 슬라이딩을 하듯 몸을 집어넣어서 세 번째 성문에 섰다. 심장은 거칠게 뛰고 손은 흥분으로 떨려왔다. 병사들 몇이 인수의 뒤를 따라서 들어와 문의 버팀목을 치웠다. 병사들이 버팀목을 치우는 동안 인수는 오른손에는 검을 들고 왼손에는 손도끼를 들었다. 오크를 죽일 때의 흥분이 온몸을 감쌌다.

"죽여라! 모두 죽여라! 나를 따라서 적을 죽이자! 적을 많이 죽인 자에게는 상금을 내리겠다!"

인수는 무기를 들자 더욱 흥분이 되어서 외쳤다.

"죽여라! 죽여라!"

병사들도 흥분이 되는지 소리를 질렀다.

인수는 문이 조금 열리자 그 틈을 비집고 나갔다. 문이 완전히 열릴 때까지 흥분을 억제할 수가 없었다. 적은 50미터쯤 앞에서 아직도 어쩔 줄 몰라 하고 있었다. 뒤에서 병사들의 고함 소리가 점점 커졌다.

"한인수 병장, 같이 가!"

재수의 목소리가 들렸다.

"훈련병은?"

"도신이가 끌고 나올 거야!"

인수의 물음에 바로 뒤에서 대답이 들렸다. 어느새 재수는 인수의 뒤에 바짝 붙어서 검을 뽑아 들고 있었다. 인수의 뒤로 병사들이 무기를 뽑아 들고 늘어서 있었다. 나무 창을 든 훈련병들이 문으로 사정없이 밀어닥치는 것이 보였다.

인수는 검과 도끼를 들어올리고 앞을 향해 외쳤다.

"엘프디언 한이 여기 있다! 나를 따르라! 적을 모두 죽여라!"

인수는 무슨 말을 하는지도 몰랐다. 그저 본능이 시키는 대로 따를 뿐이었다.

"돌격!"

시위를 떠난 활처럼 그렇게 앞으로 달려나갔다.

8

날아오는 화살을 무시하며 인수는 달렸다. 화살에 맞았는지 뒤쪽에서 병사들의 신음 소리가 들렸다. 하지만 여기서 멈출 수는 없었다.

"돌격! 돌격하라!"

적들이 바로 눈앞에 들어왔다. 인수는 이렇게 많은 병사를 지휘한 경험도 없었고, 어떻게 해야 되는지도 몰랐다. 하지만 한 가지는 정확히 알고 있었다. 적을 모두 죽이면 되는 것이다.

"적을 죽이자!"

"돌격하라!"

콜 영지의 병사들은 사기가 충천해 있었다. 그들을 공포에 떨게 했던 엘프디언이 이제는 자신들의 선두에 서서 적을 향해 달려가고 있었다.

"도망치지 마라! 도망치지 마라! 돌격하라! 싸워라!"

말을 탄 기사가 그렇게 외치며 홀로 병사들을 독려하고 있었다. 기사의 독려가 통했는지 아니면 인수가 가짜 엘프디언이라고 생각하는 것인지 모르지만, 미노피 백작령의 병사들 몇 명이 소리를 지르며 인수에게 달려들었다. 뒤쪽에서 도끼가 날아와 가장 선두에 있는 병사의 얼굴에 박혔다. 도끼를 던진 걸로 봐서 재수 같았다. 선두의 병사가 쓰러지자 뒤따라오던 병사가 피하지 못하고 걸려서 넘어졌다. 인수는 달리는 속도를 이용해서 그대로 뛰어오르며 일어서는 병사를 검으로 내려쳤다. 사슬 갑옷을 뚫고 검이 병사의 몸에 틀어박혔다.

인수가 착지하기가 무섭게 왼쪽에서 병사가 달려들었다. 인수는 검을 놓고 옆으로 구르며 병사의 옆구리를 도끼로 찍었다. 비명과 함께 고통에 일그러진 병사의 얼굴이 보였다. 인수는 가차없이 도끼로 병사의 얼굴을 내리찍었다. 죄책감 같은 것은 없었다. 아니, 그런 것을 느낄 틈조차 없었다.

재수와 다른 병사들도 적과 조우하고 있었다. 순식간에 난전 상태가 되었다. 최소한 이제 화살의 위협에서는 벗어났다.

"물러서지 마라! 싸워라!"

미노피 백작령의 기사가 병사들 사이를 누비며 독려하고 있었다. 위험 인물이었다. 정규군의 숫자는 반란군 쪽이 우세했다. 인수의 전력은 고작해야 오십여 명 정도의 정규군과 나머지는 훈련도 되지 않은 오합지졸이었다.

저 기사를 잡아야 된다는 생각이 인수의 머릿속을 메웠다. 인수는 도끼를 오른손으로 옮겨 잡았다. 왼손보다는 오른손으로 도끼를 던져야 정확했다. 한껏 뒤로 팔을 늘어뜨렸다가 전신의 힘을 모아서 말머리를 향해 도끼를 던졌다. 십여 미터를 날아간 도끼가 정확히 말의 머리에 틀어박혔다. 그러자 히히힝, 하는 소리와 함께 말이 앞발을 들어 기사가 미처 대비하지 못하고 말에서 떨어졌다. 곧이어 말이 쓰러지며 기사를 덮쳤다. 순식간에 일어난 일이었다. 인수는 기회가 왔다는 것을 알았다.

"이야야야야얏!"

짐승이 울부짖는 소리를 내며 인수는 검을 들고 기사를 향해 뛰었다.

"나를 막지 마! 비켜! 막지 말란 말이야!"

인수는 소리를 지르며 달려드는 병사들을 발로 차고, 검으로 내려치며 길을 열었다. 기사는 아직 빠져나오지 못하고 있었다. 기사에게 다가간 인수는 검을 양손으로 잡고 기사의 목을 향해 강하게 내려쳤다. 피가 인수의 얼굴에 튀었다. 사슬 갑옷 때문에 제대로 베어지지 않았는지 기사가 움직임을 멈추지 않았다. 한 번 더 내려치고 나서야 기사는 조용해졌다.

"조심해!"

뒤에서 재수의 목소리가 들렸다. 오른쪽에서 병사가 인수에게 소리를 지르며 달려들었다. 인수는 병사의 도끼를 피해 안으로 파고들며 병사의 허리를 움켜잡고 들어서 뒤로 던졌다. 우당탕! 소리를 내며 병사가 쓰러지는 소리가 들렸다. 충격에 정신을 못 차리는 병사의 얼굴을 사정없이 발로 밟고, 양손으로 검을 움켜쥐고 목을 향해 찔렀다. 검은 별다른 저항 없이 병사의 목에 틀어박혔다. 병사의 몸이 몇 차례 떨리더니 멈추었다.

"한님과 같이 싸우자! 한님을 따르라!"

병사들의 흥분한 목소리가 들렸다. 순식간에 주위로 병사들과 재수가 들이닥쳐 인수에게 여유를 만들어주었다.

인수는 병사들이 만들어준 여유에 호흡을 돌리며 적을 찾기 위해 주변을 둘러보았다. 그리고 이내 쓰러진 영지병을 공격하는 미노피 병사를 발견했다. 미노피 병사는 도끼로 내려치고 있었고, 영지병은 바닥을 마구 구르며 도끼를 피하고 있었다. 인수는 병사를 구하기 위해 미노피 병사에게 달려들었다. 인수는 오른손을 한껏 뒤로 뺐다가 앞으로 휘둘렀다. 영지병에게 달려들던 병사가 도끼로 인수의 검을 막았다. 인수는 발을 뻗어서 사내의 배를 걷어찼다. 사슬 갑옷의 묵직함이 느껴졌다. 사내의 고개가 숙여지고, 인수의 왼손에 들린 도끼가 사내의 턱에 작렬했다.

인수는 쓰러지는 병사를 뒤로하고 다른 미노피 병사의 뒤를 악착같이 따라붙었다. 미노피 병사들은 아군과 뚜렷하게 구별되었기 때문에 오인해서 죽일 염려도 없었다.

"죽여라! 죽여라!"

병사들의 광기 어린 외침 속에 비명이 섞여 들리고 있었다.

인수가 기사를 죽이고 나자 반란군 쪽에서는 더 이상 병사들을 독려하는 자가 없었다. 각자 살기 위해서, 도망가기 위해서 무기를 휘두르고 소리를 지를 뿐이었다.

미노피 병사들은 인수를 피해서 도망 다니기에 바빴다. 인수의 모습은 양 떼 속에 뛰어든 늑대였다. 힐끗 옆을 보니 재수가 막 병사 하나를 베어 넘기고 있었다.

"재수야, 가자!"

인수는 그렇게 외치며 더욱 깊숙이 파고들며 등을 보이는 미노피 병사들을 따라갔다. 그 뒤를 베르켄 성의 병사들이 성 난 황소처럼 파고들었다. 반란군과 미노피 백작령의 병사들 은 도망가기에 바빴다.

"이반, 적을 막아라! 도망가지 못하게 길을 막아라!"

인수는 적의 머리를 도끼로 내려치며 목이 터져라 외쳤다. 적이 도망가는 것이 안타까웠다. 인수의 심장은 더 많은 피를 원하고 있었다. 한 번도 느껴본 적이 없는 쾌감이 밀어닥쳤 다.

"훈련병들은 적을 포위하라! 포위하라!"

인수는 그렇게 쉴 새 없이 소리를 질렀다. 이런 혼란 속에 어느 정도나 전달될지 모르지만 인수는 쉬지 않고 명령을 내 렸다. 승리는 이미 베르켄 성으로 기울어지고 있었다.

인수는 멈추지 않았다. 한 명이라도 더 죽여야 한다는 생각 과 함께 조금 전의 쾌감을 다시 느끼고 싶었다. 인수의 검이 달아나는 미노피 병사의 허리를 베었지만 사슬 갑옷 때문에 큰 상처는 주지 못한 것 같았다. 미노피 병사가 다시 휘둘러 진 인수의 검을 필사적으로 막고 반격을 해왔다. 도망가기는 틀렸다고 판단한 것 같았다. 인수는 왼손의 도끼로 검을 쳐내 고 머리로 적의 얼굴을 들이받았다. 하이바가 있었기 때문에 걱정 없었다. 적은 그대로 큰대 자로 누워버렸다. 머리가 울 렸지만 적을 죽이는 것이 먼저였다. 인수는 그대로 올라타서 도끼로 상대의 얼굴을 내리찍었다. 입속으로 피가 튀었다.

“퉤.”

인수는 입 안에서 느껴지는 찜찜한 피 맛에 침을 뱉었다.

“한인수 병장, 조심해!”

재수의 외침에 인수는 본능적으로 고개를 숙였다. 텅! 하는 소리와 함께 충격이 머리를 뒤흔들었다. 조금 전의 박치기 충격에 비할 바가 아니었다. 하이바가 벗겨졌는지 머리가 시원했다. 인수는 아무렇게나 검을 뒤로 휘둘렀다. 인수의 손짓이 무안하게 검은 허공을 갈랐다.

“위험하잖아!”

재수의 깜짝 놀란 목소리가 들렸다. 인수가 겨우 정신을 차리고 뒤를 보니 재수가 병사의 머리에서 도끼를 뽑고 있었다. 인수의 눈먼 칼에 재수가 맞을 뻔한 것 같았다.

“고맙…….”

‘고맙다’ 라는 말을 인수는 다 할 수가 없었다. 인수는 재수의 뒤에서 달려드는 병사를 향해 몸을 누이며 도끼를 던졌다. 재수의 옆구리를 스치며 날아간 도끼가 병사의 복부에 틀어박혔다.

“깜짝 놀랐잖아!”

재수가 뒤를 보고 인수를 향해 엄지손가락을 세웠다.

“비겼다.”

인수는 그렇게 말하며 다시 적을 찾기 위해 사방을 둘러봤다. 근처에는 적이 없었다.

“어, 어, 어!”

인수는 재수를 보며 그렇게 소리를 질렀다. 죽은 줄 알았던 병사가 할버드를 들고 서 있었다. 피하라는 말이 나오지 않아 인수는 발끝에 힘을 모으고 앞으로 내달렸다. 갑작스럽게 인수가 달려들자 재수도 놀란 것 같았다. 떨어지는 커다란 도끼날을 향해 검을 휘두르며 인수가 외쳤다.

“엎드려!”

간발의 차이로 인수의 검이 재수의 하이바 위를 지나쳐서 창과 부딪쳤다. 인수의 검은 묵직한 할버드를 이기지 못하고 깨어지며 파편이 사방으로 튀었다. 얼굴과 어깨가 따끔했지만 그것을 느낄 시간도 없었다. 인수는 왼손으로 간신히 창대를 잡았다. 도끼의 날이 재수의 하이바 바로 위에서 멈춘 것이다. 재수가 옆으로 구르며 병사의 허벅지를 찔렀다. 주저앉는 병사를 보며 인수는 병사에게 달려들어서 토막난 검으로 병사의 얼굴을 찍었다.

“으아악!”

병사의 입에서 끔찍한 비명이 터져 나왔다.

“죽어! 죽어!”

인수는 얼굴을 붙잡고 발광하는 병사에게 올라타서 미친 듯이 얼굴을 찍었다. 병사의 얼굴이 형체를 알아볼 수 없을 정도로 뭉그러졌다.

“그 누구도 우리를 죽일 순 없다!”

인수는 놀란 가슴을 진정시킬 수가 없었다. 조금만 늦었으면 재수가 죽을 뻔했다.

"한인수 병장, 진정해!"

인수는 재수의 외침에 검을 놓고 일어섰다. 재수는 어깨를 부여잡고 있었다.

"괜찮냐?"

인수는 인상을 찡그리며 말했다.

"파편이 조금 튀었을 뿐이야."

주변에 땅을 딛고 서 있는 자는 인수와 재수가 유일했다. 인수의 눈에 도망가는 적들이 보였다. 또한 그 뒤를 악착같이 따라다니는 베르켄 성의 병사들이 보였다. 인수는 바닥에서 검을 하나 주워 들고 하늘로 치켜들며 외쳤다.

"이겼다! 우리가 이겼다!"

인수는 승리를 만끽하며 그렇게 외쳤다.

"이겼다! 이겼다!"

재수가 인수를 따라서 외치기 시작했다. 곧이어 모든 콜 영지 병사들이 그렇게 외치며 적을 쫓아가기 시작했다.

인수가 신경 쓰지 못했던 정보들이 눈을 통해서 뇌에 전달되고 있었다. 이반이 말을 타고 외곽에서 적들을 이리저리 몰고 있었다. 훈련병들도 나무 창을 앞세우고 적들을 쫓아서 이리저리 뛰어다녔다.

이제 싸움은 끝났다. 알 수 없는 떨림이 인수의 몸을 흔들었다. 인수는 사람을 죽이며 기뻐하는 자신의 모습을 이제야 자각했다. 두 손은 이미 붉게 물들어 있었다. 인수의 눈에 비친 환하게 웃고 있는 재수의 얼굴도 피로 물들어 있었다. 아마 자신의 얼굴도 피를 잔뜩 뒤집어쓰고 웃고 있을 것이다. 바닥에는 시체들이 널려 있었다. 승리의 달콤함은 아주 잠깐이었다.

인수를 지배하고 있던 흥분이라는 이름의 마법이 깨어졌다.

"으아아아아!"

인수는 하늘을 향해 비명을 질렀다. 인수의 비명을 승리의 함성으로 착각했는지 콜 영지의 병사들과 훈련병들이 무기를 들어올리며 함성을 질렀다.

"와아아아! 이겼다! 우리가 이겼다! 이겼다!"

반란군들은 앞 다투어 무기를 버렸다. 무기를 버리는 병사들을 향해 무자비하게 검이 휘둘러지고 나무 창이 파고들었다.

"한인수 병장, 됐어. 열심히 싸웠잖아."

재수가 인수를 끌어안으며 말했다.

그는 강한 듯하면서도 한없이 약한 사람이었다.

9

"뭐 하냐?"

인수는 잠이 안 와서 찬바람을 쏘이러 뒤뜰에 나왔다가 벽에 나란히 숨어 있는 세 명의 바보를 보고 말했다. 그 바보들은 물론 장재수, 사도신, 김상식이었다.

"쉿!"

세 명이 약속이나 한 것처럼 손가락을 올리고 뒤를 돌아보았다.

"왜, 무슨 일이야?"

인수는 급히 목소리를 낮추며 말했다.

"이쪽으로 붙어. 그쪽에 있으면 들킬 수도 있으니까."

재수는 벽을 가리키며 말했다.

"뭔데 그래?"

인수는 벽으로 붙으며 물었다.

"애꾸가 일 저질렀어."

"무슨 일?"

인수는 애꾸라는 말에 가슴이 아팠다. 재수가 붙인 상태의 별명이었다. 인수의 뺨이나 재수의 어깨에 난 상처는 상태의 상처에 비하면 아무것도 아니었다. 상태는 이번 전투에서 눈먼 칼에 맞아 왼쪽 눈을 잃었다. '이제 사격할 때 왼쪽 눈을 안 감아도 되겠습니다' 하고 말할 때의 상태의 표정은 의도와는 다르게 전혀 태연하지가 않아서 인수는 더욱 가슴이 아팠다. 그날 밤 인수는 자신을 자책하며 혼자 눈물을 흘렸다.

좀 더 신중하게 작전을 짰으면 하는 때늦은 후회를 했다. 하지만 재수는 전혀 개의치 않고 상태를 애꾸라는 별명으로 불렀다. 어렸을 때 봤던 애꾸눈 선장이 생각난다면서. 어쩌면 그것이 재수의 독특한 사랑의 방식인지도 몰랐다.

"쉿, 저기."

인수는 재수의 손가락이 머무는 곳을 봤다. 그곳에는 두 명이 달빛이 환하게 비추는 의자에 앉아 있었다. 두 명 중 한 명이 상태라는 것을 알 수 있었고, 나머지 한 명은 여자였다.

"저 여자, 누구냐?"

인수는 여자의 정체가 궁금해서 재수에게 물었다.

"주방에서 일하는 캐롤이라는 하녀입니다."

대답은 도신이가 했다.

"네가 어떻게 아나?"

거리가 너무 멀어서 얼굴이 확실히 보이지 않았다. 도신이가 어떻게 알아본 것인지 신기했다.

"캐롤 모르면 간첩입니다."

이번엔 상식이가 대답했다. 이 녀석들이 다 알고 있는 것을 보니 꽤 이름이 알려진 여자인 것 같았다.

"그래?"

인수는 간첩이었다.

"하녀 중에서는 제일 예쁘고, 몸매 좋고, 그리고… 또… 음… 나이도 어리지?"

재수는 아래를 보며 말했다.

"예, 열여덟 살일 겁니다."

상식이가 바로 대답했다.

"아니야. 내가 듣기로는 열일곱 살이었어."

도신이가 바로 수정을 해줬다.

"난 열여섯 살로 들었는데."

재수가 덧붙였다.

"아마 얼굴이 어려 보여서 그럴 겁니다. 제가 하녀장에게 들은 이야기로는 분명히 열일곱 살이었습니다."

도신이가 쐐기를 박았다.

인수는 캐롤이라는 하녀에 대해서 너무나 잘 알고 있는 세 바보를 보며 한기를 느꼈다. 이런 놀라운 집착이라니…….

"근데 그게 중요한 게 아니잖아? 쟤들, 달밤에 뭐 하는 거야? 사귀냐?"

인수는 별로 중요하지 않은 걸로 아웅다웅하는 세 명에게 끌려가기 싫어서 요점을 물었다.

"엉."

재수가 짧게 대답했다.

"나도 좋아했는데……."

도신이가 침울하게 말했다.

"쟤, 안 좋아한 애 있었냐?"

상식이는 당연한 이야기를 왜 하느냐는 식으로 말했다.

"없지. 한인수 병장님 빼고는."

도신이가 그렇게 말하며 인수를 봤다.

"너희들도 나처럼 바빠봐."

인수는 도신이의 눈길을 피하며 말했다.

"그게 아니겠지. 어린 형수님이 계신데 어디 눈 돌릴 틈이 나 있겠어? 부러워 죽겠네, 어린 부인 데리고 살아서."

재수가 말한 어린 형수님은 제이미를 말하는 것이었다. 재수는 저녁때 케이트에게 무슨 소리라도 들은 것 같았다. 둘이 잘 안 되는 날이면 항상 인수를 이런 식으로 괴롭혔다.

"크크크."

도신이는 재수의 말에 입을 가리며 웃었다.

"좋겠습니다, 한인수 병장님."

상식이가 웃으며 말했다.

"너희들, 죽는다?!"

인수의 목소리가 높아졌다.

"쉿!"

재수가 인수를 돌아보며 말했다. 인수는 철저하게 재수한테 당하고 있었다.

"저것 봐라!"

전방을 주시하고 있던 도신이가 놀란 음성으로 말했다.

인수도 급히 고개를 내밀어 바라보니 상태가 무릎을 꿇고 있었다. 청혼이라도 하는 것 같았다.

“이제 영영 틀린 건가?”

아쉬워하는 말이었지만 도신이의 말투는 기뻐하는 것 같았다.

“저렇게 되면 틀렸지.”

상식이도 그랬다.

“그러게. 나도 진작 알았으면 좋았을걸.”

인수는 그렇게 말하며 목이 메었다. 혹시나 한쪽 눈을 다치고 방황을 하지나 않을까 걱정했는데 정말 잘되었다는 생각이 들었다.

“애꾸도 할 때는 하는구나.”

재수의 말투에는 부러움이 묻어났다.

상태의 청혼이 받아들여졌는지 여자가 상태를 일으켜 세웠다.

“뽀뽀라도 하려는 것 같은데? 그렇지, 상식아?”

도신이가 침을 삼키며 말했다.

“뽀뽀가 뭐냐? 키스 정도는 해야지. 청혼까지 했는데.”

상식이는 한술 더 떴다.

“시작한다.”

재수가 전방을 주시하며 말했다.

두 명의 남녀는 포개져 있었다. 인수는 더 이상 훔쳐보는 것이 미안해서 세 명을 잡아당겼다.

“왜 그래?”

재수가 인수를 보며 말했다.

"방해하지 말고 가자. 좋은 날도 있어야지."

"그럴까?"

평소의 재수답지 않게 순순히 승낙했다.

"아, 맞다. 상식아, 우리 순찰 가야지?"

"순찰? 아, 그렇지."

상식이도 도신이의 말에 맞장구를 치며 말했다. 물론 오늘 순찰은 인수였다.

그렇게 네 명은 달빛 아래서 사랑을 속삭이는 남녀를 뒤로 하고 물러났다.

똑똑.

"누구냐?"

"병장 김상태입니다."

"들어와."

인수는 직감적으로 드디어 올 것이 왔다는 것을 알았다.

문이 열리며 상태가 들어왔다. 그리고 그 뒤로 하녀 복장의 아가씨가 들어섰다. 캐롤이란 이름의 아가씨가 분명했다. 어젯밤에는 어두워서 제대로 몰랐는데 확실히 인물이 괜찮았다.

"드릴 말씀이 있습니다, 한인수 병장님."

상태는 벌써부터 얼굴이 붉게 변해 있었다.

“뭔데?”

인수는 귀찮다는 듯이 말했다. 물론 상태가 할 말이 대충 짐작이 갔다.

상태는 인수가 그렇게 말하자 더욱 말을 하지 못했다.

“일단 거기 앉아.”

소파를 가리키며 인수가 말했다. 둘 다 행동이 조심스러웠다.

“미치!”

인수가 부르자 미치가 문을 열고 들어왔다.

“예, 부르셨습니까?”

“차 좀 내와.”

“예, 알겠습니다.”

세 명은 차가 나올 때까지 조용히 앉아 있었다.

“그만 뜸 들이고 용건을 이야기해. 난 무척 바쁘거든?”

인수는 계속 비딱하게 말했다.

“결혼하고 싶습니다!”

상태는 심호흡을 한 번 하더니 집무실이 울릴 정도로 크게 소리쳤다.

“나랑?”

인수는 자신을 가리키며 말했다. 물론 장난이었다.

“꺄아아악!”

갑자기 캐롤이 소리를 질렀다. 상태는 갑작스러운 캐롤의 비명에 어쩔 줄 몰라 했다.

"진정해요, 아가씨."

인수는 캐롤을 달래려고 그렇게 말했다. 캐롤은 거짓말처럼 비명을 멈추었다. 도대체 어떻게 소문이 났기에 인수의 한마디에 비명을 지르던 아가씨가 멈추는 것인지…….

"그게 아니라… 여기 캐롤이란 아가씨랑 결혼하고 싶습니다."

상태는 급히 말했다.

"진심이냐?"

인수는 심각하게 물었다.

"예, 그렇습니다."

"아가씨가 캐롤인가?"

"예."

캐롤이 아주 작은 목소리로 말했다.

"아가씨도 상태를 좋아하나?"

"예."

"왜?"

"그냥… 저… 그러니까……."

여자는 인수의 질문에 대답을 하지 못했다. 인수도 그런 질문을 받는다면 대답하기 어려울 것이다.

"상태야, 너는 이 아가씨를 왜 좋아하나? 만약 대답 못하면 결혼은 못한다."

인수는 심술궂게 말했다.

"첫눈에 반했습니다! 허락해 주십시오, 한인수 병장님!"

상태는 다시 한 번 소리를 질렀다.

"허락해 줄 테니까 제발 소리 좀 그만 질러라."

인수는 귀를 막으며 말했다.

"감사합니다, 한인수 병장님."

"감사합니다."

"근데 반지는 준비했냐?"

"예. 장재수 병장님이 주셨습니다."

그렇게 말하며 상태가 캐롤의 손을 덥석 잡아서 들어 보였다. 가느다란 황금색 반지가 끼워져 있었다. 인수는 한눈에 그 반지를 알아볼 수 있었다. MG−50탄피로 만든 절대 반지였다. 그 반지를 끼워놓으면 애인이 도망가지 않는다던가? 재수가 나중에 애인이 생기면 준다고 애지중지하며 가지고 있던 물건이다. 재수도 알게 모르게 상태를 챙기고 있었다.

인수는 두 사람의 미래에 대해서 유익한 이야기를 나누었다. 물론 캐롤은 인수의 집무실에서 나가는 즉시 케이트나 제이미와 똑같이 대할 것이고, 다시는 하녀처럼 일하지 말라고 이야기했다.

"계, 계수씨, 잠시만."

인수는 인사를 하고 나가는 캐롤을 어색하게 불렀다. 아직은 입에 익지 않아서 쑥스러웠다.

“예.”

캐롤도 어색한지 얼굴이 붉게 물들었다.

“아까 비명은 왜 지른 거예요?”

“그게… 저……..”

캐롤은 주저하며 말을 하지 못했다.

“괜찮으니까 말해봐요.”

인수는 부드럽게 웃음을 지으며 말했다.

“그게… 소문에 한님이 남자를 좋아한다고……. 죄송합니다.”

“죄송합니다, 한인수 병장님.”

상태는 충격을 받은 얼굴을 하고 있는 인수에게 그렇게 말하며 캐롤을 데리고 급히 나갔다.

“미치, 너! 당장 이리 와!”

10

훈련병들이 토해내는 승리의 함성이 성안에 울려 퍼졌다. 병사들에 의해 만들어진 길 중앙에 허슨 요새의 토벌을 마치고 돌아오는 이반과 병사들이 있었다. 제일 앞에 이반이 있었고, 사슴이 그려진 깃발을 든 두 명의 기수와 여덟 명의 병사가 그 뒤를 따르고 있었다. 그들의 모습은 병사들의 함성에 힘입어 더욱 당당하게 보였다. 그리고 그 뒤로 허름한 수레를 타고 오는 아홉 명이 있었다. 오십 명이 출발해서 이십 명이 돌아오고 있었다.

이반이 말에서 내려 인수에게 다가왔다.

"베르켄의 기사 이반, 허슨 요새의 토벌을 마치고 돌아왔습니다. 인원 피해는 없었습니다. 삼십 명의 병사는 허슨 요새에 주둔 중이며, 나머지 아홉 명은 타리 마을에 주둔 중입니다. 다시는 반란을 일으키지 못할 것입니다."

"이번 반란 토벌에 고생이 많았다, 이반. 자, 일어나도록."

인수는 그렇게 말하며 한쪽 무릎을 꿇고 있는 이반을 일으켜 세웠다. 훈련병들의 함성이 터져 나왔다. 인수는 훈련병들의 함성이 잦아들 때까지 기다렸다가 다시 말했다.

"이번 베르켄 전투와 허슨 요새 토벌전에 베르켄 성의 모든 병사와 훈련병들은 수고가 많았다. 오늘은 다 함께 마음껏 즐겨라!"

자고로 많은 말은 병사들을 피곤하게 한다. 인수의 짧은 치하의 말과 함께 훈련병들의 함성이 울려 퍼지며 하인과 하녀들이 술과 음식을 나르기 시작했다. 훈련병들의 함성은 더욱 커졌다.

"한님, 이반입니다."

문을 두드리는 소리에 이어서 이반의 목소리가 들렸다. 인수는 이반이 온 이유를 알았다. 이번 토벌전의 책임자로서 보

고를 하러 온 것이다. 사실 토벌이라 칭할 정도의 일은 아니
었다. 경비대가 없는 마을과 요새를 점령하면 되는 일이었으
니 말이다.

"들어와!"

이반은 15일 전과 변함이 없는 모습이었다. 아까는 먼 길
을 다녀왔다는 것을 증명이라도 하듯이 갑옷에 먼지가 잔뜩
묻어 있었는데 지금은 말끔했다. 평상시의 이반 모습이었다.

"기사 이반이 인사 올립니다."

이반은 기사가 주군을 뵙는 인사를 했다. 이반의 이런 인사
가 인수는 아직도 부담스러웠다.

"고생 많았어, 이반."

인수는 각종 미사여구가 붙은 말은 닭살이 돋아서 하지 못
하고 간단히 말했다.

"뭐?"

이반이 빤히 쳐다보자 인수는 그렇게 물었다.

"아닙니다."

이반은 얼굴을 붉히며 짧게 대답했다. 이반은 뭔가 더 이어
지나 싶어서 기다린 것 같았다.

"토벌전은 어땠나?"

인수는 바로 본론으로 들어갔다.

"예, 타리 마을과 허슨 요새는 별 저항 없이 점령할 수 있었
습니다. 시키신 대로 관리인과 경비대장의 가족 아홉 명은 노

예로 강등시켜 끌고 왔습니다. 그리고 각 마을에 새로운 관리인을 뽑았습니다.”

이미 전령을 통해서 보고를 받은 내용이었다. 베르켄 전투에서 많은 피를 봤기에 인수는 직접 토벌에 나서지 않았다. 타리 마을과 허슨 요새의 경비병들은 베르켄 전투에서 대부분 죽거나 사로잡힌 상황이었기 때문에 인수는 크게 걱정하지 않았다. 그래서 겨우 오십 명의 병사를 보냈던 것이다.

인수는 차마 마을 전체를 토벌할 수가 없어서 관리인과 경비대장의 가족만 죽이라고 명령했지만 이반은 그것마저 반대했다. 이반이 반대한 이유는 죽이는 것보다 노예로 만드는 것이 효과적이라는 것이었다. 인수는 이반의 주장이 타당하게 여겨지기도 했지만 한편으로는 이것이 나쁜 선례가 되어서 자칫 다른 마을도 쉽게 반란을 일으킬 것 같아 걱정이 되었다. 이에 이반은 모든 책임은 자신이 지겠다는 약속을 하며 인수에게 기사의 맹세까지 하면서 그들을 노예로 살아갈 수 있게 선처를 부탁했다.

기사의 맹세란 평생 주군으로 섬기며 주군이 죽으면 따라서 죽는다든가 하는 그런 것이었다. 인수는 이반의 맹세를 믿지 않았지만 결국 이반의 뜻대로 그들을 죽이지 않고 노예로 삼는 것을 허락해 주었다. 어차피 이대로 가면 나이 어린 인수가 더 오래 살 것이 자명했다.

“노예들은 외성에서 일하게 조치를 하도록.”

인수는 그렇게 간단히 아홉 명의 운명을 정해 버렸다.

"예, 알겠습니다."

이반은 별다른 반대는 하지 않았다. 이것이 잔인한 엘프디언 주군이 자신에게 베풀 수 있는 최대한의 호의라고 여겼다.

"편지와 수급은?"

타리 마을과 허슨 요새의 점령 이외에도 인수는 이반에게 다른 임무를 부여했었다. 그것은 미노피 백작에게 편지와 수급을 전달하는 것이었다. 인수는 미노피 백작의 병사들 중 죽은 일흔두 명의 목을 소금에 절여 백작에게 보냈다. 그것은 남의 영지를 탐하면 어떻게 되는지를 보여주기 위한 것이었고, 미노피 백작에게 보내는 일종의 경고였다.

편지의 내용은 남의 영지를 침탈한 죄를 묻고 배상금을 달라는 내용이었다. 인수는 말미에 정확히 금액까지 명시했다. 물론 배상금을 주지 않으면 영지전도 불사할 것이라는 협박도 잊지 않았다. 인수는 영지를 침입한 적을 격퇴한 것이고, 그로 인해 물적, 인적 피해를 입었으니 보상을 미노피 백작이 하는 것은 당연한 것이었다. 그것은 승자의 당연한 권리였다.

"예, 라세르 성까지 가서 미노피 백작에게 직접 전달했습니다."

"좋아하던가?"

인수는 웃으며 물었다. 자기 병사들의 목을 소금에 절여서 선물을 하는데 좋아하면 그것이 이상할 것이다.

“살아서 돌아오지 못할 뻔했습니다.”

이반은 목을 쓰다듬으며 말했다. 안 봐도 뻔했다. 미노피 백작은 상자에 담긴 생생한 표정의 수급을 보고 아마 화가 머리끝까지 났을 것이다. 그래도 이반을 죽이지는 않을 거라는 계산이 깔려 있었다. 만약 이반을 죽여서 영지전이라도 벌어지면 미노피 영지는 엄청난 물적 피해를 입을 것이 자명했다. 이미 피해를 봤으니 함부로 모험을 하지는 않을 것이다. 특히 지금과 같은 내전 상황에서는.

“선물은?”

인수는 배상금 외에도 미노피 백작에게 한 가지 선물을 달라고 했었다.

“그게 템플턴 남작, 아니, 크레이는 자기들도 행방을 모른다고 했습니다.”

인수는 사로잡힌 미노피 영지병과 허슨 요새의 병사를 심문하는 과정에서 크레이에 대한 이야기를 들었다. 반란군을 규합한 것도 크레이였고, 백작의 병사를 빌린 것도 크레이였다. 인수는 크레이가 라세르 성에 있다는 이야기를 듣고 선물로 크레이의 목을 달라고 했다. 크레이를 꼭 죽여야 될 이유는 너무나 많았다. 케이트의 아버지를 죽였고, 피터와 제프를 죽였으며, 베르켄 전투에서 죽은 수많은 병사들의 죽음도 크레이에게 원인이 있었다.

“혹시 숨겨두고 그러는 것은 아닌가?”

"아닙니다. 제가 병사들을 시켜서 알아보니 그들도 행방을 몰라서 발을 구르고 있었습니다. 미노피 백작의 피해도 막심하니까요."

하긴 크레이의 목만 주면 배상금의 절반은 받은 걸로 하겠다는 이야기도 편지에 적어 보냈다. 크레이 덕분에 미노피 백작은 영지병 백 명을 잃었고, 물적 피해도 엄청났다. 크레이와 미노피 백작 사이에 어떤 거래가 있었는지는 모르겠지만, 지금의 미노피 백작이라면 크레이가 눈앞에 있다면 당장 토막을 치고 싶을 것이다.

"배상금은 받아 왔는가?"

인수는 제일 중요한 이야기를 꺼냈다.

"예, 받아 왔습니다."

이반은 허리춤에서 묵직해 보이는 주머니를 풀어서 책상 위에 올려놓았다.

주머니를 본 인수의 입가에 저절로 미소가 번졌다.

"수고했어. 피곤할 테니 그만 나가서 쉬도록."

인수는 그렇게 말하며 서랍에서 작은 주머니를 꺼내 이반에게 던졌다. 금일봉이었다.

"감사합니다, 한님."

이반은 정중히 인사를 하고 나갔다.

이반이 가져온 주머니는 인수의 기대를 저버리지 않았다.

이번 베르켄 전투는 죽은 자를 제외한 모든 것이 득이었다.

삼백 명분의 무기와 갑옷이 저절로 생겼다. 미노피 백작이 병사뿐만이 아니라 무기와 갑옷도 넉넉히 반란군에 지원한 덕이었고, 인수는 죽은 병사들의 옷까지 완벽하게 수거했다. 인수의 명령에 병사들이 약간 꺼려하기도 했지만 결국 인수의 뜻대로 이루어졌다. 인수로서는 피 묻은 속옷마저 귀중한 재산이었다.

게다가 훈련병들은 돈을 주고도 할 수 없는 귀한 경험을 했다. 이번에 전투를 경험한 훈련병이 육백 명이 넘었다. 훈련도 되지 않은 병사들이 나무 창을 들고 정규 병사를 상대로 싸워서 이겼다는 자신감은 무시할 수 없는 무형의 재산이다.

아군의 피해는 병사와 훈련병을 포함해 모두 마흔아홉 명이 죽었고, 서른여덟 명이 부상을 입었다. 물론 적들의 피해에 비하면 매우 적은 것이었다. 적은 백팔십 명이 죽거나 다쳤다. 그중 미노피 병사 스물여덟 명은 노예로 만들었고, 나머지 멀쩡한 반란군 아흔여덟 명은 훈련병으로 만들었다. 그들을 병사로 만드는 것에 대한 반대도 있었지만 외부의 적을 대비하기 위해서는 당장 병사 한 명이 아쉬웠다. 인수는 반란군을 기존의 훈련병들과 섞어버렸다. 어차피 같은 영지의 영지민들이고, 시간이 해결해 줄 것이라 믿었다. 훈련 강도를 높여서 딴생각이 들지 않도록 지시하는 것도 잊지 않았다.

어느덧 가을이 끝나가고 있었다. 하루하루 달라지는 날씨

속에서 인수는 조금 마음이 놓였다. 두 왕에게서 모두 연락이 왔기 때문이다.

쇼운 왕은 콜 영주가 자신의 충복이었다는 말로 시작해서 몰래 정보를 넘겨주고 있었다는 이야기를 하며 자신을 도와 달라는 내용이 주를 이루고 있었고, 엘프디언이 콜 영지를 다스리는 것을 환영한다는 이야기로 끝을 맺었다. 그리고 케이트를 콜 영지의 상속인으로 명하는 임명장을 같이 보냈다. 하지만 인수가 요청한 군자금은 주지 않았다. 그저 종이 쪼가리로만 그럴듯하게 생색을 냈다. 아직은 멀리 떨어져 있으니 인수는 별로 개의치 않았다.

그랑시온의 편지도 쇼운과 별 차이가 없었다. 다만 절대 콜 영지에 대해 간섭을 하지 않을 테니 병사를 보내달라는 뻔뻔한 이야기가 쓰여 있었다. 물론 케이트의 앞으로 임명장을 보내는 것도 잊지 않았다. 인수는 편지를 읽으며 코웃음을 쳤다. 답장을 받기 위해 따라온 기사에게 인수는 '미노피 백작령을 주면 병사 천 명을 이끌고 참전하겠다'는 황당한 조건의 편지를 써서 보내 버렸다.

그랑시온에게 갔다 온 크릴 경의 말에 의하면, 의외로 내전이 팽팽한 상태로 전개되는 중이라고 했다. 이대로 가면 내년 이맘때에도 결판이 나지 않을 것이라는 소문이 그랑시온 진영에 팽배하다고 보고했다.

쇼운에게 갔다 온 워시 경은 봄이 되면 미스트르 왕국이 참

전할지도 모른다는 소식을 가져왔다. 이래저래 내전은 빨리 끝날 기미가 보이지 않았다. 물론 인수에게는 다행스러운 일이었다.

곧 눈이 내릴 것이고, 어찌 됐든 내전은 길어질 것이다. 콜 영지는 두 왕에게서 모두 인정을 받았다. 그렇다고 마음을 완전히 놓은 것은 아니다. 인수는 콜 영지에 웅크리고 부지런히 힘을 키울 생각이었다. 훈련병들의 구령은 성을 울리고 있었고, 각 마을에서 보내온 가을 세금은 창고를 채워 나가고 있었다. 쉴 곳이 생긴 이방인들의 얼굴에도 웃음이 퍼져 나가고 있었다.

영지는 이방인에게도 점점 그 이상의 의미로 자리를 잡아 가고 있었다.

CHAPTER 5
독

"손 들어! 움직이면 쏜다."

병사는 발자국 소리와 함께 나타난 그림자를 석 궁으로 겨냥하며 절차대로 수하(경비를 하는 군인이 상대편의 정체를 파악하기 위해 일정한 절차에 따라 소리쳐 물음, 또는 소리 쳐 묻는 그 일)를 시작했다.

"사슴."

병사의 문어에 그림자는 대답이 없었다. 오늘의 암구어(적 과 아군을 식별하기 위해 정해놓은 일종의 암호. 문어와 답어로 나 뉜다)는 문어에 사슴, 답어에 바늘이었다.

"사슴!"

병사는 좀 더 큰 목소리로 말했다. 세 번 말하고 대답이 없으면 무조건 발사하도록 규정되어 있었다.

"바늘."

그림자의 말소리가 들렸다. 일단 암구어는 합격이었다. 하지만 아직 마음을 놓을 수는 없다.

"누구냐?"

병사는 신분을 물었다.

"순찰자다."

"초병 앞 오 보 앞으로."

병사는 석궁을 계속 겨냥하며 말했다. 그림자가 다가오자 달빛만으로도 얼굴을 알아볼 수 있었다. 영주 대리 한님이었다.

"충성!"

재빨리 병사는 석궁을 내리고 경례를 붙였다.

"추운데 고생이 많다."

인수는 외성 안 곳곳에 초소를 만들었다. 혹시나 내성으로부터 외성으로 적이 침투할지도 몰랐고, 몰래 성벽을 넘어오는 적에 대한 2차 저지선의 역할도 했다. 그리고 항상 긴장 상태를 유지하기 위해서도 필요했다.

인수는 초소로 들어서며 지포 라이터를 켰다. 흐릿한 불빛 속에 초소 안의 모습이 한눈에 들어왔다.

"왜 혼자 있지?"

인수는 초소에 혼자 있는 초병을 보고 물었다. 두 명이 하는 것이 원칙이었다. 초병은 대답을 하지 못했다.

"내 말을 듣지 못했나? 왜 혼자 있느냐고 물었는데?"

인수의 목소리가 착 가라앉았다.

"예, 켈러 이병은 변소에 갔습니다!"

겁이 났는지 초병이 큰 소리로 말했다.

"변소? 근무 중에?"

인수는 그렇게 반문하다가 이상함을 느꼈다. 초병이 심각할 정도로 몸을 떨고 있었다. 오늘 날씨가 춥기는 하지만 그 정도는 아니었다.

"우리 엘프디언은 거짓말을 가장 싫어하지."

인수의 말이 끝나기가 무섭게 초병이 무릎을 꿇었다.

"용서해 주십시오. 사실은 켈러 이병이 일어나지 않아서 저 혼자 나왔습니다."

인수는 대충 넘겨짚어 본 것인데 초병은 너무 쉽게 사실을 털어놨다.

"왜 깨우지 않았나?"

"자기 전에 오늘은 날씨가 추우니 자기는 깨우지 말라고 했습니다. 켈러 이병은 저보다 나이도 훨씬 많고 힘도 세서 어쩔 수가 없었습니다."

잠에 취해서도 아니고 계획적으로 근무에 나오지 않은 것이다.

"근무 신고할 때 당직 소대장이 아무 말도 안 하던가?"

인수는 분명히 당직 소대장이 알고 있을 거라 생각했다.

"저… 그것이……."

"확실히, 명확하게 말하는 것이 좋을 거야."

인수는 검을 건드리며 말했다.

"당직 소대장은 자고 있었습니다."

말을 하는 병사의 목소리가 떨렸다.

아무리 날씨가 추워졌다지만 근무조차 나오지 않는 병사가 있을 줄은 몰랐다. 더구나 근무를 잘 서고 있는지 감시를 해야 될 당직 소대장마저 자고 있다니…….

"어디 소속인가?"

인수는 수첩을 꺼내며 물었다. 그냥 한두 곳만 둘러보고 갈 생각이었는데 내친김에 모든 초소를 둘러봐야 될 것 같았다. 기록만 해두고 문책은 내일 하기로 마음먹었다.

"3중대 4소대 2분대 이병 해리입니다."

인수는 현대식 편제와 비슷하게 부대를 편성했다. 열 명이 분대가 되고 세 개의 분대가 모여서 소대가 되었다. 소대는 다시 네 개가 모여서 중대를 형성했고, 네 개의 중대가 모여서 대대를 형성했다. 간부로 분대장, 소대장, 중대장, 대대장이 있었다.

현재 베르켄 성은 한 개의 전투 대대와 한 개의 보급 중대, 두 개의 정찰 소대, 한 개의 경비 소대가 있었다. 전투 대대

안에는 임시로 한 개의 석궁 중대가 형성되어 있었다. 보급 중대는 체력적으로 조금 떨어지거나 마차와 말을 관리할 수 있는 병사, 손재주가 있는 병사들을 위주로 만들었다. 정찰 소대는 사냥꾼으로 이루어진 부대로, 정찰에는 사냥 기술만큼 유용한 것이 없을 것이라는 판단에 만든 것이다. 물론 사냥꾼의 숫자가 적은 것도 원인이었다. 경비 소대는 내성 경비를 위해 만든 것이었다.

인수는 단계적으로 모든 병사들을 석궁으로 무장시키려고 생각 중이었다. 그렇게 되면 모든 병사들의 기본 무장이 검, 창, 석궁, 방패 형태로 되는 것이다. 하지만 생각만 그럴 뿐 모든 것이 더디기만 했다. 아직도 나무 창만을 가지고 있는 병사가 수두룩했다.

"근무 똑바로 서도록."

인수는 그렇게 한마디를 하고 초소를 나섰다. 아마 이 병사가 교대를 하면 보고에 의해 정상적인 근무가 이루어질 것이다.

"충성!"

해리의 전송을 받으며 인수는 다음 초소로 부지런히 발걸음을 옮겼다.

인수가 2중대 초소로 가까이 접근을 해도 수하가 들려오지 않았다. 인수는 일부러 인기척을 크게 냈지만 여전히 초소에서는 아무 반응도 없었다. 인수는 초소 안으로 들어서며 지포 라이터를 켰다.

[이런 개새끼들!]

인수는 욕이 절로 나왔다. 초소 안에는 두 명의 병사가 잠들어 있었다. 그냥 잠만 잤으면 이렇게 화가 나지는 않을 것인데 병사들은 모포를 덮고 잠들어 있었다.

인수는 라이터를 끄고 단검을 뽑아서 문 앞에서 자고 있는 병사의 목에 갖다 대었다. 그리고는 병사를 흔들었다. 얼마나 깊이 잠들어 있는지 일어날 생각을 하지 않았다. 인수의 손에 힘이 들어갔다.

"뭐야? 벌써 교대야?"

귀찮은 듯 자고 있던 병사가 손을 내저으며 말했다.

"움직이지 마. 내 단검은 인내심이 없으니까."

인수의 말과 목에 닿아 있는 차가운 감촉을 느꼈는지 병사는 움직임을 멈추었다.

"내가 누군지 알겠나?"

"모르겠습니다."

"모포는 여기에 왜 있는 거지?"

"며칠 전부터 여기에 있었습니다."

"당직 소대장은 이 사실을 알고 있나?"

"아마 모를 겁니다."

소대장들도 근무를 소홀히 하고 있다는 소리이다. 그것도 며칠 전부터.

“어디 소속인가?”

“2중대 4소대 3분대 거스 이병입니다.”

“옆에는?”

“찰리 이병입니다.”

인수는 지포 라이터를 켰다.

“이제 내가 누군지 알겠나?”

“예, 알고 있습니다. 살려주십시오.”

“누가 죽인다고 했나?”

“아닙니다.”

“기회를 주지. 내가 가거든 근무 확실히 서도록.”

“예, 알겠습니다.”

“충성!”

인수는 등 뒤로 경례 소리를 들으며 또 다른 초소로 이동했다. 제대로 근무를 서는 곳이 없었다. 인수는 내일 아침에 가만두지 않겠다고 굳게 마음먹었다. 그냥 말 몇 마디로 넘어갈 일은 절대 아니었다.

저 앞에 1중대 초소가 보였다. 얼핏 창문으로 무기 같은 것이 보이는 것 같아서 인수는 조용히 접근했다. 그래도 다행히 1중대는 제대로 근무를 서는 것 같았다. 대응 능력을 보기 위해서 더욱 은밀하게 접근했다. 초소에서는 아무 소리도 들리지 않았다. 인수는 너무나 은밀하게 접근했다고 자책하며 조용히 초소의 문을 열었다. 문이 열려도 초소 안에서는 인기척이 느껴지지 않았다. 인수는 불빛에 드러난 초소를 보고 기가 막혔다. 창가에는 석궁만 걸쳐져 있고 근무자가 보이지 않았다. 최악이었다. 두 개의 초소를 둘러보며 간신히 억눌러 참았던 화가 결국 폭발했다.

인수는 1대대 집무실로 뛰어갔다. 집무실 문이 인수의 발길질에 커다란 소리를 내며 열렸다. 인수의 눈에 책상에 발을 걸치고 자고 있던 소대장이 벌떡 일어나는 모습이 보였다. 경례 동작을 취하는 소대장의 모습을 보며 인수의 발이 소대장의 가슴으로 날아갔다.

"너냐?"

인수의 발차기에 뒤로 넘어져서 가슴을 문지르고 있는 소대장을 보며 인수가 말했다.

"예?"

"네가 오늘 당직 소대장이냐고?"

인수의 발길질이 다시 이어졌다.

"윽! 예. 제가… 오늘 당직… 소대장 톰입니다."

계속되는 인수의 발길질 속에서도 그는 자신의 이름을 끝까지 말했다. 물론 인수는 톰을 알고 있었다.

"근무자 어디 갔어?"

"무슨 근무자 말씀이십니까?"

당직 소대장이라는 자가 아는 것이 하나도 없었다.

"초소 근무자 말이야! 잠이나 자고 있으니 모를 수밖에! 넌 오늘 죽었어!"

인수는 다시 소대장을 걷어찼다.

숙소 문이 열리며 병사 두 명이 나타났다.

"충성!"

병사들이 인수를 알아보고는 재빨리 경례를 했다.

"너희들은 뭐야?"

인수는 발길질을 멈추고 병사들을 보며 말했다. 옷차림이 엉망이었다. 소리를 듣고 자다가 급히 뛰어나온 것 같았다.

"불침번입니다."

병사의 대답을 들으며 인수는 더 이상 참을 수가 없었다. 제대로 돌아가는 것이 하나도 없었다.

"너, 지금 망루로 뛰어가서 비상 걸어."

내일 아침까지 기다릴 여유가 인수에게는 없었다. 지금 당장 해이해진 기강을 바로잡지 않으면 목숨이 위험할 것 같은 위기감이 들었다.

"예, 알겠습니다."

"내가 오늘 빵빠레(얼차려 중 한 가지로, 겨울에 상체는 벗고 바지만 입고 야외에 차렷 자세로 세워두는 기합. 물을 살살 뿌리는 경우도 있음)가 뭔지 가르쳐 주마."

2

근무 태만에 대한 전체 회의가 길어지는 바람에 인수는 황급히 옷을 갈아입고 케이트에게 가는 길이었다.

"아직 준비가 안 됐나?"

인수는 마침 케이트의 방에서 나오는 하녀에게 물었다.

"지금 막 준비를 다 하셨습니다."

하녀는 인수에게 인사를 하며 그렇게 말했다.

"딱 맞추어 왔군."

인수는 케이트의 방문 앞에 서서 다시 한 번 옷차림을 가다듬었다. 인수는 작지도 크지도 않게 방문을 두들겼다. 이내 안에서 대답이 들리며 하녀가 문을 열어주었다.

케이트는 빨간색 드레스를 입고 위에 검은색 짐승 털로 만들어진 숄을 두르고 있었다. 의자에 앉아 있는 모습만으로도 너무나 아름다웠다. 하지만 아쉽게도 얼굴은 붉은색 망사로 가려져 있었다. 아직도 맨얼굴을 당당히 드러내기에는 부담감을 느끼는 것 같았다. 인수는 성형외과라도 있다면 케이트의 볼에 있는 상처를 없애주고 싶었다.

"저, 어때요?"

케이트가 일어나서 돌아 보이며 말했다.

"아름다워!"

"정말요?"

"그래. 난 거짓말은 하지 않는 엘프디언이라고."

"오빠, 오늘 너무 자상하신 거 아니에요?"

“내가 원래 이런 성격이야. 재수를 만나서 물이 들어서 그렇지.”

“재수 오빠는 늘 반대로 이야기하던데요.”

“신경 쓰지 마. 늦겠다. 자, 케이트 양, 가실까요?”

인수는 케이트의 좌측에 서서 팔짱을 낄 수 있게 팔을 벌리고 말했다. 오늘 인수의 임무는 케이트를 안전하게 만찬장까지 데려가는 것이다. 미리 이반에게 설명을 듣고 법도에 어긋나지 않게 하려고 최대한 신경을 썼다.

“오빠, 저 결혼하려고요.”

케이트가 복도를 걸으며 조용히 말했다.

“축하해.”

인수는 담담하게 말했다. 대상이 누구일지 짐작이 갔다.

“청혼을 받고 며칠 생각해 봤는데 주는 사랑보다 받는 사랑이 아프지 않다는 걸 이제야 알았어요.”

말을 하는 케이트의 음성이 점점 젖어들고 있었다. 왠지 인수를 향해서 하는 말 같았다.

“재수 오빠는 평생 변하지 않고 절 사랑해 줄 거예요.”

“후회없는 선택이라고 믿는다, 케이트. 행복해야 돼.”

인수는 케이트의 손을 쓰다듬으며 말했다.

“꼭 행복해질 거예요.”

케이트는 다짐을 하듯 말했다.

“그래, 너라면 충분히 행복해질 자격이 있어.”

케이트는 행복해져야만 했다. 재수도. 인수는 마음속으로 둘의 행복을 빌었다.

"오빠, 소원이 하나 있어요."

"무슨 소원? 소원은 이따가 촛불을 끄며 말하는 거라고 했잖아."

재수는 전체 회의에도 참석하지 않고 커다란 케이크를 손수 만들고 있었다.

"마지막으로 한 번만 안아주실래요?"

케이트가 발걸음을 멈추고 인수를 보며 말했다.

"재수한테 안아달라고 해."

망사 사이로 보이는 케이트의 붉게 변한 눈을 보며 인수는 애써 모른 척했다. 여기서 케이트를 안게 되면 재수에게 죄책감이 들 것 같았다.

"오빠!"

"가자. 늦었다."

인수는 팔을 끌어당기며 말했지만 케이트는 움직이지 않았다.

"케이트, 아프지 않은 사랑이란 없어. 누군가는 아프기 마련이야."

케이트와 인수는 서로를 쳐다보며 말이 없었다.

"휴, 무슨 소린지 나도 모르겠다."

인수는 한숨을 내쉬며 어색한 분위기를 돌렸다.

“알았어요. 오빠, 가요. 모두 기다릴 거예요.”

케이트가 밝게 말했다. 그녀가 인수의 말을 이해했는지는 알 수 없었다.

인수가 식당 문을 열고 케이트를 안내했다. 이미 해가 지고 촛불마저 켜지 않아서 식당 안은 어두웠다. 인수는 케이트의 팔을 내려놓으며 한 걸음 뒤로 물러섰다. 인수의 역할은 여기 까지였다. 오늘의 주인공은 케이트였다. 주방 문이 열리며 커 다란 케이크를 들고 재수가 들어섰다. 케이크 위에는 재수가 정성 들여서 만든 스무 개의 초가 환하게 타오르고 있었다. 모든 것을 재수가 손수 만든 것이었다. 그래서 더욱 의미가 있었다. 생일 축하 노래가 들리며 재수가 천천히 케이크를 들 고 케이트에게 다가왔다. 케이크의 중앙에는 크림으로 만든 글이 쓰여 있었다.

우리 행복해지자.

케이트는 케이크를 보고는 한동안 말이 없었다.

“케이트, 뭐 해? 어서 소원을 빌고 촛불을 꺼야지. 잊지 마. 한번에 다 꺼야 돼.”

인수의 재촉에 케이트가 망사를 살짝 들어올리고 촛불을 힘차게 불었다. 불이 꺼지는 것과 동시에 박수 소리가 요란하 게 퍼졌다. 하녀들이 부지런히 주방에서 초를 가져다 날랐다.

이내 식당 안이 밝아졌다. 재수는 케이크를 식탁에 내려놓고 케이트의 의자를 빼서 앉을 수 있게 도와주었다.

"고마워요."

케이트가 재수에게 속삭이듯 말했다. 재수의 얼굴에 웃음꽃이 피었다.

"자, 일단 앉지."

그렇게 말하며 인수가 앉자 모두들 자리에 앉았다. 오늘은 특별한 날답게 기사들과 부인들까지 참석했다.

인수가 숟가락으로 컵을 두들기며 주위를 환기시켰다.

"쉿, 모두 조용히 해주세요."

"케이트 양, 오늘 주인공으로서 한말씀 하시겠습니까?"

"저의 생일 만찬에 이렇게 참석해 주셔서 감사합니다. 즐거운 시간이 되시기를 바랍니다."

"케이트 양을 위하여!"

인수가 잔을 들고 말했다.

"케이트 양을 위하여!"

모두들 그렇게 외치고 술잔을 깨끗이 비웠다. 건배를 했을 때는 잔을 다 비우는 것이 생일을 맞은 사람에 대한 예의라고 이미 이반에게 들어 알고 있었다.

인수는 고기를 한 점 먹고는 마침 술을 따라주는 하녀장을 향해 말했다.

"고기가 정말 맛있군."

“좋아하시니 다행입니다.”

“무슨 고기인가? 맛이 독특한데?”

인수는 큼직하게 썬 고기를 입에 넣고 씹으며 물었다.

“미스트르 산 고양이입니다.”

“윽.”

식탁에 앉아 있던 다섯 명이 모두 똑같은 소리를 냈다.

“왜 그러십니까?”

하녀장의 긴장한 목소리가 들렸다.

인수는 뱉을 수도 없어서 입 안에 있는 고양이 고기를 꿀꺽 삼켰다.

“너무 맛있어서. 우리도 고양이를 무척 좋아하거든.”

인수는 그렇게 둘러댔다.

“예, 그러시군요. 주방에 신경을 좀 더 쓰도록 이야기하겠습니다.”

“근데 이것이 고양이가 확실한가?”

인수는 다시 한 번 확인하듯 물어보았다.

“예, 콜 영지에 대대로 내려오는 전통 비법으로 만들어서 아마 맛이 다르다고 생각하신 걸 겁니다.”

대답을 하는 하녀장의 얼굴에 자부심이 보였다. 아마 하녀장은 인수의 말뜻을 오해한 것 같았다. 인수의 뜻은 그저 고양이가 맞느냐는 물음이었는데 하녀장은 일반 고양이 고기랑 조금 맛이 다른 것 같다는 소리로 들은 것 같았다.

재수는 고양이라는 소리를 듣고도 꾸역꾸역 맛있게 먹으며 후임병들에게 먹으라는 눈짓을 했다. 인수는 재수의 눈물겨운 모습에 박수를 보내고 싶었다. 케이트의 생일을 망치고 싶지 않아서 인수도 접시에 가득 담긴 고양이 고기를 사슴 고기라고 암시를 걸며 먹었다.

사실 몰랐을 때는 굉장히 맛있었다. 원효대사인가 그분이 밤중에 목이 말라 바가지에 담긴 물을 맛있게 먹었다는 이야기가 떠올랐다. 나중에 해골바가지에 담긴 썩은 물이라는 것을 알았지만 깨달음을 얻어다나? 인수는 깨달음은 아니었지만 재수의 모습을 보며 사랑이란 것에 대해서 조금은 알 것 같았다.

"캑캑."

재수의 눈짓 협박에 고양이 고기를 먹던 도신이가 갑자기 목을 부여잡더니 숨을 쉬지 못했다.

"사도신 병장님, 왜 그러십니까?"

바로 옆에 앉은 상태가 도신이에게 물었지만 도신이는 대답 대신 목을 움켜쥐고 있을 뿐이었다.

"왜 그래?"

"무슨 일이야?"

"오빠?"

"도신아!"

다들 자리에서 일어나서 도신이 주위로 모여들었다. 재수가 도신이를 붙잡고 물을 먹이려고 했지만 도신이는 더 괴로워하며 캑캑거렸다.

"혹시 독?"

누군가 그렇게 말했다.

"사도신! 정신 차려!"

인수는 그렇게 말하며 도신이를 흔들었다. 정말 독일지도 모른다는 생각이 들었다.

"독이다. 누군가 음식에 독을 탔다."

누군가 확신하듯 말했다. 그 소리에 하녀장을 비롯해 하인과 하녀들이 겁에 질려 떨기 시작했다. 만약 진짜 독이라면 그들의 목숨은 없는 것이나 마찬가지였다. 기사들이 재빨리 식당과 주방 문을 막았다.

"그럴 리가 없습니다! 그럴 리가 없습니다!"

하녀장의 떨리는 목소리가 들렸다.

"치료사를 불러와! 어서!"

인수는 그렇게 명령을 내리고 독이라면 토하게 해야겠다는 생각에 도신이의 입을 벌려 목젖을 찌르고는 고개를 숙여서 토할 수 있게 만들었다. 세게 등을 두들기는 것도 잊지 않았다. 효과가 있었는지 도신이가 제법 큰 덩어리 하나를 토해냈다.

"한인수 병장님."

도신이의 말소리가 들렸다.

“어, 왜 그래? 어디 아파?”

“등이 아픕니다.”

인수는 사도신의 말에 이게 신경 독인가 하는 생각이 들었다. 척추를 타고 신경을 마비시켜 나가는 것일지도 모른다.

“일단 토해! 다 토해야 살 수 있다!”

인수는 안타까운 마음에 도신이를 흔들며 말했다.

“그게…….”

도신이의 작은 목소리가 들렸다.

“뭐? 말해봐!”

인수는 필사적인 얼굴로 물었다. 결국 또 한 명의 전우를 잃게 될지도 모른다는 생각이 들었다. 음식을 만드는 하녀들에 대해서 신경을 쓰지 않은 잘못이었다. 자신은 항상 실수만 하고 있었다. 베르켄 성을 점령하고 한 번의 전투를 이긴 후 방심하고 있었는지도 모른다.

“독이…….”

“독이 뭐?”

인수는 다급하게 말했다. 어쩌면 실마리가 될 수도 있었다. 치료사가 올 때까지 증상을 알아둬야만 했다.

“아니라 고기가 목에 걸린 겁니다.”

3

“캑캑.”

상식이가 목을 부여잡고 도신이의 흉내를 내고 있었다.

여기저기서 그 모습에 웃음이 터져 나왔다.

“그만 해라. 재미없다.”

도신이가 맞은편에 앉은 상식이에게 눈을 부라리며 말했다.

“고기가 목에 걸렸습니다.”

상식이는 아랑곳하지 않고 도신이의 흉내를 냈다.

“왜, 재미만 있는데.”

재수가 상식이 편을 들며 말했다. 상식이는 벌써 세 번째 흉내를 내고 있었다. 그 덕분에 어색하던 분위기가 아주 부드럽게 변해 있었다.

“그만 해요, 상식이 오빠. 도신이 오빠 울겠어요.”

케이트의 말은 도신이를 옹호하는 느낌보다는 놀리는 느낌이었다. 그녀의 말에 식당 안에 있는 사람들이 더욱 크게 웃음을 터뜨렸다.

“케이트, 너마저…….”

그렇게 말하는 도신이의 얼굴이 처참하게 일그러졌다.

“왜 그래요? 전 위로를 한 거예요.”

케이트의 목소리는 담담했다.

“역시 케이트야.”

인수는 웃음을 참으며 말했다.

만찬의 분위기는 갈수록 좋아졌다. 하녀들이 부지런히 음식을 가져오고 빈 접시를 내갔다. 이렇게 호화스럽게 먹는 것은 베르켄 성을 차지하고 처음이었다. 음식은 맛이 있었고, 모두의 얼굴에는 웃음이 피어났다. 오늘 하루만큼은 모든 걸 잊고 기분 좋게 즐길 수 있을 것 같았다.

인수의 눈에 접시를 치우는 하녀의 손이 가늘게 떨리는 게 보였다. 인수는 그 모습을 보며 난감했다. 인수의 모습을 자주 볼 기회가 있는 하녀들마저 공포에 떠는 것이라 생각했다. 인수는 자신의 대한 소문을 대충 들어서 알고 있었다. 거의 괴물과 같은 수준이었다. 해골을 모으는 것이 취미라는 소문도 있었고, 집무실에 있는 상자에는 사람 뼈가 들어 있다는 소문도 있었다. 밤마다 뒤뜰을 헤매고 다니며 눈에 보이는 남자는 무조건 덮친다는 소문이 가장 최근에 들은 것이었다.

"겁먹지 마. 천천히 해도 돼."

인수는 하녀의 떨리는 손을 보며 부드럽게 말했다. 그것은 인수가 하녀에게 할 수 있는 최대한의 배려였다.

"예? 예, 알겠습니다."

하녀는 인수가 자신에게 말했다는 것을 알고 조금 놀라더니 자신이 실수했다는 것을 아는지 급히 대답했다. 하지만 대답과는 다르게 하녀의 손은 더욱 떨렸고, 안색도 창백해졌다.

인수의 옆에 앉은 제이미가 인수의 팔을 건드렸다. 인수는 제이미를 쳐다보았다. 제이미는 말을 하지는 못하지만 인수는 제이미의 표정으로 뜻을 대충 알 수 있었다.

'괴롭히지 마!'

"제이미, 난 그저……."

제이미가 손을 입술에 갖다 대더니 조용히 하라는 표시를 했다. 인수는 입을 다물었다.

저마다 드러내 놓고 웃지는 못하고 입을 가리고 웃었다. 기사들의 부인들도 엘프디언 한의 무시무시한 소문을 알고 있었다. 하지만 엘프디언 한을 꼼짝 못하게 하는 여자도 있다는 것을 오늘 보게 되었다.

쨍!

기어이 손을 떨던 하녀가 분위기를 깨고야 말았다. 은 접시라서 깨지지는 않았지만 바닥에 떨어지며 시끄러운 소리를 냈다. 모두의 시선이 하녀에게 꽂혔다가 다시 인수를 향했다.

"내가 그런 거 아니야!"

인수는 그렇게 항변했지만 모두들 인수를 탓하는 것 같았다.

"내가 저렇게 될 줄 알았어."

"나도."

도신이의 말에 상식이가 동조했다.

"나도 가끔 한인수 병장이 무섭더라."

재수가 인수를 보며 장난스럽게 몸을 떨면서 말했다.

"잘못했습니다. 죄송합니다."

하녀는 그렇게 말하며 고개를 조아리기 바빴다.

"죄송합니다. 아직 경험이 부족해서 그런 것 같습니다."

하녀장은 그렇게 말하며 하녀에게 다가갔다.

"어서 치우거라."

하녀장의 말을 듣고 그제야 바닥에 쏟았진 음식물이 보이는지 하녀는 허겁지겁 음식을 주워 담기 시작했다.

"잘못했습니다."

하녀의 목소리에는 울음이 섞여 있었다. 겨우 접시 한 번 쏟은 걸로 눈물을 흘려야 되는 현실이 인수의 눈앞에 펼쳐지고 있었다. 하녀는 제이미보다도 어려 보였고, 그래서 더욱 마음이 쓰였다.

언제부터 자신이 하녀의 시중을 당연하게 생각하게 되었을까? 그렇다고 아리스 대륙에 민주주의를 퍼뜨리고 링컨처럼 노예 해방을 시킬 생각은 없었다. 아니, 그럴 만한 능력이 없다는 것이 맞을 것이다. 인수가 배운 가치관으로는 불합리한 것이 맞지만 이곳에서는 이것이 당연했다. 노예는 노예일 뿐이다. 식탁에 앉은 사람들 중에는 동정하는 사람도 있을 것이고, 그냥 작은 유희거리로 생각하는 사람도 있을 것이다. 이곳에 서서히 뿌리를 내리고 이들과 동화되려고 한다면 이런 건 당연하게 생각해야 될지도 모른다.

하지만 그것보다 더 중요한 것이 있을지도 모른다. 그것은 사람이 사람을 아끼는 것이 아닐까? 평소에는 별로 신경 쓰지 않다가 지금 갑자기 생긴 인수의 변덕일 수도 있었고, 살인자의 보상심리일지도 모른다. 아니, 그런 복잡한 생각보다는 단순하게 행동하는 것이 나을 때도 있는 것이다.

인수는 자리에서 일어나서 하녀에게 다가갔다. 순간 식당이 조용해졌다. 인수는 한쪽 무릎을 꿇고서 쏟아진 음식을 주웠다. 등 뒤에서 안도의 한숨 소리가 들리는 것 같았다. 인수는 어디까지나 괴물이었으니까.

"잘못했습니다. 잘못했습니다. 제가 하겠습니다."

인수가 음식을 주워 담자 하녀는 더욱 놀랐는지 고개도 들지 못했고, 목소리는 더욱 떨렸다.

"네가 잘못한 것은 없어. 천천히 해. 누구나 실수는 하기 마련이야."

하녀는 황급히 음식을 주워 담고 인수에게 인사를 한 후 주방으로 사라졌다.

하녀장이 인수가 손을 씻을 수 있게 물을 가져왔다. 인수는 천천히 손을 씻으며 어느새 하녀의 시중을 당연하게 받고 있는 자신을 발견했다. 정말로 그냥 변덕일 수도 있었다. 인수는 수건으로 손을 닦고 다시 자리로 돌아가며 하녀장을 불렀다.

"하녀장."

"예, 한님."

“저 아이는 잘못한 것이 없으니 혼내지 마.”

“예. 알겠습니다, 한님.”

뒤에서 다시 접시를 떨어뜨리는 소리가 들렸다. 뒤를 돌아 보니 그 하녀가 또 접시를 떨어뜨린 것이다. 하녀는 무릎을 꿇더니 그 자리에서 울면서 말했다.

“잘못했습니다. 용서해 주십시오, 한님. 일부러 그런 것이 아닙니다.”

하녀는 그렇게 울먹이며 앞치마에 달린 주머니에 손을 넣 어서 무언가를 꺼냈다.

“독을…….”

하녀의 말은 더 이상 이어지지 않았다. 크릴의 검이 하녀의 목을 가르고 있었다. 하녀의 손에 쥐어져 있던 물건이 바닥으 로 떨어졌다. 작은 병이었다. 돌 바닥에 떨어지며 병이 깨졌 다. 녹색의 액체가 깨진 병에서 흘러나와 하녀의 목에서 흘러 내린 피와 섞여들고 있었다.

여자들이 비명을 질렀다. 인수를 비롯한 엘프디언들도 갑 작스러운 크릴의 행동에 놀라서 검을 뽑았다.

“무슨 짓이냐, 크릴?!”

인수가 검을 들고 크릴에게 소리를 질렀다.

“죄송합니다. 독이라는 소리에 위험할까 봐 제가 허락도 없이 손을 썼습니다. 죽여주십시오.”

인수는 크릴에게 달려가서 멱살을 움켜쥐었다.

"저 하녀가 도대체 무슨 잘못을 했다는 것이냐? 응?"

인수는 크릴을 잡아먹을 듯이 노려보았다. 인수의 눈에 핏발이 섰다.

"죄송합니다. 암수를 쓰는 줄 알았습니다. 케이트 아가씨의 생일을 망쳐서 죄송합니다."

하녀를 죽인 것보다 케이트의 생일을 망친 것이 더 죄송한 것 같았다. 그것이 더욱 인수를 화나게 했다. 그냥 노예라고 이런 식으로 죽여도 되는 것인가? 하녀의 죽음에 화를 내는 잔인하기로 소문난 엘프디언이 이상하게 보일지도 모른다. 인수도 크릴과 다르지 않게 사람을 죽였다. 그 죽음에 이유도 없어 보였다. 남들은 지금의 인수를 이해 못할지도 모른다. 하지만 화가 나는 것은 어쩔 수가 없었다. 목숨의 무게는 똑같은 것이다. 대상이 하녀라도.

"암수? 암수라고? 저런 어린 소녀가?"

인수는 기가 막혔다. 크릴의 목을 잡은 인수의 손에 힘이 들어갔다.

"네 눈으로 봐라. 저런 어린 소녀가 암수를 쓸 수 있는지."

인수는 크릴의 목을 잡고 하녀의 얼굴에 들이댔다. 하녀의 부릅뜬 눈에는 아직도 눈물이 맺혀 있었다. 크릴이 인수의 손을 붙잡고 버둥거렸다. 숨이 막히는 것 같았다.

"보란 말이다! 봐! 봐! 네가 한 짓을 보라고! 저항할 힘조차 없는 하녀를 죽였다!"

"한님, 용서해 주십시오."

"한님, 크릴 경을 용서해 주십시오."

등 뒤에서 용서해 달라는 목소리가 연이어 들렸다. 인수가 핏발 선 눈으로 뒤를 돌아보니 기사와 부인들이 모두 무릎을 꿇고 있었다.

"한님, 크릴이 조금은 과하게 손을 쓴 것은 맞지만 저 소녀가 가지고 있던 것은 독이 맞습니다. 부디 크릴을 용서해 주십시오. 크릴은 우리의 목숨을 구한 것입니다."

워시가 고개를 들고 말했다.

"독이라고?"

엄청난 반전에 인수는 워시에게 다시 물을 수밖에 없었다.

"예, 독이 맞습니다."

"그걸 어떻게 알지?"

워시는 독이라는 것을 어떻게 아는지 알 수가 없었다.

"바닥의 피를 보십시오. 끓고 있습니다. 아마도 바다에서 잡힌다는 캔스라는 물고기의 독인 것 같습니다. 조금만 먹어도 피가 끓어올라 죽는다고 합니다. 제나르에서는 유명한 독입니다. 비록 캔스라는 물고기는 잡기가 어렵지만."

인수가 바닥을 보니 워시의 말대로 녹색 액체와 섞인 피가 끓고 있었다. 인수는 확인을 하듯 이반을 보았다. 이반이 워시의 말이 사실임을 확인해 주었다.

'하녀는 모두의 목숨을 노렸던 것일까?

인수는 갑자기 머리가 아파왔다. 인수는 크릴을 놓아주었
다. 크릴의 검이 무자비하기는 했지만 한편으론 사람들의 목
숨을 구해준 은인이었다. 워시의 설명 이후 하녀의 죽음을 슬
퍼하는 사람은 없었다. 남의 죽음보다는 자신의 삶이 백 배
천 배 중요한 것이다. 사람은 이기적인 동물이다.

"이반, 이곳을 치워라."

인수는 그렇게 말하고 식당 문을 향해서 걸어갔다. 더 이상
이곳에 있고 싶지 않았다. 독을 가지고 있던 하녀와 울면서
몸을 떨던 하녀의 모습이 겹쳐지며 인수를 괴롭혔다.

"케이트, 미안하게 됐다."

인수는 케이트의 옆을 지나치며 그렇게 말한 후에 밖으로
나갔다.

인수는 혼란스러웠고, 혼자 있고 싶었다. 생일을 망친 케이
트에게는 미안하지만.

4

"맛있다."
재수가 감동을 했는지 그렇게 내뱉었다.
"그러게. 하녀장, 무슨 음식이야?"
인수도 감탄했다.
"미스트르 산 고양이를 미스트르 지역의 전통 방식으로 요

리한 것입니다."

"그래? 내 입맛에는 콜 영지 방식보다 더 입맛에 맞는 것 같아."

먹을수록 인수의 입을 흡족하게 만들었다.

"고양이, 많이 남았어?"

재수가 고기를 씹으며 말했다.

"걱정하지 마십시오. 아직 충분합니다."

"야, 김상식! 내 것을 왜 뺏어 먹어?!"

도신이가 상식이에게 소리를 질렀다.

"맛있는 건 나눠 먹어야지. 또 목에 걸릴까 봐 걱정이 돼서 그런 거야."

"웃기네. 저리 가!"

"캑캑."

상태가 갑자기 목을 부여잡았다.

"야, 너까지 나를 놀리면 안 되지."

도신이가 화가 난 목소리로 말했다.

"상태야, 계속해. 상태도 짬밥을 먹을 만큼 먹었잖아?"

재수가 상태 편을 들었다.

"야, 진짜 똑같은데?"

인수는 상태를 보며 그렇게 말했다.

상태의 입에서 피가 튀어나오며 하얀 식탁보를 붉게 물들였다.

"뭐냐?"

그렇게 말하던 상식이도 갑자기 목을 부여잡았다.

도신이도 재수도 목을 부여잡고 캑캑거렸다. 잠시 후 누가 먼저랄 것도 없이 서로 피를 토했다. 상태는 이미 식탁 위에 엎어져서 움직이지 못했다.

인수도 갑자기 목이 아파왔다. 목에 무언가 걸린 것 같은 느낌과 함께 캑캑거리다 핏덩이를 토해냈다. 핏덩이가 갑자기 손 모양으로 바뀌더니 인수의 목을 움켜쥐었다. 인수는 비명을 질렀다.

"헉헉!"

인수는 가쁜 숨을 내쉬었다. 지금 인수가 있는 곳은 식당이 아니라 집무실이었다. 꿈이라 정말 다행이었다. 다시는 꾸고 싶지 않은 꿈이었다.

집무실로 올라와서 하녀의 죽음에 대해 생각하다가 깜빡 잠이 든 모양이었다.

목이 말라서 컵에 물을 따르던 인수는 그 물을 마실 수가 없었다. 조금 전의 꿈이 물조차 마음 놓고 마시지 못하게 하고 있었다.

"젠장!"

독이라는 것이 사람을 이렇게 힘들게 만들 줄은 몰랐다.

"미치! 미치!"

인수는 큰 목소리로 미치를 불렀다.

"예, 부르셨습니까?"

아직 미치는 숙소에 돌아가지 않은 것 같았다.

"내가 집무실에 온 지 얼마나 됐지?"

"얼마 되지 않았습니다."

"그래? 이반을 불러오도록."

"예, 알겠습니다."

"한님, 이반입니다."

미치가 나가고 얼마 되지 않아 이반의 목소리가 문 밖에서 들렸다.

"들어와!"

"뒷정리는 됐나?"

인수는 손도끼를 책상에 내려놓으며 말했다. 오늘 저녁 있었던 사건을 생각하니 마음이 놓이지 않아서 이반을 기다리며 닦기 시작한 것이다. 최소한 식사는 마음 놓고 하고 싶었다.

"예, 지금 막 끝내고 오는 길입니다. 분위기도 어수선하고 해서 성의 경비를 강화시켰습니다. 하녀장에게는 앞으로 관리를 철저히 하도록 이야기했습니다."

적절한 판단이었다.

"내가 왜 불렀는지 아는가?"

“잘 모르겠습니다.”

“조사는 했나?”

“무슨 조사 말씀입니까?”

이반은 인수의 조사가 무엇을 말하는지 모르는 것 같았다.

“하녀에 대한 조사 말이야.”

역시나 인수가 생각한 대로였다.

“저… 그게……..”

이반은 대답을 하지 못하고 얼버무렸다.

“설마 조사를 안 한 건 아니겠지?”

인수는 강한 어조로 추궁했다.

“그냥 하녀의 시체만 치웠습니다.”

이반은 고개를 푹 숙이고 대답했다.

“지금 그걸 말이라고 하는 건가?”

며칠 전부터 성안이 엉망이었다. 어디서부터 잘못된 것인지 원인을 모를 정도였다. 믿었던 이반마저 인수를 실망시키고 있었다.

“이유가 뭔가?”

인수는 애써 마음을 진정시키며 말했다.

“크릴 경이 과하기는 했지만 하녀가 독을 가지고 있었던 것은 명백한 사실입니다. 조사할 이유가 없었습니다.”

어떻게 보면 지극히 옳은 행동이었다. 범인은 미수에 그치고 죽었고, 사실은 명확히 드러났다고 볼 수 있었다. 그리고 인수의 명령대로 시체만을 치웠을 뿐이다. 다만 이 모든 것이 성립하기 위해서는 한 가지 전제 조건이 필요했다. 크릴에게는 죄가 없다는 믿음이었다.

"더구나 하녀 한 명이 죽은 걸로 시끄럽게 조사하기가 싫었다?"

인수는 이반의 말이 끝나기가 무섭게 이어서 말했다. 진정시켰던 마음이 다시 불타오르고 있었다.

"아닙니다."

"엘프디언들이 식사도 하지 못하고 굶어 죽는 것을 보고 싶었나?"

"아닙니다."

"그게 아니면? 배후 인물이 아는 사람인가?"

"배후 인물이 있다는 말입니까?"

인수의 말에 이반은 매우 놀란 얼굴을 했다.

"자네, 바본가?"

인수의 말에 이반의 얼굴이 벌겋게 달아올랐다.

"자네 같으면 그런 독을 하녀가 가질 수 있다고 생각해? 그 물고기, 잡기도 어렵다면서? 그럼 당연히 비싸지 않을까? 하녀가 무슨 돈이 있어서 그걸 살 수 있지? 다 집어치우고, 도대체 생각이 있는 사람인가?"

"그러니까… 그것이……."

인수의 말에 이반은 대답을 하지 못했다. 물론 인수는 자신의 생각이 별로 예리하다고는 생각하지 않았다. 누구나 생각할 수 있는 극히 단순한 문제였다.

"설마 그게 암기라고 해도 내가 피하지 못했을까?"

물론 피할 수 있었다고 단정하기는 어렵지만 인수는 그렇게 말했다. 이반의 얼굴이 창백해졌다. 아마 인수처럼 크릴을 의심했을 것이다.

"이제 좀 이해가 가나? 만약 크릴이 배후라면 어떻게 할 거야?"

크릴이 배후라는 증거는 어디에도 없었지만 그럴 가능성이 아예 없는 것도 아니었다. 살인멸구라는, 무협지에 자주 등장하는 말이 괜히 나온 것은 아닐 것이다.

"그럴 리는……."

아직도 객관적으로 생각하지 못하고 있었다. 이반의 반응은 같은 기사라서 그런 것인지도 몰랐다. 만약 재수나 다른 포반원이 손을 썼다면 인수도 그냥 덮어두었을 것이다. 그들은 인수가 유일하게 등을 보일 수 있는 사람들이기 때문이다.

"크크크, 이반. 나에게 한 기사의 맹세가 거짓이었나?"

인수는 그렇게 이반을 압박했다.

"아닙니다."

이반의 목소리가 떨렸다.

"그런데 이 모습은 무엇인가? 같은 기사라서 절대 그럴 리가 없다고 단정을 짓는 건가? 실망이군. 이것이 기사들만의 끈끈한 동료애인가 보군. 정말 부러워.”

이반은 인수의 신랄한 말투에 아무 말도 하지 못했다.

“근데 어떻게 하지? 잘못하면 주인으로부터 버림을 받을지도 모르는데.”

이반의 얼굴이 무참하게 일그러졌다. 기사에게 있어 최대의 불명예였다. 주군에게 버림받은 기사는 더 이상 기사가 아니었다. 살아도 산 것이 아니었다.

“제가 목숨을 걸고 철저히 조사하겠습니다.”

이반이 이를 악물며 말했다. 벼랑 끝까지 몰린 것이다.

“이런 짓을 했는데 증거가 남아 있겠나? 우리 엘프디언의 속담에 이런 말이 있지. 죽은 자는 말이 없다. 죽은 하녀에게 물어볼 건가?”

“죽여주십시오.”

이반이 무릎을 꿇으며 말했다.

“내가 왜 너를 죽여야 하지? 크릴이 배후라고는 안 했어. 단지 나의 추측일 뿐이야. 지금은 증거도 모두 사라지고 없겠지. 그러고 보면 내 목숨이 질기지 않은가? 독살하려던 대상의 갑작스러운 호의에 독살 계획을 포기한 하녀라……. 감동적이지 않은가? 잘 알아두는 것이 좋을 거야. 난 절대 독 따위에 죽지 않아.”

인수는 괜히 눈물이 났다. 기사들을 다 죽일까도 생각해 봤지만 증거도 없이 기사들을 죽인다면 오히려 부담이 될 수도 있었다. '뭉쳐야 살고 흩어지면 죽는다'가 지금의 상황이었다. 그런데 요새 들어 자꾸만 흩어지려고 했다. 정확히 밝히지 못할 바에야 그냥 묻어두는 것이 최선이었다.

"그만 나가봐, 내가 알아서 할 테니."

인수는 눈물을 닦으며 그렇게 말했다. 최소한 경고는 되지 않았을까? 이반은 인수에게 이런 소리를 듣고 가만히 있을 기사가 아니었다.

"한님……."

"한번 잃은 신뢰는 회복하기 어려운 법이야."

인수에게는 의심이라는 이름의 독이 퍼지고 있었다.

5

"인수님! 인수님!"

시끄러운 소리에 인수는 억지로 눈을 떴다.

"뭐야?"

"인수님, 급히 가보셔야겠습니다."

침대 옆에 미치가 서 있었다.

"무슨 일이야?"

인수는 간밤에 과음을 해서 그런지 머리가 아팠다. 미치의 표정을 보니 정말 급한 일인 것 같았다. 더구나 미치가 자신을 깨우러 오는 일은 거의 없었다.

"크릴 경이 죽었습니다."

미치의 말은 그 어떤 약보다 효과가 좋았다. 인수의 머리가 순식간에 맑아졌다.

인수는 밤에 술을 마시며 고민했었다. 하지만 어떻게 하면 좋을지 대책이 서지 않았다. 그래서 생각한 것이 크릴을 베리 마을의 관리인쯤으로 쫓아 버릴까 하는 것이었다.

"왜 죽어?"

또 다른 배후가 있는 것은 아닐까 하는 생각이 들었다. 꼬리를 자른 것일지도 몰랐다.

"자세한 건 잘 모르겠습니다. 이반 경이 급히 인수님을 모시고 오라고 했습니다."

인수는 침대에서 벌떡 일어났다. 탁자와 그 주변은 폭풍이라도 만난 듯 술병이 어지럽게 널려 있었다. 인수는 그런 모습을 감상할 틈도 없이 바닥에 아무렇게나 벗어둔 군복을 입었다.

"누구누구 알고 있지?"

"잘 모르겠습니다. 내성 경비를 맡고 있는 샘이 와서 알려 준 겁니다. 이반 경이 보냈다고 합니다."

인수는 세수를 할 생각도 못하고 대충 눈곱을 떼며 미치를 따라서 방을 나섰다.

미치는 외성에 들어서자 기사들의 숙소로 방향을 잡았다.

크릴의 방 앞에 병사 두 명이 서 있었다. 병사들은 오래 서 있었는지 추위에 코와 볼이 벌겋게 변해 있었다.

"충성!"

인수를 봤는지 큰 목소리로 경례를 했다. 인수는 가볍게 경례를 받아준 다음 방문을 열었다. 역한 냄새가 코로 밀어닥쳤다. 살짝 인상이 찡그려졌지만 이내 얼굴을 폈다. 사람이 죽었는데 이깟 냄새 때문에 추태를 보일 수는 없었다.

"미치, 밖에서 기다려!"

"예, 알겠습니다."

인수는 미치를 밖에 세워둔 채 방 안으로 들어갔다. 방 안에는 크릴과 이반이 있었다. 크릴은 서 있었고, 이반은 앉아 있었다. 단지 크릴이 공중에 떠 있는 것이 문제였다. 크릴의 혀는 길게 밖으로 늘어져 있었고, 몸에서 힘이 빠져나가며 실례를 했는지 발 아래 바닥이 젖어 있었다. 냄새는 크릴의 몸에서 나는 것 같았다. 깨끗한 모습으로 죽지 못한 것이다. 죽음을 깨끗하고 더러운 것으로 나눈다는 것도 의미가 없는 것이지만.

"어떻게 된 거야?"

인수의 물음에 이반이 테이블에 처박았던 고개를 들었다. 인수는 이반을 슬쩍 보고는 다시 시체를 살폈다. 특이한 점은 없는 것 같았다.

"제가 죽인 겁니다."

이반의 목소리는 가라앉아 있었다.

“무슨 소리야?”

“제가 어제 크릴 경과 다투었습니다.”

“미련한 짓을 했군.”

인수는 그렇게 말하며 내심 뜨끔했다. 자신이 그렇게 하도록 사주한 것이나 마찬가지였다. 이 우직한 기사는 결국 크릴에게 가서 직접적으로 물었을 것이다.

“결투 직전까지 간 것이 미안해서 아침에 사과를 하러 왔더니 이렇게…….”

“다른 흔적은 없었나?”

모습으로 봐서는 자살 같지만 단정하기에는 일렀다.

“없었습니다.”

“편지는?”

“아무것도 없었습니다.”

꼭 울 것 같은 목소리였다. 이반은 자살이라고 믿는 것 같았다. 이반이 옳은 것인지, 아니면 자신이 변한 것인지 알 수가 없었다.

“일단 시체부터 내리자.”

인수는 그렇게 말하고 바닥에 넘어져 있는 의자를 바로 세웠다. 아마 죽을 때 밟고 있다가 마지막에 결심을 하고 차버린 것 같았다. 자살이라고 생각하게 할 수 있는 완벽한 소품 중 하나였다.

의자를 밟고 올라서자 크릴의 얼굴을 똑바로 볼 수 있었다. 억울함보다는 고통에 몸부림치다 죽은 표정이었다. 고등학교 때 윤리 선생님이 해준 예쁘게, 아름답게 자살하는 방법은 이 세상에 없다고 했다. 자살을 선택하는 순간 지독한 고통에 허우적거리다 죽는다고 했다.

인수는 크릴의 부릅뜬 눈을 감겨주었다. 꼭 인수를 보고 억울하다고 말하는 것 같았다. 크릴이 의심을 받기는 했지만 어쨌든 확인된 사실은 아무것도 없었다. 인수는 무언가 이상하다는 느낌을 받았지만 그것이 무엇인지 정확히 알 수가 없었다.

"이반!"

인수는 이반을 불렀다. 그냥 두면 폐인 하나 나올 것 같은 분위기였다.

"예, 한님."

"동료를 위해서 좀 거들어주지 않겠어? 그렇게 자책을 한다고 죽은 사람이 살아나는 것도 아니잖아?"

"예."

이반은 천천히 크릴의 시체로 다가왔다.

"허리 좀 잡아봐."

인수의 명령에 이반이 크릴의 허리를 잡았다.

이반 덕분에 여유가 생겨서 밧줄을 풀려고 했지만 너무 꽉 묶어져서 풀 수가 없었다. 인수는 발목에서 대검을 꺼냈다.

천상 밧줄을 잘라야 했다. 막 잘라내려고 하는 찰나에 밧줄이 걸려 있는 나무에 글씨가 쓰여 있는 것이 보였다.

죄송합니다.

자세히 살펴보았지만 다른 글자는 찾을 수 없었다. 색이 뚜렷이 구분되는 것이 오래되어 보이지 않았다.
'크릴이 밧줄을 묶기 전에 새겼던 것일까?
인수는 손을 뻗어 글씨를 쓰다듬었다. 거칠게 파여 있었지만 최소한 자살이란 것에 대해서 더 이상 의심을 하지 않기로 마음먹었다. 슬픈 느낌이 들었다. 만지면 만질수록 크릴의 심정이 느껴지는 것 같았다. 배후 인물이어서 죄송한 것인지, 아니면 자살이라는 극단적인 방법을 택한 것이 죄송한 것인지 정확히 알 수는 없지만 죽음으로 모든 걸 마무리 지은 것이다.
"한님."
인수가 밧줄을 자르지 않자 이반이 인수를 불렀다.
"왜?"
"저기 밧줄을……."
"아, 다른 생각을 좀 하느라……."
인수는 대검으로 밧줄을 잘랐다. 이반이 크릴의 시체를 조심스럽게 바닥에 눕혔다. 그리고는 목에 걸린 밧줄을 풀어냈다. 인수는 이불로 크릴의 시체를 가렸다. 보기 좋은 모습은 아니었다.

“이게 무슨 냄새야?”

문밖에서 경례 소리가 들리는 것 같더니 등 뒤에서 재수의 목소리가 들렸다.

“사람 죽은 냄새.”

인수는 그렇게 말했다. 아까 자신도 냄새 때문에 멈칫했었다. 그것이 시체가 썩거나 한 냄새가 아니라 대변과 소변의 냄새였지만 굳이 그렇게 말할 필요는 없었다. 아니, 이것이야말로 진정한 죽음의 냄새일지도 몰랐다.

“누가 죽었어?”

재수의 목소리가 커졌다.

“크릴. 어떻게 알고 왔냐?”

“그냥 지나가다가 크릴 방 앞에 미치가 서 있어서 무슨 일인가 하고 왔지. 어떻게 죽은 거야?”

꼭 남의 이야기를 하는 것 같았다. 호기심, 그 이상도 그 이하도 아니었다.

“자살.”

인수는 짧게 대답했다.

기사들의 모습이 웃겼다. 살기 위해 자신에게 충성을 맹세할 때는 언제고, 한 푼의 값어치도 없어 보이는 명예를 위해서 자살을 하는 것은 무엇이란 말인가? 죽을 용기가 있다면 더욱 열심히 살면 되는 것이다. 자신도 죽고 싶은 적이 있었지만 그럴 때마다 이를 악물고 더욱 열심히 살았다. 아니, 살려고 노력하고 발버둥쳤다.

"왜?"

"내가 어떻게 알아!"

인수는 버럭 소리를 질렀다. 꼬치꼬치 캐묻는 재수의 말에 짜증이 난 것이 아니라 죽은 크릴에게 짜증이 난 것이다.

"소리는 왜 지르고 그래?"

"머리 아프니까 좀 나가 있어."

인수는 재수를 문밖으로 떠밀고는 쾅! 소리가 나게 문을 닫았다.

"아무도 들어오지 못하게 해!"

인수는 문에 대고 소리를 질렀다.

"예, 알겠습니다."

밖이 잠시 소란스러운 것 같더니 이내 조용해졌다.

"이반, 네 책임은 없어. 죽은 사람이 잘못이지."

크릴은 모든 것을 안고 갔다. 어제의 일은 그냥 묻어두기로 했다. 진실은 이제 죽은 크릴만 알 것이다.

"하지만……."

"책임을 느낀다면 네가 크릴의 몫까지 열심히 해. 가족한테는 병으로 급사한 걸로 둘러대고 네가 잘 돌봐줘."

"예."

"크릴은 자살을 한 거고, 그건 가장 멍청한 짓이야. 왜 죽어? 기사의 명예도 중요하지만 가족도 중요한 법이야! 세상은 혼자서 살아가는 것이 아니니까. 남을 위해서 싸우지 말고 자신과 가족을 위해서 싸운다고 생각해. 세상은 훨씬 더 가치있는 것들과 지켜야 될 것들로 가득하다고!"

6

똑똑.

검은 그림자가 문을 두들겼다.

끼이익!

대답이 없자 문을 여는 소리가 들렸다. 그림자는 벌써 세 번째 같은 일을 하고 있었다. 문을 두드리고 대답이 없으면 안을 들여다보는 것이다.

똑똑.

똑똑똑.

그림자가 네 번째 문을 두들기자 안에 사람이 있는지 문을 두들기는 소리가 들렸다.

똑똑.

그림자는 다섯 번째 문을 두들겼다. 대답이 없자 다섯 번째 문을 열고 안을 확인한 후에 들어섰다. 공동 변소 다섯 개 중 사람이 있는 곳은 네 번째가 유일했다.

"날씨가 좋군."

네 번째 화장실에서 말소리가 들렸다. 한밤중에 무슨 날씨가 좋을까?

"밤은 어두워."

대꾸를 하듯 다섯 번째 변소에서 말했다.

"암호 좀 바꿔. 그리고 빨리 좀 와. 추워 죽는 줄 알았어."

네 번째 변소에서 불만 섞인 목소리로 말했다.

"자연스러워서 오히려 이게 안전해. 조바심 치면 오래 못 살아."

다섯 번째 변소에서 대꾸했다.

"물건은?"

잠시 침묵이 이어지더니 다섯 번째 변소에서 먼저 말소리가 들렸다.

"보급관의 눈을 피해서 물건을 빼내는 것이 얼마나 힘든 줄 알아?"

네 번째 변소는 협상의 유리한 위치를 선점하고자 자신의 노력을 들먹였다.

"그럼 돈 벌기가 그리 쉬운 줄 알았어?"

다섯 번째 변소는 그런 것에는 관심이 없는 것 같았다. 오히려 네 번째 변소를 나무랐다.

"얼마 줄 거야?"

네 번째 변소에서도 가격 올리기는 틀렸다고 생각했는지 바로 협상에 들어갔다.

"금화 다섯 개."

다섯 번째 변소는 이도 안 들어갈 만큼 단호하게 딱 잘라서 말했다.

"너무 적은 거 아니야?"

네 번째 변소는 조금 미련이 남았는지 값을 올려보려는 것 같았다.

"금화 다섯 개가 적다고? 일 년 벌이를 물건 하나 넘겨주고 챙기는 건데?"

다섯 번째 변소의 목소리가 조금 커졌다.

"걸리면 당장 나뿐만이 아니고 가족까지 죽을걸?"

네 번째 변소가 배수진을 쳤다.

"하기 싫으면 관둬. 다른 사람을 알아보면 되니까."

다섯 번째 변소는 네 번째 변소의 배수진에도 아랑곳하지 않았다. 어느 정도 협상에 대해 아는 것 같았다.

"아니야. 자, 빨리 받아."

결국 네 번째 변소가 조바심을 참지 못하고 항복했다. 금화 다섯 개도 결코 적은 돈이 아니었다. 만약 거래가 물 건너가면 자신만 손해였다.

네 번째 변소에서 옆 칸막이 위로 손이 넘어갔다. 손에는 길쭉한 물건이 헝겊에 싸여 있었다. 다시 보이는 다섯 번째 변소에서 넘어온 손에는 자그마한 주머니가 들려 있었다. 양쪽 변소에서 부스럭거리는 소리가 들리는 걸로 보아 서로 물건을 확인하는 것 같았다.

"물건은 확실하군."

다섯 번째 변소에서 먼저 만족한 대답이 나왔다.

"그래, 아직 반도 보급이 안 된 물건이야."

네 번째 변소의 목소리에 힘이 들어갔다. 자신의 능력을 알아달라는 것 같았다.

"다음번에는 새로 만들었다는 갑옷을 갖다줘."

다섯 번째 변소는 벌써 다음번 거래를 생각해 둔 것이다.

"갑옷? 그건 안 돼. 몇 개 만들지도 못한 데다 얼마나 감시가 심하다고."

네 번째 변소는 펄쩍 뛰었다.

"그래? 갑옷이면 금화 열 개도 문제없는데……."

다섯 번째는 아쉽다는 투로 말했다.

"정말?"

다섯 번째 변소는 노련했고, 네 번째는 또다시 걸려들었다.

"속고만 살았어?"

다섯 번째 변소에서 쐐기를 박았다.

"그럼 나중에 내가 준비가 되면 똑같은 방법으로 신호를 보낼게."

네 번째 변소는 다음 약속 방법을 확인하며 말했다.

"좋아."

"그럼 나 먼저 가지."

그 말을 끝으로 네 번째 변소의 문이 열리며 검은 그림자가 나타나서 밖으로 사라졌다. 잠시 후 다섯 번째 변소의 문이 열리며 그림자가 나타났다. 두 명이 같이 움직이는 것은 위험하다는 것을 아는 것 같았다. 조심스럽게 주위를 살피고는 어둠을 벗 삼아 막사를 향해 걸어갔다.

사도신은 기분이 몹시 나빴다. 상식이가 바쁘다는 이유로 오늘 야간 순찰을 자신이 맡게 되었다. 깔깔이에 조끼까지 껴입고 머리에는 털모자를 푹 눌러썼지만 추운 것은 어쩔 수 없었다. 얼른 순찰을 마치고 따뜻한 차를 마시고 싶었다. 요 며칠 한인수 병장의 신경이 날카로워서 술을 마신다든가 하는 것은 꿈도 못 꾸었다.

막 4중대 공동변소를 지나가는데 그림자 하나가 변소에서 나오더니 막사 쪽으로 가고 있었다. 움직임이 조심스러웠다.

"한밤중에 누가 변소를 들락거려?"

사도신의 말에 변소 주위에 정적이 흐르며 변소에서 나온 그림자도 발걸음을 멈추었다.

"누구야?"

사도신의 목소리에 더욱 힘이 들어갔다. 그림자는 멈추어 선 채 아무 말이 없었다. 괜히 전에 들었던 귀신 이야기가 생각났다. 사도신은 램프를 왼손으로 옮긴 후 검 손잡이를 잡았다.

"빨리 대답 안 해?"

사도신은 그림자에 다가가면서 재촉했다. 벌써 두 번이나 대답이 없었다.

"2중대 3소대 1분대장 톰슨입니다. 충성!"

그림자가 뒤돌아서더니 그렇게 말하며 경례를 했다.

"2중대가 여긴 왜 왔어?"

사도신은 가까이 다가가서 램프로 얼굴을 확인하며 말했다. 잘 모르는 얼굴이었지만 분대장을 나타내는 견장이 보였다. 사도신은 안심하며 검에서 손을 뗐다. 귀신은 아니었다.

"변소가 이곳이 깨끗합니다."

톰슨이란 분대장은 약간은 궁색한 변명을 했다.

"후딱 막사로 돌아가! 분대장이라고 하니 한번은 봐주지. 운 좋은 줄 알아."

때로는 궁색한 변명이 통할 때도 있다. 톰슨은 운이 정말 좋았다. 괴물 사도신에게 걸리고 무사히 빠져나올 것이니.

밖으로 나오니 날씨가 너무 추워서 사도신은 따뜻한 차를 마시고 싶은 생각뿐이 없었다. 괜히 어리버리한 분대장을 괴롭히는 데 시간을 낭비하고 싶지 않았다.

"예, 알겠습니다. 충성!"

톰슨이라고 밝힌 자는 경례를 한 후에 돌아섰다. 왠지 허둥대는 모습이었다. 하긴 누구나 엘프디언 앞에서는 허둥대기 마련이었다. 사도신은 그런 모습에도 크게 신경 쓰지 않았다.

"잠깐!"

사도신이 막 뛰어가려는 톰슨을 불러 세웠다. 톰슨의 등에서 이상한 것을 보았다.

"예? 부르셨습니까?"

톰슨은 아차 싶어서 황급히 돌아섰다.

"등 뒤에 그건 뭐지?"

"예?"

톰슨은 식은땀이 흘렀다. 결국 걸린 것이다.

"등 뒤에 그거. 혹시 빵 아니야?"

사도신이 먹이를 노리는 하이에나 같은 얼굴로 톰슨을 쳐다보았다. 옛날 자신의 경험과 톰슨의 모습이 합쳐지면서 톰슨도 변소에 숨어서 무언가 먹은 것 같다는 생각이 들었다. 더구나 멀리 떨어져 있는 화장실까지 왔다는 것 자체가 더욱 수상해 보였다.

"아닙니다."

사도신은 톰슨이 당황하는 모습을 보며 자신의 예측이 맞다는 것을 확신했다.

'저것은 빵이다. 이제 그것은 내 것이다.'

차에다 적셔 먹으면 두 배로 맛있을 것 같다는 생각에 사도신은 벌써 입에 침이 고였다.

“꺼내.”

사도신은 당당하게 말했다. 누가 들으면 자기 걸 누가 감춘 것 같은 분위기였다.

“정말 아닙니다.”

톰슨의 목소리는 필사적이었다. 이제 내일 아침에 넘겨주기만 하면 일이 끝나는데 여기서 걸릴 수는 없었다.

하지만 톰슨의 그런 모습이 사도신을 더욱 자극했다. 사실대로 무슨 물건인지 보여주었으면 그냥 넘어갈 수도 있었을 것이다.

“그럼 뭐야?”

사도신이 바짝 다가서자 톰슨은 자연스럽게 몸을 뺐다.

“그것이……..”

“가만히 안 있어!”

사도신은 물러서는 톰슨을 윽박지르며 손을 등 뒤로 뻗었다. 톰슨의 손이 사도신의 손을 막았다.

“엥? 죽는다?”

사도신이 거칠게 톰슨의 손을 뿌리치며 등 뒤에서 길쭉한 물건을 잡아 뺐다. 헝겊에 싸여 있는 물건은 딱딱했다. 최소한 빵은 아닌 것 같았다. 톰슨은 필사적으로 끝을 붙잡고 늘어졌다. 사도신은 자신과 실랑이를 벌이는 분대장이 어이가 없어서 본격적으로 혼을 내줄 생각에 램프를 옆에 내려놓으며 물건을 잡아당겼다.

"이런 개… 크윽!"

사도신은 욕을 끝까지 할 수가 없었다. 물건이 사도신의 옆구리를 향하더니 옆구리에서 따끔한 통증이 느껴졌다. 톰슨도 갑작스러운 일에 당황한 것 같았다. 사도신은 옆구리를 찌른 물건이 무기라는 것을 알았다. 절대 좋은 놈은 아니었다.

사도신은 옆구리의 통증을 무시한 채 톰슨의 목을 양손으로 움켜잡았다. 사도신의 괴력에 놀랐는지 톰슨의 손에 힘이 들어가서 옆구리가 아팠다. 사도신은 옆구리를 찌르는 차가운 물체가 더 이상 파고들지 못하게 잡고 팔꿈치로 톰슨의 얼굴을 가격했다. 둔탁한 소리와 함께 톰슨의 고개가 돌아갔다. 사도신의 공격이 효과가 있었는지 옆구리의 통증이 약해졌다.

사도신의 주먹이 톰슨의 얼굴을 강타하기 시작했다. 톰슨의 손은 어느새 물건에서 떨어져 있었다. 사도신의 주먹과 발이 무자비하게 톰슨의 몸을 강타했다. 톰슨은 변변한 저항조차 하지 못했다. 톰슨이 쓰러져서 움직이지 않게 되었을 때에야 사도신은 손과 발을 멈추고 옆구리를 보았다. 물건이 아직 옆구리에 박힌 채 피가 흐르고 있었다. 피를 보자 갑자기 몸에 힘이 쫙 빠져서 주저앉았다. 사도신은 인수한테 들은 이야기가 생각났다. 몸에 칼이나 다른 것들이 박혔을 때 함부로 뽑으면 과다 출혈로 위험하다고 했다.

사도신은 바닥에 누운 채 단독군장에 달린 호루라기를 입

에 물었다. 겨울 흙바닥은 무척이나 차가웠다. 하지만 사도신
은 추위보다는 통증을 느끼며 입에 힘을 주었다.
삐이이익! 삐이이익! 삐이이익!
호루라기 소리가 성안에 울려 퍼졌다.

7

"폴, 오늘 아침은 정말 너무하는 거 아니야?"
잭슨은 수프를 뜨면서 인상이 저절로 찌푸려졌다. 요즘 들
어 계속 이렇게 엉망이었다.
"뭐가?"
빵을 나누어주고 있던 폴이 무슨 문제가 있느냐는 얼굴을
했다.
"건더기가 하나도 없잖아."
"건더기가 왜 없어?"
폴이 이해를 못하겠다는 표정을 지었다.
"눈이 있으면 좀 봐!"
잭슨은 폴이 보라는 듯이 수프를 국자로 퍼서 천천히 냄비
에 쏟았다. 수프에는 건더기가 좀처럼 보이지 않았다. 오늘
아침은 분명히 돼지고기를 넣고 끓인 수프였다.
"그럴 리가 없어. 잘 저어봐."
"뭐야? 왜 그래?"

잭슨의 뒤에 서 있던 병사들이 수프 냄비 주위로 모여들었다.

"또 건더기가 없는 거야?"

"매일 우리만 이 모양이야! 4중대를 무시하는 거야?"

다른 병사들까지 합세했다.

"앞에서 고기만 퍼 갔나 봐."

폴은 어설프게 웃음을 띠며 변명을 했다.

"뭐라고?"

폴의 말에 식탁에 앉아 있던 병사가 기분 나쁘다는 듯이 숟가락을 내려놓고 그릇을 들고 왔다.

"너도 눈이 있으면 똑바로 봐! 아직 손도 안 댔는데 고기가 있나 없나."

병사가 내미는 그릇에는 고깃덩어리가 보이지 않았다.

"아, 그게 아니라, 아까 간부 식당에서 아침 식사를 가져갔는데 너희 것에서 건더기를 조금 가져간 것 같아."

폴은 어설프게 또 다른 변명을 하며 무마하려고 했다. 하지만 그것이 오히려 병사들을 화나게 만들었다. 간부 식당은 소대장과 중대장, 기사들이 식사를 하는 곳이었고, 병사들보다는 약간 더 대우가 좋았다.

"왜 매일 우리 것에서 퍼 가는데?"

병사 한 명이 그렇게 의문을 제시했다.

"간부면 그래도 되는 거야?"

또 다른 병사가 그렇게 말했다.

"내가 봤는데, 아까 간부 식당에서 일하는 녀석이 우리 냄비에서 건더기만 퍼 담고 있더라."

누군가 장작불에 기름을 부었다.

"뭐야? 진짜야?"

"내가 봤다니까."

"나도 저번에 본 적 있어. 냄비 가져가기 전에 수프에서 건더기만 퍼 가더라."

갑자기 폭로전으로 이어지며 간부들을 성토하기 시작했다.

"우리는 매일 죽어라 훈련받고 작업하느라 힘들어 죽겠는데 너무하는 거 아니야?"

점점 일이 커지고 있었다.

"진정해. 내가 다음 식사부터는 신경 쓸게."

폴은 진땀을 흘리며 병사들을 진정시키려고 애썼다.

"지금 진정하게 됐어?"

모든 병사들이 폴의 주위로 몰려와 있었다.

"제발 참아. 아침을 굶으면 너희만 손해야."

폴은 무덤을 팠다.

"에라! 너나 처먹어!"

수프를 들고 있던 병사가 그릇을 폴에게 집어 던졌다. 그것이 기폭제가 되어 병사들이 식당을 뒤엎기 시작했다.

"엎어버려!"

인수는 집무실에 장식된 무기를 들여다보고 있었다. 그것은 인수가 개발한 삼각 창날이었다. 실제로는 대장장이들이 만들어낸 것이지만 인수가 설계를 했으니 인수가 만들었다고 해도 무방했다.

며칠 전 사도신의 옆구리에 박혀 있던 물건이기도 했다. 사도신은 이 무기에 찔리고도 결국 살아남았다. 사도신을 치료하던 치료사는 그의 생명력에 혀를 내둘렀다. 거의 괴물을 보는 눈빛이랄까? 하긴, 그렇게 피를 흘리고도 그 다음날 배가 고프다고 꾸역꾸역 고기를 씹어댔으니 당연하다.

삼각 창날은 이연걸이 나오는 영화에서 힌트를 얻어서 개발한 것이었다. 영화에서는 중국 인민해방군이 쓰는 삼각 대검이었지만 인수는 그것을 창날로 만들었다. 여러 번의 동물 실험을 거쳐서 가장 이상적인 형태로 만들었다. 창 끝은 뾰족해서 이곳 병사들의 주력 갑옷인 사슬 갑옷을 찌르기로 상대하기 좋았고, 일단 찔리게 되면 영화에 나오는 설명처럼 지혈이 잘 되지 않아서 치명적이었으며, 살상력 또한 높았다.

철이 부족하지만 않았으면 모든 병사들이 삼각 창날로 된 창을 들고 있었을 것이지만 내전 상태라서 그런지 철을 구하기가 무척이나 힘들었다. 그래도 거의 반 정도 보급이 된 상태였다. 생각 같아서는 이런 창이 아니라 총이라도 만들어서 보급하고 싶었지만 만들 수 있는 사람이 일행 중에는 없었다. 총이라는 것이 그렇게 쉬운 무기가 아니었다. 그래도 약간 듣고 본 것이 있어서 요즘에는 석궁을 개량하기 위해 애쓰고 있었다.

"인수님, 아침 식사는 어떻게 하시겠습니까?"

인수는 미치의 말에 정신이 들었다. 보통은 집무실에서 미치가 가져온 식사를 하는 경우가 많았다. 그것이 간편하고 시간을 절약하며 번거롭지 않았다. 하지만 가끔은 병사 식당에서 먹었다. 병사들이 제대로 식사를 하는지, 불만은 없는지 대충이나마 눈으로 확인하는 것이다. 물론 요 근래에는 바쁘다는 핑계로 소홀히 하고 있었다.

"미치, 오늘은 병사 식당에서 먹자."

"예, 알겠습니다. 몇 중대로 가실 겁니까?"

"왜? 미리 가서 알려주게?"

인수는 미치의 마음을 들여다본 것처럼 말했다. 인수가 몇 중대로 간다고 이야기하면 금방 전달되어 그 중대는 편하게 아침을 먹지 못한다.

"아닙니다."

"미치, 그런 식으로 하면 내가 병사들 관리하기가 힘들어."

"죄송합니다."

"아니야. 오늘은 4중대 식당으로 가볼까? 정말 오랜만이야. 그렇지?"

"인수님은 일을 좀 줄이셔야 됩니다."

미치는 그 원인을 잘 알고 있었다.

"네가 대신 해줄 거야?"

"죄송합니다."

"농담이야. 요즘 병사 식당에서 식사하는 엘프디언 없지?"

"예, 다른 분들도 한동안 뜸하신 것 같습니다."

"잘됐네. 오랜만에 병사들과 먹자고. 앞장 서."

"예, 알겠습니다."

"뭐가 이렇게 시끄러워?"

4중대 식당이 가까워질수록 시끄러운 소리가 들려왔다.

직각 식사는 시키지 않았지만 식사 예절은 엄격한 편이어서 조용히 식사를 하도록 되어 있었다.

"알아보고 오겠습니다."

"기다려. 같이 가서 보자."

인수는 뛰어가려는 미치를 붙잡았다.

반쯤 열린 문으로 보이는 식당 안은 아수라장이었다. 병사들이 식탁과 의자를 뒤집거나 나무 그릇을 집어 던지고 있었고, 벽과 바닥에는 수프와 빵이 널려 있었다.

"동작 그만!"

인수는 문을 걷어차며 그렇게 외쳤다. 인수의 발길질에 문이 떨어져 나가며 병사들이 문 밑에 깔렸지만 인수는 전혀 개의치 않고 뒤집어져 있는 식탁을 들었다. 혼자서 들어올리기에는 좀 벅찬 무게로 보였지만 인수에게는 그저 가벼운 식탁일 뿐이었다.

"모두 무릎 꿇어!"

인수는 그렇게 일갈하며 식탁을 한쪽 벽에다 던졌다. 쾅! 소리와 함께 건물 전체가 흔들렸다. 병사들이 동작을 멈추고 무릎이 박살나지 않을까 하는 걱정이 들 정도로 재빨리 무릎을 꿇었다.

"여기 책임자가 누구야?"

인수의 박력에 병사들은 순한 양이 되었다.

"제가 책임자입니다."

눈은 부어서 보이지 않을 정도에 코피를 줄줄 흘리는 병사가 손을 들며 말했다.

"이리 와."

인수는 손가락을 까닥거리며 병사를 불렀다.

"왜 이렇게 된 거야?"

"병사들이 난동을 피웠습니다."

"헛소리하지 마, 폴."

"거짓말입니다."

여기저기서 목소리가 들려왔다. 요즘 느끼는 거지만 갈수록 병사들이 엉망이 되어가고 있었다. 영주 대리가 말하는데 끼어들다니? 무기를 빼돌린 병사의 목을 모든 병사들이 지켜

보는 가운데 공개적으로 친 것도 벌써 효과가 떨어진 것 같았
다.

"모두 입 닥쳐! 누가 입 열라고 했어! 다들 머리 박아!"

인수는 그렇게 명령을 내렸다. 인수의 눈짓에 미치가 머뭇
거리는 몇 명의 병사를 발로 걸어찼고, 이내 식당 안은 조용
해졌다.

"똑바로 이야기해! 난 거짓말한 자를 지금껏 용서해 본 적
이 없다!"

인수는 폴의 목에 검을 들이대고 말했다.

"수프에 약간의 문제가 있었습니다."

"무슨 문제?"

"고기를 간부 식당에서 퍼 가는 바람에 수프에 고기가 부
족했습니다."

"정말이야?"

"예, 그렇습니다."

"한 번쯤은 참을 수 있는 거 아니야? 그 정도도 못 참아?"

대한민국 군대에서도 그런 일은 종종 벌어졌다. 그 정도 일
로 이런 난동을 부린 병사들을 인수는 이해할 수가 없었다.

"한 번이 아닙니다."

끙끙거리는 병사들 사이에서 목소리가 들렸다.

"한 번이 아니야?"

인수는 그렇게 되물었다. 생각했던 것보다 심했을지도 모

른다는 생각이 들었다.

"예, 그렇습니다."

여기저기서 목소리가 들렸다.

"알았다. 4중대는 지금 당장 완전 군장을 싸서 연병장에 대기하도록. 비록 식사가 좋지 못하다고 하더라도 병사가 식사에 불만을 품는 것은 절대 용서할 수 없다. 만약 전쟁을 하는데 식사가 나쁘다고 불평을 할 것인가? 전시에는 이것보다 더 나쁜 식사가 배급될 수도 있고, 식사가 배급되지 않을 때도 있는 것이다. 너무 잘해주니까 편하지? 오늘 제대로 교육을 시켜주지."

인수는 그렇게 병사들에게 명령을 내렸다. 어느 정도 이해는 하지만 용서는 없었다. 난동에 대한 대가를 몸에 확실하게 새겨줄 생각이었다. 인수는 밖으로 나가다가 갑자기 떠오른 생각에 발걸음을 멈추었다.

"너, 이리 와봐."

인수는 책임자를 다시 불렀다.

"일병 폴, 부르셨습니까?"

"너, 재료 빼돌렸지?"

인수는 딱 집어서 그렇게 말했다.

예전에 보급관이 하던 짓거리가 생각났던 것이다. 쌀을 식당에 갖다 주고 보신탕을 먹는 것은 새 발의 피였다. 이등병 때 2차대전이나 6.25때 썼던 것 같은 구형 군장을 주며 선임병이 하던 말이 생각났다. 상병이 되기 전에는 신형 군장을 쓸 생각도 하지 말라고 했다. 보급이 안 되어 있었던 것이다. 좋은 것은 어디나 그렇듯 짬밥 순이었다.

신형 군장은 물건을 결속하기가 좋았지만 구형 군장은 전투화를 결속한 후에 모포를 잘 말아서 말발굽 형태로 어렵게 감싸야 했으며, 반합도 군장 바깥에 끼워야 했고, 침낭을 결합하기 위해서는 일부러 끈을 늘려야 했다. 거기다 서비스로 구형 군장을 맬 때는 단독 군장을 풀어서 결합을 시켜야 했다. 포병은 군장을 매고 행군하는 적이 거의 없지만 이게 말이나 되는 것인가?

갈수록 보급품도 제대로 나오지 않았고, 기름도 빼서 팔아먹는다는 소문도 있었다. 결국 상병이 되었을 때 보급관이 바뀌고 이등병들까지 신형 군장을 받았다. 한편으로는 억울하기도 했다. 신형 군장이야말로 짬밥의 상징이었다. 그리고 때가 꼬질꼬질하게 찌든 침낭도 새것으로 전부 바뀌었다. 그리고 느꼈다. 군대도 사회 못지않은 비리의 온상이라는 것을……

폴의 얼굴이 파랗게 질렸다. 인수는 제대로 찍었다는 것을 알았다. 중간에서 가로채고, 재료를 적게 넣고 만든 것에서 그나마 간부들이 가져가니 병사들에게 돌아가는 것은 당연히 적을 수밖에.

“미치, 이 자식 잡아 처넣어.”

인수는 미치에게 명령을 내리고 간부 식당으로 갔다.

식당 앞에서 인수를 발견한 간부들이 경례를 하기에 바빴다. 인수의 눈에 막 식사를 마치고 수프를 버리는 소대장이 들어왔다. 버려지는 수프 속에 건더기도 보였다. 한쪽에서는 건더기가 없다고 불만이고, 한쪽에서는 건더기가 남아서 버리는 것이다. 대한민국 육군 병사들 사이에 우스갯소리로 하던 말이 생각났다. 병사들의 주적은 간부라고.

인수의 옆차기가 벼락같이 소대장의 가슴에 작렬했다. 가슴을 맞은 소대장이 벌떡 일어나며 관등성명을 댔다.

"소위 조지……!"

그가 어느 중대 소대장인지, 얼마나 열심히 하는 소대장인지는 지금 이 순간에는 중요하지 않았다. 인수는 일어서는 소대장의 목을 움켜쥐고 그대로 들어올려서 잔반 통에 처박아 버렸다.

"아주 배가 불렀구나! 다 처먹어!"

잔반 통에서 허우적거리는 소대장을 보며 인수는 이등병 때 생각이 났다. 식판에 담긴 음식 중에 뼈를 제외한 모든 것을 먹도록 교육받았다. 국물 한 방울까지. 남긴다는 것은 감히 상상도 할 수도 없었다.

"지금 당장 모든 간부들은 한 명도 빠짐없이 군장을 싸서 연병장에 집합한다."

인수에게 의문을 가지는 간부는 없었다. 인수의 말은 곧 법이었다.

인수는 그날 산적한 모든 일을 미루고 손수 4중대와 간부들을 굴렸다. 하지만 이런 식으로는 더 이상 안 된다는 것을 알았다. 근무 태만, 독살 미수, 자살, 첩자, 난동, 횡령, 특권 의식까지 너무나 많은 문제점들이 드러나고 있었다. 인수는 정신력이 해이해졌다고 판단했다. 무언가 전환점이 필요했다.

인수는 모두의 반대를 무릅쓰고 계획에 없던 동계 훈련을 3주 후에 하겠다고 공표했다. 이곳은 겨울에 전쟁을 거의 하지 않는다. 왜냐하면 싸움에서 죽는 병사보다 동사나 탈영으로 인한 병사의 손실이 더 심하기 때문이다. 하지만 인수는 힘든 동계 훈련을 계기로 모두가 하나가 되기를 원했다. 땀은 절대 배신하지 않기 때문이다.

성 경비를 위해 남겨둔 50여 명의 축복받은 병사들을 제외하고 모든 병사와 간부, 기사들이 훈련에 참가하게 되었다.

"성문을 열어라!"

가장 선두에는 인수가 서 있었다. 완전 군장을 짊어진 인수의 뒤에는 재수와 상식이가 불만스러운 표정으로 군장을 짊어지고 서 있었다. 재수와 상식이는 영하 20도가 넘는 추위 속에서 동계 훈련을 해봤기 때문에 결사적으로 끝까지 반대했고, 어떻게 하든지 빠져나가려고 노력했지만 결국 인수의 뒤를 따를 수밖에 없었다. 신혼인 상태는 인수의 배려에 성의 경비를 위해서 남겨졌고, 도신이는 상처가 낫지 않아서 남아 있었다.

인수는 문이 완전히 열리자 등 뒤에 도열해 있는 병사들을 한번 쳐다본 후 외쳤다.

"출발!"

독이 될지 득이 될지 아무도 알지 못했다.

독과 득은 점 하나의 아주 작은 차이였다.

새로운 바람

성난 파도와 세찬 바람 속에서도 남자의 두 다리는 돛대처럼 갑판 위에 굳건히 버티고 있었다. 칼날 같은 바람이 계속 남자의 얼굴을 쓰다듬었지만 남자는 인상 한 번 찡그리지 않았다. 오히려 바람을 즐기는 것 같았고, 강인해 보이는 얼굴은 바다에서 살아온 남자의 삶을 말해 주듯 바다가 새겨놓은 흔적이 엿보였다.

"사략함대라……."

피엘은 성난 파도를 가르며 거침없이 나아가는 '세이렌'을 보며 절로 웃음이 나왔다.

고속 운반선 '세이렌'.

전장 200피트의 3단 갤리선으로 대륙 최초로 다섯 개의 돛을 가진 배이며, 좌우 육십 개의 노가 달려 있었다. 노는 다른 대형 갤리선과 달리 세 명이 젓도록 고안되어 있었고, 총 백팔십 명이 노를 젓는다. 하지만 네 명이 노를 젓는 배에 못지않게 빨랐다.

제일 하단은 노예들의 공간이고, 2단과 3단은 선실과 창고로 이루어져 있었다. 피엘이 삼십 년간의 경험과 전 재산을 들여서 미스트르 볼테르 항구의 노크에서 2년 동안 설계를 하고 만들어낸 배다.

이 배의 유일한 단점은 다른 상선에 비해 폭이 좁다는 것으로, 다른 상선에 비해 약간 불리하기도 했지만 특유의 빠른 속도는 그것을 만회할 수 있었다. 그리고 이 배는 지금도 계속해서 발전하고 있었다.

대륙에서 가장 빠른 배를 이야기할 때 뱃사람들은 세이렌을 꼽는 데 주저하지 않는다. 그리고 세이렌은 지금 두 번째 금기를 깨기 위해 바다를 가르고 있었다. 그 뒤로 어미를 따르는 새끼 오리처럼 열네 대의 상선이 뒤를 따르고 있었다.

피엘은 문득 사람들의 반응이 궁금해졌다. 이내 십 년 전 사람들의 반응이 생각났다. 당혹, 감탄, 경악이라는 세 가지 반응을 나타내던 그 얼굴들을 생각하니 입가에 미소가 걸렸

다. 이번에도 별다르지 않을 것이다. 세이렌과 함께라면 피엘
은 지옥이라도 자신있었다.

뱃사람들에게는 세 가지 금기가 있다.
첫째, 영원의 바다에는 들어가지 않는다.
둘째, 겨울에 라이스 군도는 들어가지 않는다.
셋째, '그것' 에 대해서는 절대 입에 담지 않는다.

하지만 피엘은 이미 세 번째 금기를 깼다. 그리고 '그것' 에
대해서 더 이상 공포를 가지고 있는 뱃사람은 없다. 피엘이
금기를 깨기 전에 '그것' 은 뱃사람에게 재수없고, 사악하고,
공포의 대상이었다. '그것' 에 대해 말하는 사람은 바닷속에
처넣어도 죄가 되지 않을 정도였다. 사람들이 처음 바다를 항
해하던 시대부터, 아니, '그것' 의 존재를 알게 된 후부터 내
려온 불문율이었다.
'그것' 이 공포인 이유는 암초 지대에서 아름다운 목소리
로 선원들을 홀린 후 배를 난파시키기 때문이었다. 아직까지
'그것' 을 만나고 멀쩡한 배는 없었다. 하지만 피엘의 세이렌
은 달랐다. 괴물 세이렌에 선원과 노예들이 홀려서 넋이 나갔
지만 바람의 힘만으로 난파되지 않고 멋지게 도망을 친 것이
다. 그 이후 세이렌의 영향으로 갤리선들은 바람에 더욱 신경
을 쓰기 시작했다. 그리고 피엘의 물수리라는 평범한 이름의

배는 괴물 이름 '세이렌' 으로 바뀌었다. 세이렌의 새로운 명명식은 미스트르의 공주가 했고, 이름뿐만이 아니라 피겨헤드도 물수리 모습에서 세이렌의 모습으로 바뀌었다. 그 후 이 배는 항상 최고라는 수식어가 붙어 있었다.

두 번째 금기인 라이스 군도는 암초 지대다. 그리고 겨울이 되면 자욱한 안개가 넉 달 동안 계속되는 곳이다. 평상시에도 항상 긴장해야 하는 암초 지대를 앞이 안 보이는 겨울에 통과하는 것은 자살 행위나 다름없었다. 많은 배가 겨울에 라이스 군도를 가로질렀지만 성공한 배는 없었다. 그래서 겨울에는 라이스 군도를 멀리 우회해서 항해를 하는 것이 불문율이었다. 그것이 비록 십 일이 더 걸리는 일이었지만 배가 좌초되는 것보다는 나았다. 억지로 가로지르려다 선원들에 의한 선상 반란이 일어나는 경우도 종종 있었다. 뱃사람들의 아버지의 아버지, 또 그 아버지, 이렇게 수십 번을 반복되어진 오래된 전설에 따르면 수룡 헤이어스가 라이스 군도에 살고 있다고 했다.

모든 전설이 그렇듯이 수룡 헤이어스가 라이스 군도에 머물게 된 이유는 정확하지 않았다. 너무나 강력한 수룡 헤이어스를 바다의 신이 형벌을 내려 라이스 군도에 가두었다는 전설도 있었고, 흑룡 리바스와 싸우다 상처가 너무 심해서 자신의 레어로 돌아가지 못하고 라이스 군도에서 상처를 치유하며 머무르고 있다고도 했다.

여러 가지 이야기가 있지만 어쨌든 수룡 헤이어스가 라이스 군도에 머무르고 있다는 것을 부정하는 사람은 없었다. 그리고 헤이어스가 라이스 군도를 새 레어로 삼으면서 겨울 안개가 시작되었다는 부분과 안개의 원인이 추위를 참기 위해 내뿜은 헤이어스의 브레스 때문이라는 것은 대부분 일치했다. 물론 라이스 군도에서 수룡 헤이어스를 직접 본 사람은 한 명도 없었지만 감히 전설을 부정하는 뱃사람은 없었다.

첫 번째 금기인 영원의 바다는 라이스 군도에 비할 바가 아니었다. 영원의 숲과 연결되어 있는 영원의 바다는 엘프디언이 지키는 영원의 숲을 우회하기 위해서 사람들이 생각해 낸 방법이었다. 영원의 바다는 바다의 끝이라고도 불렸다. 어떤 사람들은 그곳에는 온갖 바닷괴물들이 득실거린다고 했다. 그래서 그곳에 들어간 배는 서펜트 같은 전설상의 대괴물에게 공격을 받아서 먹이가 된다고 했다.

어떤 사람들은 그곳에 가면 거대한 절벽이 있다고 했다. 그곳은 바다가 끝나는 곳으로 절벽에 떨어져서 죽는다고 했다. 그리고 어떤 사람들은 영원의 바다 저편에 엘프들이 살고 있는 불사의 지상낙원과 황금의 땅이 있다고 했다. 그 엄청난 황금과 아름다운 엘프들 때문에 그곳을 발견한 모험가들이 돌아오지 않는다고 했다.

여러 가지 소문에 많은 모험가들이 끊임없이 도전했다. 하지만 아직까지 그 어떤 배도 미노피 만 너머에 있는 영원의 바다에서 돌아오지 못했다. 그래서 항상 추측만이 난무할 뿐이었다.

피엘은 기회가 된다면 첫 번째 금기도 깨고 싶었다. 그것이 자신의 운명이라고 생각했다. 우선 눈앞에 닥친 두 번째 금기를 깨야 했지만.

"제독님, 바람이 찹니다. 안으로 들어가시지요."

어느새 다가왔는지 등 뒤에서 항해사 오터의 목소리가 들렸다.

오터는 견습 선원부터 시작해서 30대 초반에 벌써 항해사가 된 자였다. 피엘이 항해사가 된 것이 30대 중반이었으니 피엘보다도 빨랐다. 거기다 뱃사람이면 누구나 타고 싶어하는 세이렌의 항해사였다. 오터는 머리도 좋고 수완도 뛰어났다. 그리고 세이렌에 관해서는 피엘 다음으로 정확하게 안다고 할 수 있었다. 그 점이 피엘의 마음에 들었다. 물론 단점도 있지만.

"오터, 평소대로 해."

피엘은 오터의 말투에 거부감을 느끼며 말했다. 지금 오터의 말투는 헤이젤 산 버터의 느낌이랄까? 거기다 제독이라니? 하긴 제독이 맞기는 했다. 아직 정식으로 임명장을 받지는 않았지만.

"저는 원래 이렇게 말을 합니다만 무슨 문제라도 있으십니까, 제독님?"

피엘은 평소보다 더욱 능글맞은 오터의 목소리와 함께 눈에 힘을 주며 오터를 쳐다보았다. 모든 선원들이 그렇듯이 오터도 바닷바람의 영향인지 무척 강인한 인상이었다. 인상만 놓고 보면 의심할 여지없이 바다의 사나이였다. 다만 입가에 맴도는 저 능글맞은 웃음이 신경 쓰일 뿐이다. 게다가 오늘은 덥수룩한 수염도 말끔하게 면도가 되어 있었다.

"세이렌 함대의 1등 항해사가 말씀하시는데 따라야지요."

피엘은 매끈한 오터의 턱을 보며 1등 항해사라는 단어에 힘을 주어서 말했다. 볼테르 항을 떠나면서부터 오터의 말투는 저 상태였다. 귀족들의 말투를 흉내 내는 중이라고 했다. 피엘도 가끔 귀족들을 만나기는 하지만 저런 식으로 말하는 귀족은 보지 못했다. 그렇게 이야기를 해줘도 오터는 말을 듣지 않았다. 지금에 와서는 거의 포기 상태였다.

"제독님, 미리 연습을 해야 얕보이지 않는 법입니다."

피엘의 비꼼에 오터는 얼굴을 살짝 찡그렸다가 이내 얼굴 가득 능글맞은 자부심이 섞인 얼굴로 당당하게 말했다.

"누가 뭐라고 했어? 레이스 만까지 항해를 맡도록."

피엘은 그렇게 말하고 선실로 향했다. 아직까지는 그가 나설 필요가 없었다.

"감사합니다, 제독님!"

오터의 턱에 더욱 힘이 들어갔다.

어두운 밤이었다. 바다 쪽에서 불빛이 번쩍이자 해안에서도 불빛이 번쩍였다. 두 개의 불빛은 깜박임으로 서로 신호를 주고받고 있었다. 제대로 신호가 맞았는지 검은 물체가 어두운 밤바다를 가르며 해안가 모래사장에 조용히 안착했다. 물체는 작은 보트였다. 보트 위에서 다시 불빛이 깜빡이자 모래사장 너머에서 몇 개의 그림자가 움직이기 시작했다. 보트에 타고 있던 선원들은 내리지 않고 그대로 보트에 탄 채로 경계 자세를 취하며 언제든지 무기를 휘두를 수 있게 준비했다.

모래사장 너머에서 보트의 불빛을 보고 나타난 그림자의 움직임은 신중했다. 그저 모래에 찍힌 발자국만이 그들이 지나갔음을 보여주었다. 몇 개의 그림자가 보트에 다가오자 보트에서 두 명의 선원이 신속하게 모래사장으로 뛰어내렸다. 신속한 동작에 그림자들이 약간 당황한 모습을 보이며 허리춤으로 손이 갔다.

"보트에 오르시지요."

긴장한 목소리였지만 공손해서 그림자들이 허리춤에서 손을 풀었다.

다섯 개의 그림자가 보트 위에 자리를 잡자 두 명의 선원이 익숙한 동작으로 보트를 바다로 밀기 시작했다. 보트를 밀던 두 명의 선원이 올라타자 네 개의 노가 힘차게 바다를 젓기 시작했다. 바다를 향해 갈수록 바다 곳곳에 거대한 물체들이 있다는 것을 알 수 있었다. 어두운 곳에서 바라보니 바다에 산다는 괴물의 모습 같았다. 거대한 물체의 진정한 정체를 모르고 있었다면 괴물로 착각할 수도 있을 것 같았다.

보트는 유유히 거대한 물체에 다가갔다. 가까이 다가갈수록 괴물에서 거대한 갤리선으로 그 모습이 변했고, 갤리선의 노는 배 안으로 모습을 감춘 상태였다. 보트에 타고 있던 선원들이 잽싸게 배 옆에 내려와 있는 그물 사다리에 보트를 연결했다. 보트가 고정되자 갤리선 위에서 목소리가 들렸다.

"바람이 부는 곳은?"

피아 식별을 위한 암호인 것 같았다. 그와 동시에 배 위에 있던 선원 다섯 명이 그림자들의 목에 단검을 들이댔다. 아마도 약속된 행동인 것 같았다. 바다 위에서, 그것도 흔들리는 작은 보트 위에서 싸운다면 그들이 아무리 뛰어난 검술을 지니고 있다 해도 상대가 되지 않을 것이다. 애초에 해변에서 선원들이 암호를 확인 안 한 이유도 이것이었다.

"미스트르!"

그림자 중 하나가 짧고 큰 목소리로 대답했다.

"바람이 머무는 곳은?"

잠깐의 침묵을 깨고 이번엔 그림자가 배 위를 향해 질문했다.

"미노피!"

갤리선 위에서 대답 소리가 들렸다.

"오느라 수고하셨습니다!"

그림자는 당당하게 말했다. 목에 대어진 단검 따위는 안중에 없는 것 같았다.

"무례를 용서하십시오."

갤리선 위에서 그렇게 말하자 그림자의 목에 대어진 단검들이 재빨리 사라졌다. 그와 동시에 횃불을 켰는지 주변이 밝아졌다.

"불편하시겠지만 배에 오르시지요."

말이 끝나기가 무섭게 선원 두 명이 그물 사다리를 타고 배위로 올라갔다. 시범을 보이는 것 같았다. 보트에 타고 있던 그림자들이 배를 오르기 시작했다. 마지막으로 듬직한 체구의 사내가 배에 오르자 그물 사다리 앞을 지키던 자들이 물러섰다. 아무래도 높은 인물인 것 같았다.

"이 배의 선장을 맡고 있는 피엘입니다."

모자를 쓰고 있던 피엘이 먼저 모자를 벗으며 인사를 했다. 차마 자신의 입으로 미노피 원정 선단 및 제나르 왕국의 사략함대 제독이라고 말하지는 못했다. 피엘이 인사하는 방법은 귀족의 예법은 아니었다. 몇몇 왕국이나 제국에 있는 정규 해군 같은 경우에는 선장이 귀족이나 기사도 있지만 사실 상선의 선장은 모두 평민이었다. 대개는 어린 시절 견습 선원으로 시작해서 몇십 년을 바다에서 생활한 끝에 인정받고 선장이되는 것이다.

그리고 상선의 선주들은 귀족이 대부분이지만 돈과 배만보유하고 있지 배를 타지는 않는다. 피엘은 특이하게 세이렌의 선장이자 세이렌 상선 연합의 선주이기도 했다. 그리고 그가 보유한 열다섯 대의 상선은 이제 제나르 왕국의 사략함대로 활약할 것이다. 아니, 조금 더 정확히 말하자면 쇼운 왕의 사략함대로 활약하는 것이다.

"미노피 원정 선단 및 제나르 사략함대의 제독을 맡고 있기도 합니다."

피엘의 뒤에 서 있던 오터가 냉큼 피엘의 말에 이어서 말했다. 피엘이 오터를 향해 눈을 치켜떴다.

"더글라스라고 합니다."

책임자인 듯한 듬직한 체구의 남자는 짧게 대답하며 고개를 끄덕였다. 귀족이나 기사인 것 같았다. 피엘은 더글라스라는 자의 행동이 기분 나쁘지는 않았다. 어차피 자신은 돈을 받고 일을 하는 사략함대의 제독일 뿐이었다. 거기다 차후에 약탈물에 대한 모든 권리를 행사할 수 있었다. 그것은 상당히 매력적인 제안이었고, 이번 기회를 잘만 이용하면 큰돈을 모을 수 있었다.

"배를 확인하고 싶습니다."

더글라스라는 자의 일행 중 한 명이 나서며 그렇게 말했다. 보급품을 확인하려는 것이다. 사략함대의 첫 번째 임무는 쇼운 왕의 병사 천 명을 미노피 백작령에 무사히 상륙시키는 것이었다. 그 후에는 미노피 백작령으로 꾸준히 보급품을 실어다 주는 것과 그랑시온 왕에 동조하는 영지의 배를 약탈하는 것이 주 임무였다. 원정에 나서는 병사들이 쓸 보급품은 이미 미스트르의 볼테르 항에서 배에 실었다.

"알겠습니다. 오터, 자세히 배 안을 안내해 드리게."

피엘은 항해사 오터에게 안내를 맡겼다.

"따라오시지요."

오터는 자연스럽게 연습의 성과를 선보이고 있었다. 약간 거슬리기는 하지만 그럭저럭 귀족과 비슷했다. 오터를 따라서 두 명이 따라갔다.

"배를 확인하는 동안 술이라도 한잔하시겠습니까?"

피엘은 더글라스라고 이름을 밝힌 사내에게 어렵게 말을 꺼냈다. 앞으로 같이 행동하려면 조금 친해지는 것이 서로에게 좋을 것이다.

"술은 마시지 않습니다."

더글라스의 대답을 들으며 피엘은 상대하기 어려운 사람이라고 생각했다. 술이라도 한잔하면서 더글라스의 정체를 알아볼 생각이었다. 하지만 곧이어 들린 말에 피엘은 자신의 생각을 수정했다.

"차라면 사양하지 않겠습니다. 전해드릴 물건도 있습니다."

아예 꽉 막힌 사람은 아닌 것이다. 하지만 쉽게 볼 수도 없었다. 이런 종류의 사람이 가장 다루기 힘들다는 것을 피엘은 오랜 경험으로 알 수 있었다.

"선실로 가시지요."

피엘은 앞장서서 선실로 향했다.

피엘이 선장실에서 내놓은 차는 비헤른 지방의 특산품인 위치 차였다. 선장이 되고 나서 피엘이 즐기는 호사품 중 하나였다. 피엘은 차를 마시며 더글라스가 내어놓은 임명장을 천천히 살폈다. 이제 피엘은 정식으로 제독이 되었다. 더글라스가 피엘에게 쇼운 왕의 정식 임명장을 전달했기 때문이다. 세이렌을 포함한 열다섯 척의 배는 이제 합법적으로 제나르 왕국의 사략함대가 되었다. 거기다 제나르 왕국의 모든 배에 대한 약탈 허가증까지 받았다.

"제독님, 확인이 끝났습니다."

문밖에서 가벼운 노크와 함께 문을 열며 오터가 말했다. 평소에는 그냥 문을 열고 들어오기 일쑤였는데 그것은 모든 뱃사람이 마찬가지였다. 하지만 이제는 능숙하게 노크를 하며 제독이라는 소리가 나왔다.

"다른 배에 연락해서 보트를 내리도록 지시하고, 최선을 다해서 병사들을 실어 나르게."

"예, 알겠습니다."

오터는 다부지게 대답을 하고 밖으로 나갔다.

"잘 마셨습니다, 제독님."

더글라스는 의자에서 일어나며 말했다. 피엘에 대한 호칭도 어느새 제독으로 바뀌어 있었다. 아까의 거만함은 찾아볼 수가 없었다. 어쩌면 피엘이 탐색을 한 것이 아니라 탐색을 당한 것일지도 몰랐다.

"아랫사람들이 알아서 할 것입니다. 담소나 나누시지요."

피엘이 엉거주춤 일어나며 그렇게 말했다. 알고 싶은 것이 많았다.

"아닙니다. 사령관님께 보고를 해야 될 것도 있습니다."

"그럼 다음에 하도록 하지요. 제가 앞장서겠습니다."

피엘은 다음을 기약할 수밖에 없었다.

2

"조용히 해라."

더글라스가 분주하게 움직이고 있는 천막 주위를 둘러보며 말했다. 효과가 있었는지 주위의 잡음이 없어졌다. 이번 작전에서 가장 중요한 것은 은밀함이었다. 하루나 이틀이 지나면 병사들의 이동이 알려질지도 모른다. 그 시간을 최대한 늦추는 것이 작전의 성공을 높이는 것이다. 더글라스는 만족한 미소를 지으며 천막으로 들어갔다.

"병사들의 승선이 시작됐습니다."

더글라스가 원정사령관 리베에게 공손히 말했다.

"얼마나 걸릴 것 같은가?"

시간은 이번 작전에서 가장 중요한 요소였다. 밤의 어두움을 틈타서 병사들을 배에 태운 후 해가 뜨기 전에 먼바다로 사라져야 되는 것이다.

"조금 시간이 걸릴 것 같습니다. 아무래도 부두가 아니라서 시간이 걸립니다. 하지만 피엘 제독도 최대한 빨리 끝내겠다고 했습니다. 해 뜨기 전에는 출발할 수 있습니다."

"보급품은 넉넉한가?"

병사 수송이 목적이기 때문에 식량과 식수, 전마는 무척 중요했다. 중간에 항구에 정박할 수도 없었다. 최소 15일에서 최대 20일까지 바다 위에서 보내야만 했다. 피엘의 사략함대가 정박하지 않고 항해를 할 수 있는 최대한의 기간이었다. 그 기간에 닿지 못한다면 정말 큰일이 날 수도 있었다.

"예, 약속한 대로 실려 있었습니다."

"피엘이란 자는 어떤가?"

"만만히 볼 상대는 아닙니다. 굉장히 강한 자입니다. 하지만 최소한 자신이 맡은 임무를 소홀히 할 사람은 아닌 것 같습니다."

"하긴, 그 정도는 되어야 사략함대를 지휘할 수 있겠지."

"그분이 쓸 선실도 확인했나?"

리베는 노파심에 물었다. 그분은 저기 어딘가에서 휴식을 취하고 있을 것이다.

"예, 가장 깨끗한 곳에 준비했습니다."

"이번 일에서 가장 중요한 일이라는 것을 명심해."

"예, 알고 있습니다."

더글라스의 대답을 들으며 리베는 그녀의 처지를 불쌍하게 생각했다. 예전에 케이트도 그랬다. 그리고 안젤라도 그렇게 될 것이다.

"저기가 미노피 해안입니다."

피엘이 어두운 바다를 가리키며 말했다. 해 뜨기 전의 새벽이라 더욱 어두웠다.

피엘의 손가락이 가리키는 방향에 무엇이 있다는 것인지 리베는 알 수가 없었다. 세이렌의 좌우로 거대한 그림자들이 보였는데 그것은 함대의 다른 배였다. 모든 배들이 암흑 속에서 조용히 움직이고 있었다. 하지만 노를 젓는 소리는 들리지 않았다. 밤에는 노예들도 쉬는 것이다. 노예들은 쉴 자격이 충분히 있었다. 선원 몇 명만이 돛을 조종하며 갑판 위를 돌아다닐 뿐이었다.

바다 냄새가 갑판 위에 있는 리베의 코끝을 간질이고 있었다. 그동안의 항해로 익숙해질 만도 하지만 역시 자신은 뱃속까지 기사인지 익숙해지지가 않았다. 배를 탄 지 오늘로 17일째였다. 라이스만을 가로지른 덕에 30일 거리를 17일 만에 도착한 것이다. 무사히 상륙만 한다면 불가능을 가능으로 이끌게 되는 것이다. 그에게는 이번 항해가 새로운 희망의 길이었다. 몇 번의 작은 전투를 승리로 이끈 덕에 남작의 작위를 부여받았다. 쇼운 왕이 작위를 조금 남발하는 경향이 있기는 했지만 이름뿐인 남작이 아니라 이제는 당당한 원정군 사령관이었다.

열세 척의 배에는 천 명의 원정군이 타고 있었다. 미스트르 왕국은 봄이 올 때까지는 움직이지 않겠다고 했다. 그런 미스트르 왕국을 세자르 지방의 할양을 대가로 설득한 후에 사략함대와 파병의 약속을 얻어냈다. 미스트르는 세자르 지방에서 부족한 양식을 얻을 수 있을 것이다. 사략함대가 세이렌 상선 연합이 된 것은 정치적으로 걸릴 것이 없기 때문이었다. 선주가 평민이기 때문에 미스트르 왕국은 비난받을 필요가 없었다. 모른다고 하면 그만이었다.

함대에 타고 있는 천 명의 병사는 프라이스 후작가의 영지병으로 이루어져 있었는데, 가리고 가려서 뽑은 정예 병사들이었다. 원정군의 일차 목표는 미노피 백작령의 점령이었고, 백작령을 병탄한 후에는 요즘 엘프디언이 병사를 모집해서 훈련시키고 있는 콜 영지와 연합한 후 봄에 남부로 진격을 하는 것이 이차 목표였다. 물론 봄이 되면 미스트르 왕국이 삼천의 군사를 보내주기로 약속되어 있었다.

미스트르 왕국은 해양 국가답게 확실히 배를 운용하는 것이 뛰어났다. 리베는 그것을 인정할 수밖에 없었다. 피엘 제독은 정말로 뛰어난 선장이었다. 라이스 군도를 통과할 때 그는 그것을 확실히 알았다. 무시하던 마음도 없어졌다. 그는 평민이지만 충분히 리베에게 존중받을 수 있는 능력이 있었다. 그가 아니었다면 라이스 군도에서 죽었을 것이다.

자욱한 안개 속에서 피엘 제독은 견시수가 되었다. 그것도 돛대 위에 있는 것이 아니라 피겨헤드에 매달려서 이틀 동안 평정심을 잃지 않고 배들을 이끌었다. 줄줄이 밧줄로 연결된 배들은 돛을 내리고 노에 의지해서 안개를 헤치고 라이스 군도를 가로질렀다. 노를 젓는 노예들이 이틀 동안 채찍질에 고생한 것은 그가 알 바가 아니었다. 물론 전마와 보급품을 실은 두 척의 배가 암초에 부딪쳐 난파되기는 했지만 그 정도의 피해는 감수할 수 있었다. 이걸로 최소한 8일의 시간을 벌었으며, 미노피 백작은 자신을 치기 위해 병사들이 가는 것을 알지 못할 것이다. 이대로 가면 도박은 성공한 거나 다름없었다.

"얼마나 남았습니까?"

리베의 목소리가 떨렸다. 항해의 끝이 얼마 남지 않아 이제 역사의 한 페이지를 장식할 전투가 자신을 기다리고 있었다. 미노피 백작령의 병사는 삼백이 넘지 않았다. 듣기로는 얼마 전에 콜 영지를 넘보다가 백여 명의 병사가 몰살을 당했다는 소문이 들렸다. 전투는 더욱 일방적으로 끝날 확률이 높았다. 미노피 백작은 후방 지역에 나타난 자신의 병사에 놀랄 수밖에 없을 것이다. 최소한의 피해로 백작령을 점령한 후 그 다음이 중요했다.

프라이스 후작이 당부했던 말이 생각났다. 최대한 엘프디언들의 심기를 건드리지 말고 이용하라고 했다. 그래서 그들을 위한 선물도 배에 있었다. 엘프디언에게 주기는 아까운 선물이지만 어쩔 수가 없었다. 지금 당장은 그들의 힘이 필요했다.

"잠시 후 해가 뜰 때쯤 배가 해안에 닿을 것입니다."

피엘이 하늘을 올려다보았다. 리베도 하늘을 올려다보았지만 별다른 특징은 없었다. 그저 어두울 뿐이었다. 확실히 뱃사람의 감각은 다른 것 같았다. 이 강철 같은 느낌의 선장은 자신을 끊임없이 감탄시켰다.

"더글라스!"

"예, 사령관님."

리베의 뒤에서 대답 소리가 들렸다. 언제나 그림자처럼 자신을 뒤따르는 기사였다. 리베가 20대 초반의 나이에 왕국제일의 기사라는 칭호를 받는 것에 지대한 공헌을 한 것도 더글라스였다.

"병사들의 상태는 어떤가?"

"대부분 배에 적응해서 이제는 문제가 없습니다."

갤리선을 구경조차 못해본 병사가 태반이었다. 그런 병사들이 배에서 편안한 여행을 한다는 것은 애초부터 무리였을지도 모르지만 어쨌든 정병답게 이제는 배에 완전히 익숙해졌다.

"상륙 준비를 하게."

"예, 알겠습니다."

더글라스가 갑판 아래로 통하는 문을 열더니 소리쳤다.

"전원 상륙 준비!"

더글라스의 말이 끝나기가 무섭게 아래가 소란스러워졌다.

피엘 선장도 리베의 말에 따라 선원들에게 명령을 내렸다. 선원 하나가 등잔의 불빛을 이용해서 다른 배에 신호를 보냈다. 곧 양옆에서도 불빛이 깜박이기 시작하더니 점점 퍼져 나가기 시작했다.

바쁘게 선원들이 갑판 위를 뛰어다니고, 갑판 아래서 무장을 마친 병사들이 하나둘 나오기 시작했다. 병사들의 가슴에는 쇼운 왕을 상징하는 적색 사자가 펄럭이고 있었다. 병사들의 복장은 모두 통일되어 있었고, 한눈에도 정병임을 알 수 있었다.

"제독님!"

"예, 사령관님."

갑판장에게 무언가 지시를 내리던 피엘 선장이 리베에게 얼른 다가왔다.

"해안 쪽으로 상륙이 가능하겠습니까?"

리베는 노파심에 다시 한 번 물었다. 미노피 만의 해안에 상륙해야만 한다. 부두는 필시 병사들이 집결해 있을 것이다. 준비할 기회를 주어선 안 된다는 것이 리베의 생각이었다. 은밀히 성 주위를 포위할 수 있다면 미노피 백작이 택할 수 있는 길은 두 가지뿐이었다. 항복을 하든지 죽든지.

상륙 지점은 넓은 백사장으로 이루어져 있어서 한번에 대규모의 병력이 상륙하기에는 안성맞춤이었다. 괜히 좁은 부두로 진입하다가는 각개격파당하기 십상이었다. 또한 이른 아침에는 고기잡이를 하는 배들이 있을지도 모른다.

"예, 걱정하지 마십시오."

피엘 제독이 자신감있는 목소리로 말했다.

"더글라스 병사들의 지휘를 맡기겠다."

"예."

"배가 해안에 닿으면 명령이 없어도 상륙을 시작해. 한 명의 손실도 있어서는 안 된다."

"예, 명심하겠습니다."

"난 그럼 잠시 그분을 만나겠다."

"예, 알겠습니다."

서서히 날이 밝아오기 시작했다. 저 멀리 그리운 육지가 보이기 시작했다.

3

갑판의 비좁은 통로는 병사들의 움직임으로 소란스러웠다. 상선은 사람을 실어 나르기도 하기 때문에 몇 개의 좋은 방을 가지고 있기 마련이었다. 그런 방은 대개 선미에 있었다.

기사 한 명이 복도를 막고 서 있었다. 쇼운 왕이 그분에게 붙여준 다섯 명의 기사 중 한 명이었다. 근위기사답게 한 점의 흐트러짐도 없었다. 기사는 리베를 발견하곤 목례를 했다.

그리고는 리베가 지나갈 수 있도록 통로로 바짝 붙었다. 리베나 기사나 입을 열어 소리를 내지는 않았다. 그분이 있는 곳에서 소란을 피워 그분을 곤란하게 할 수는 없었다. 리베는 어느새 목표로 했던 방 앞에 서 있었다. 마침 남장을 한 하녀가 문을 열고 밖으로 나오고 있었다. 남자 옷을 입었지만 누가 봐도 여자라는 것을 알 수 있었다. 너무 이른 아침이라 곤란했었는데 다행히 문을 두드리는 수고를 하지 않아도 될 것 같았다. 하녀가 먼저 리베를 알아보고 목례를 했다.

"그분은 일어나셨나?"

리베는 항상 그분으로 지칭했다. 미노피 백작령을 점령하고 엘프디언을 만날 때까지는 그분의 행적이 알려지면 안 되었다.

"예, 지금 옷을 입고 계십니다."

"실례가 되지 않는다면 접견하고 싶다고 그분께 이야기해 주게."

"예, 잠시만 기다리십시오."

대답을 하고 다시 문을 여는 하녀를 보며 리베는 통로를 바라보며 뒷짐을 졌다. 그분의 방을 엿보는 것은 실례였다. 잠시 후 다시 문이 열리며 하녀의 목소리가 들렸다.

"사령관님, 들어오시지요."

리베는 자신의 복장을 한 번 내려다보고는 안으로 들어갔다. 평소보다 전투에 신경을 써서 갑옷을 입었기 때문에 조금

요란해 보이는 것을 빼면 특별한 이상은 없었다.

"불편한 곳은 없으십니까?"

리베는 옅은 장미 향를 맡으며 허리를 숙였다. 처음 만났을 때도 이 향기를 맡았었다. 너무 진해서 천박하지도 않았고, 너무 흔해서 식상하지도 않았다.

"예, 덕분에 괜찮습니다."

안젤라의 입에서도 형식적인 대답이 나왔다.

"이른 아침부터 어쩐 일로 오셨습니까?"

리베가 막 인사를 하며 몸을 일으키자 다소 투박한 의자에 앉아 있던 안젤라가 다시 입을 열었다.

리베는 잠시 공주의 안색을 살폈다. 검은색 승마용 바지와 흰색 블라우스를 입고 있는 안젤라 공주는 그동안의 여행이 힘들었는지 표시가 날 정도로 얼굴이 여위어 있었다. 안색도 좋지 않았다. 남자들도 힘들어하는 여행이었다. 그나마 이 정도인 것이 다행일지도 몰랐다.

"조금 있으면 상륙이 시작됩니다."

리베는 공주가 이동하는 것에 무리가 없다고 판단하고 입을 열었다.

"그렇습니까?"

안젤라의 표정은 밝아지지 않았고, 목소리에는 아쉬움이 묻어 있었다. 당연한 반응일지도 몰랐다. 미노피에 가까워졌다는 것은 그녀에게는 불행이 가까워졌다는 것이다.

“예.”

리베의 목소리도 덩달아 낮아졌다.

“벌써 미노피군요.”

공주의 목소리가 더욱 애처롭게 들렸다.

“예, 공주님. 벌써 해안이 보이기 시작했습니다.”

리베의 목소리가 다시 밝아졌다. 지금 공주에게 필요한 것은 어두움이 아니라 밝음이었다.

“고생이 많으셨습니다, 사령관님.”

“아닙니다. 저는 공주님의 평안만을 기원할 뿐입니다.”

입에 발린 소리가 아닌 리베의 진심이었다.

“그럼 저도 준비를 해야 하나요?”

잠시 뜸을 들이다 안젤라가 먼저 입을 열었다.

“아닙니다, 공주님. 저희가 미노피 항구에 교두보를 확보하면 그때 항구에 내리시면 됩니다. 그때는 마차로 모시겠습니다.”

리베는 힘들게 갤리선에 오르던 공주의 모습이 떠올랐다. 그녀의 몸에 함부로 손을 댈 수도 없었기에 남자들도 힘들게 오르는 그물 사다리를 안젤라는 누구의 도움 없이 혼자 올라야만 했다. 그런 일을 다시 겪게 하고 싶지는 않았다.

“알겠습니다, 사령관님.”

“그럼 이만 물러나겠습니다. 곁에서 모시지 못하는 것을 용서해 주십시오.”

“아닙니다. 저로 인해 차질이 생기지 않았으면 합니다. 승리하시기를 바랍니다.”

안젤라의 의례적인 말을 끝으로 리베는 목례를 하고 선실에서 물러났다.

“산드라, 창문 좀 열어줄래?”

리베가 나가고 난 후 분주히 움직이는 산드라를 보며 안젤라가 입을 열었다.

“공주님, 추운 바닷바람은 몸에 좋지 않습니다. 더구나 공주님이 타고 계신 것은 절대 비밀입니다.”

“답답해서 그래. 제발 부탁이야.”

“그럼 잠시만 열겠습니다. 그 대신 가면을 쓰는 겁니다.”

“알았어.”

이 정도에서 타협을 보는 것도 괜찮을 것 같았다. 산드라는 친구 같기도 하고 엄한 선생님 같기도 했다. 어릴 적부터 그녀의 몸종이었고, 그녀와 같이 교육을 받았다. 그리고 지난번 참변 때 유일하게 화를 면하고 도망을 친 유일한 몸종이기도 했다.

“산드라.”

공주는 가면 무도회에나 어울릴 법한 가면을 쓰고 창밖으로 보이는 바다를 바라보며 입을 열었다.

“예.”

산드라는 공주의 성격이 많이 바뀌었다는 것을 알았다. 예전에는 이렇게 차분한 적이 없었다. 언제나 밝고 명랑한 성격이었다. 그러나 소녀에서 숙녀로 성숙했다고 마냥 기뻐할 수가 없었다. 차분함의 원인이 근래에 닥친 불행에서 비롯되었기 때문이다.

"나는 가끔 내가 아니었으면 해."

"무슨 말씀이십니까?"

"내가 짊어져야 하는 삶의 무게가 얼마나 될까?"

"그것은……."

산드라도 쉽게 대답할 수 없는 말이었다. 자신과 그녀의 처지를 생각해 보았다. 요즘 들어 그녀의 처지는 확실히 자신보다 못한 면이 있었다. 평생 안젤라를 위해 살아야 했다. 하지만 남에게 팔려 갈 것을 걱정하지는 않았다. 정략혼이라도 자신이 애정을 가지고 열심히 한다면 극복할 수 있겠지만 지금 안젤라에게 닥친 정략혼은 불행이 될 것이 확실했다.

"아름다워."

"예?"

산드라는 갑작스러운 안젤라의 말에 어리둥절했다.

"바다가 아름답다고."

"그렇습니까?"

산드라가 밖을 보니 저 멀리 해가 떠오르고 있었다. 눈이 부실 정도로 아름다운 모습이었다.

"가장 아름답게 죽는 것이야말로 사람의 최대 행복이다. 바다로 뛰어내릴까?"

안젤라는 현자 케레이가 남겼다는 격언을 말하며 뛰어내릴 듯 폼을 잡았다.

"안 됩니다!"

산드라는 재빨리 안젤라의 옆으로 다가서며 어깨를 잡았다.

"장난이야, 산드라."

"장난이라도 절대 그런 말씀을 하시면 안 됩니다."

산드라는 다짐을 받듯이 말했다.

"알았어. 걱정하지 마. 나도 이젠 어린애가 아니야."

안젤라는 가면 아래로 흐르는 눈물을 닦아내며 말했다.

"현실이 힘들지만 그것을 이겨내십시오. 충분히 그러실 수 있습니다."

산드라가 위로의 말을 건넸다.

"소문 들었어?"

침울하게 엎드려 있던 안젤라가 다시 입을 열었다.

"무슨 소문 말입니까?"

"엘프디언 말이야."

"예, 조금은 들었습니다."

"어떻게 생각해?"

"무엇을 말입니까?"

"그들에 대한 소문 말이야. 사람을 잡아먹는다며?"

“제가 듣기로는 먹을 것이 없을 때만 그런다고 들었습니다. 그리고 아이를 잡아먹는다고 합니다. 절대 걱정하실 필요 없습니다.”

산드라가 부연 설명을 하듯이 말했다.

“그렇구나. 그럼 괴물처럼 생겼다는 소문은?”

“피부 색이 약간 다르기는 하지만 엘프의 피가 섞여서 그런 것이라 합니다. 그리고 남자는 밤에 전부 괴물입니다.”

“호호호! 그래?”

안젤라는 산드라의 마지막 말에 공주답지 않은 웃음을 흘릴 수밖에 없었다.

“예.”

산드라는 정색을 하며 말했다.

“그럼 남자끼리 좋아한다는 소문은?”

“그건 가끔 귀족들 중에도 있지 않습니까.”

“그래?”

“몰라서 그러십니까?”

산드라는 눈을 동그랗게 뜨며 반문했다. 쇼운 왕도 남색을 즐긴다는 소문이 파다했다. 물론 사실로 확인된 바는 없었다. 요즘은 그랑시온이 일부러 쇼운 왕을 흠집 내기 위해서 퍼뜨린 것이라는 것에 힘이 실리고 있었다.

“그럼 케이트가 예쁘지 않다고 마을 하나를 없애 버린 건?”

"그것은 콜 남작 영애가 예쁘지 않아서 그런 것이 아니라 예물이 소홀해서 그런 것입니다. 공주님은 예물에 대해서는 걱정하실 필요가 없습니다."

"근데 그런 소문은 어디서 들은 거야?"

안젤라는 자신이 묻는 말에 즉각적으로 대답하는 산드라를 의심이 간다는 눈초리로 보았다.

"주방에 있는 하녀한테 들었습니다."

산드라는 최대한 좋은 방향으로 이야기했다. 이미 정해진 운명이었다. 최대한 좋은 방향으로 생각을 가지고 있다면 조금은 나을지도 몰랐다. 그리고 엘프디언이 그렇게 포악하지 않기를 마음속으로 신께 빌었다.

배가 멈추는 것 같았다. 그리고 이내 안젤라의 귀로 큰 목소리가 들렸다.

"닻을 내려라!"

4

병사들을 태운 보트들이 파도를 가르며 끊임없이 해변으로 올라왔다. 해변은 햇볕이 잘 들어서 그런지 눈이 쌓여 있지는 않았다. 보트가 해변에 닿기가 무섭게 병사들이 모래사장으로 뛰어내렸다. 출발 전부터 병사들이 바닷물에 빠지지 않도록 당부했다. 병사들의 신발은 방수가 되지 않았다. 바닷물에 젖었다가 동상이라도 걸리면 그걸로 인해서 작전에 문제가 생길 것이다. 지금 한 명의 정예 병사는 그 어떤 아름다운 보석보다도 가치가 있었다.

"너, 어디 소속이야?"

막 보트에서 뛰어내린 병사를 백인장의 투구를 쓴 병사가 허연 입김을 내뿜으며 물었다.

"제8백인대입니다."

십인장의 투구를 쓴 병사가 큰 목소리로 대답했다.

"저기 8백인대 깃발 보이지?"

백인장이 뒤쪽에 늘어서 있는 열 개의 깃발 중 하나를 가리키며 물었다. 백인장의 손끝이 머문 곳에는 늑대의 깃발이 자리 잡고 있었다. 병사들은 거의가 문맹이었다. 그래서 그들이 알아보기 쉽도록 백인대마다 동물 모습을 한 깃발이 있었다.

"예."

십인장은 자신의 백인대 깃발을 확인하곤 지체없이 대답했다.

"병사들을 이끌고 신속히 이동한 후 잠시 쉬면서 기다리면 다음 명령이 있을 것이다."

"예."

"3십인대는 나를 따라서 이동한다."

십인장의 투구를 쓴 병사가 자신의 뒤에 서 있는 병사들을 향해 말한 후 깃발을 향해서 먼저 뛰어갔다. 그 뒤로 아홉 명의 병사들이 십인장을 따라서 줄줄이 뛰어갔다. 그 모습을 지켜보던 백인장의 투구를 쓴 병사도 십인장이 제대로 방향을 잡고 병사들을 인솔하는 것을 확인한 후 해변에 도착한 다른 보트를 향해 뛰어갔다.

늘대의 깃발이 꽂힌 곳에는 벌써 네 개의 십인대가 하얀 눈 위에 자리를 잡고 있었다.
"곧 움직여야 되니까 조금 쉬라고."
십인장이 먼저 제일 앞에 자리를 잡았다.
"젠장, 어지럽다."
병사 하나가 뒤에 주저앉으며 말했다.
"그러게. 배에 이제 조금 적응이 됐는데 갑자기 내리니까 땅에 적응이 안 되네."
다른 병사가 맞장구를 쳤다.
"발목까지 눈이 왔는데 어떻게 쉬라는 거야."
병사 하나가 발로 어설프게 눈을 치우며 말했다.
"계집애처럼 불평 좀 그만 해. 그래도 코가 떨어져 나갈 정도로 춥지는 않잖아. 춥기라도 해봐."
병사 중 한 명이 몸서리를 치며 말했다.
"쉿, 조용히 쉬어."
십인장이 뒤를 돌아보며 말했다.

“미노피의 라세르 성은 많아야 삼백 명뿐이 없다고 하지 않습니까? 뭘 그렇게 걱정하십니까?”

아직 앳된 얼굴의 병사가 자신감있는 목소리로 말했다. 정예병다운 자부심이었다.

“멍청한 녀석아, 생각을 해봐. 우리는 고작 천 명이야. 라세르 성이 삼백 명의 병사뿐이 없다고 해도 기습에 성공하지 못하고 미노피 백작이 영지민까지 동원시킨다면 우리의 피해도 만만치 않을 거야. 거기다가 라세르 성을 점령하더라도 주위가 온통 적이란 말이야.”

제법 군사적 지식이 있는지 십인장은 예리하게 원정군이 지닌 문제점을 지적했다.

“그래도 정예 병사 천 명이면…….”

병사는 아직도 미련을 못 버렸는지 말을 이었다.

“이야기를 어떻게 들은 거야? 이기고 난 다음에 주변 영지들이 가만있겠어? 여기는 전부 그랑시온한테 충성하는 영지란 말이야. 거기다 만약 미노피 백작이 도망을 가서 영지민들의 저항이 시작되면 너도 골치 아플걸? 길 가다가 화살에 맞아서 죽는다거나 물을 마셨는데 독약이 들어 있다거나. 알겠냐?”

십인장이 병사의 투구를 흔들며 말했다.

“설마 그러겠습니까?”

아직도 병사는 믿지 못하는 눈치였다. 확실히 전쟁이라는 것을 겪어보지 못한 신병이었다.

"믿기지 않냐? 좀 지나면 알게 될 거다. 원래 우두머리란
그런 존재야. 하지만 믿고 의지할 존재가 없으면 당장 이렇게
되어버리지."

십인장은 그렇게 말하며 뭉쳐 있던 눈덩이를 발로 뭉개 버
렸다.

"휴우."

병사가 길게 한숨을 내쉬었다.

"이제 알겠냐? 멍청한 녀석, 그러니까 딴생각 하지 말고 내
뒤에 잘 붙어 있어."

십인장은 가슴을 치며 거만하게 말했다.

"근데 그런 이야기는 어디서 들은 겁니까?"

병사가 목소리를 낮추며 물었다. 은근히 귀를 기울이고 있
던 다른 병사들도 관심을 가지는 눈빛이었다.

"그냥 내 추측이야. 너도 나처럼 이곳저곳 굴러다니면 자
연스럽게 알게 돼. 십인장이 그냥 되는 건 아니라고."

십인장은 그렇게 대수롭지 않게 말했다. 어제 기사와 백인
장이 이야기하는 것을 들었다고 하면 단칼에 목이 떨어질 수
도 있었다.

"추측이요?"

병사가 십인장을 보며 목소리를 높였다. 말을 조리있게 하
는 걸로 봐서는 뭔가 대단한 것 같았는데 추측이라고 하니 힘

이 빠졌다. 은근히 십인장은 뭔가 있구나 하고 생각한 자신이 한심스러워졌다.

"근데 소문 들었어?"

십인장은 병사들의 관심이 급격히 사라지자 다시 말을 이었다.

"무슨 소문이요?"

그의 기대를 저버리지 않고 다시 관심을 보였다.

"엘프디언."

십인장은 목소리를 더욱 낮추었다.

"엘프디언?"

병사는 눈을 동그랗게 뜨며 물었다.

"그래."

"그게 왜요?"

"어쩌면 엘프디언과 싸우게 될지도 몰라."

"정말입니까?"

"여기가 어디냐?"

"미노피 백작령이라고 어제 들었습니다."

"미노피 백작령 옆에 뭐가 있냐?"

십인장이 태연하게 물었다.

"헉?"

이제야 십인장의 말을 이해했는지 병사의 눈이 커졌다.

"엘프디언은 개개인이 일당백은 문제없다면서요?"

다른 병사가 걱정스러운 얼굴로 물었다.

"일당백이 뭐야? 일당천이야."

"일당천이 가능합니까?"

"사람은 불가능하지만 엘프디언은 가능할지도 몰라. 엘프디언의 전설이 괜히 생긴 건 아니라고."

"진짜라면 엄청나겠다."

병사 하나가 선뜻 믿기지 않는 듯 말했다.

"사람을 잡아먹는다는 소문도 있던데, 사실입니까?"

곱상한 외모의 병사가 겁먹은 눈을 하고서 물었다.

"그래. 엘프디언들은 너같이 귀여운 녀석을 좋아하지. 전투가 끝나면 머리를 잘라서 소금에 절여 먹는다더군."

십인장은 은근하게 말하며 병사의 목을 쓰다듬었다.

"그 이야기, 정말입니까?"

병사가 겁을 먹었는지 침을 꿀꺽 삼키며 다시 물었다. 하긴, 그도 엘프디언에 대한 소문은 많이 들었다. 엄청난 괴력으로 사람을 찢어 죽이고, 시중드는 여자가 마음에 안 들면 마을 하나를 없애 버린다는 등의 이야기였다.

"내가 언제 거짓말하는 거 본 적 있냐?"

십인장이 눈을 부릅뜨며 말했다.

"이 자식들, 떠들 새가 있으면 무기나 점검해. 너같이 말 많은 녀석들이 칼이 안 빠져서 꼭 먼저 뒈지더라."

험악한 인상의 선임 십인장이 이상한 소문을 들먹이는 십인장과 병사들에게 눈을 부라리며 말했다. 말투가 거칠어서 그렇지 경험이 많은 십인장답게 지금 병사들에게 딱 맞는 조언이었다. 원래 소문이란 것은 전투에 하나도 도움이 안 되는 것이다. 전장에서 믿을 건 오직 자신의 칼밖에 없었다.

이내 기가 죽었는지 병사들이 슬그머니 무기를 꺼내서 점검하기 시작했다.

해변 곳곳에서 원활하게 병사들이 이동하고 있었다. 지금까지는 모든 것이 순조로웠다. 십인대 별로 보트에 타고 있던 병사들은 해변에 대기하고 있던 백인장의 지시에 따라 각 백인대별로 지체없이 빠르게 모이고 있었다. 리베를 비롯한 기사들은 일찌감치 해변 한쪽에 자리를 잡고 병사들이 움직이는 모습을 보고 있었다. 리베는 병사들의 모습이 만족스러웠다. 긴 항해에도 불구하고 해변에서의 움직임만 보면 특별한 문제는 없어 보였다.

"더글라스."

"예, 사령관님."

리베의 부름에 더글라스가 재빨리 대답했다.

"정찰병으로부터는 연락이 있었나?"

적에게 벌써부터 알려져서는 곤란했다.

"예, 주변에 사람이 사는 마을은 없습니다. 사람의 흔적도 없고, 특별한 이상은 없다고 합니다."

상륙은 차분하고 순조롭게 이루어지고 있었다. 모험을 한

효과를 충분히 보고 있었다. 적은 아무것도 모르고 있는 것이 분명했다.

"누가 지도를 가지고 있나?"

"예, 제가 가지고 있습니다."

대답과 함께 기사 한 명이 나서며 허리춤에 있는 가방을 열고 양피지로 만들어진 지도를 꺼내서 모래 바닥에 펼쳤다. 특별히 이번 상륙을 위해 제작한 지도였다. 지도에는 미노피 백작령이 자세히 그려져 있었다.

"이리 모여 봐."

"예."

주변에 있던 기사들이 지도가 보이는 곳으로 모였다.

"지금 이곳이 우리가 있는 곳이다."

리베의 손이 지도의 한 부분을 가리켰다.

『오포』 3권에서 계속…

무한 상상 · 공상 세계, 청어람 신무협&판타지

「표사」, 「소환전기」를 뛰어넘는
참신한 재미와 쾌감을 선사한다!

청바지와 박스티 같은 무협 소설!
쉽고 재미있는, 편한 무협을 즐겨라!

『잠룡전설』
(潛龍傳說)

잠룡전설(潛龍傳說) / 황규영 지음

"주유성?
영웅이지. 하늘이 내린 사람이야.
그 사람 게으르다고?
에이, 난 그런 소문 안 믿어.
게으름뱅이가 어떻게 그런 엄청난 일들을 해?"

강호에 내린 희대의 겁난.
하늘은 엄청 센 놈을 영웅이랍시고 내린다.
하지만…….
젠장! 엄청난 게으름뱅이다!!

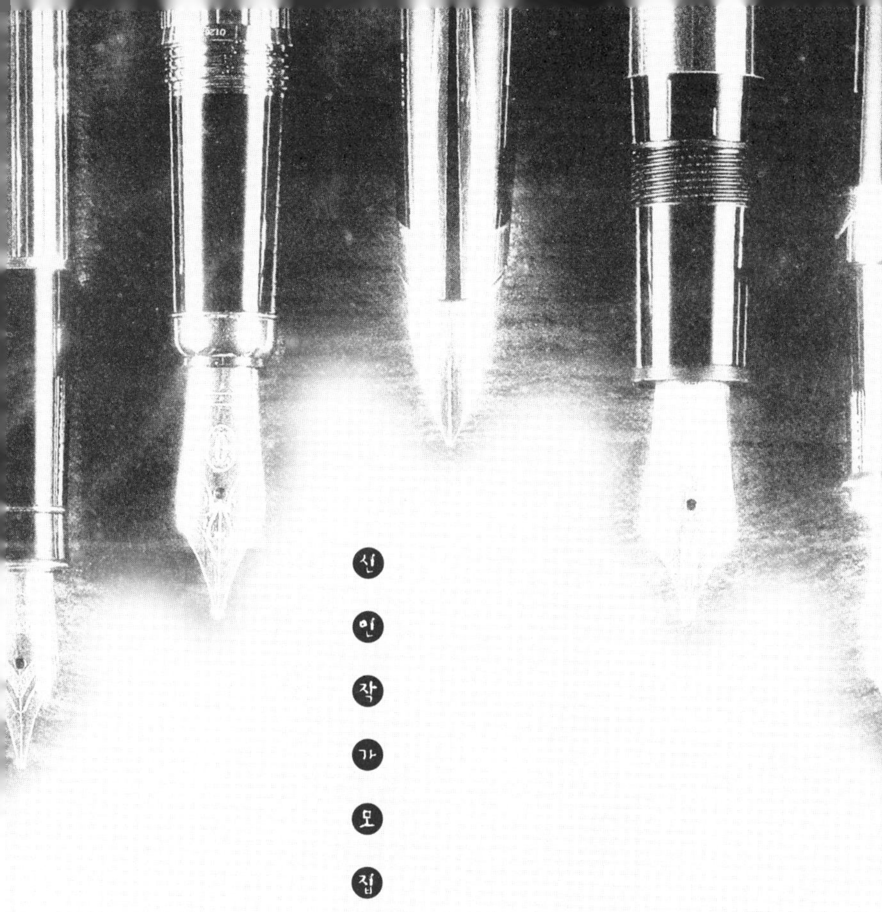
신
인
작
가
모
집

시작이 반이라고 했습니다.
작가의 길에 대한 보이지 않는 벽을 과감히 깨뜨리십시오!
청어람은 작가 지망생 여러분들의
멋진 방향타가 되어드리겠습니다.

저희 도서출판 청어람에서는
소설 신인 작가분들을 모집합니다.
판타지와 무협을 사랑하시는 분들의 많은 참여를 바랍니다.
소정의 원고(A4용지 150매)를 메일이나 우편으로 보내주시면
검토 후 출판 여부를 알려드리겠습니다.

주소·경기도 부천시 원미구 심곡1동 350-1 남성B/D 3F 우편번호420-011
TEL:032-656-4452 · FAX:032-656-4453
http://www.chungeoram.com
e-mail:chungeoram@chungeoram.com

입소문을 통해 아는 분은 다 알고 계십니다!
올 한해 공인중개사 최고의 화제작!

1~2권 합본 | 이용훈 지음
3~4권 합본 | 이용훈 지음
5~6권 합본 | 이용훈 지음
용 어 해 설 | 이용훈 지음
1~2차 문제풀이집 | 이용훈 지음

수험생 기본 필독서
만화 공인중개사

제목 : 만화공인중개사 쓰신 분에게 감사드립니다.

학원을 두달 다녔어요. 근데 과연 그 숫자 외우기 그런게 몇 문제나 나올까 생각을 했어요.
아니라는 생각이 드네요. 학원강의를 뒤로 하고 서점을 갔어요. 내 머리에 가장 이해될 수 있는
책이 없나 하구요. 거기서 만화를 발견했어요. 무조건 세번 봤어요. 3개월 걸렸어요. 문제 집을
보라고 했는데 그건 시행을 못했어요. 근데 합격을 했네요.

어떻게 감사의 말을 해야 될지…

도서관에서 만화책 들고 다니까 사람들이 바웃더라구요. 만화책으로 공인중개사를 공부한
다고 미친사람처럼 보더라구요. 근데 그거 다 감수하고 했던 내가 자랑스럽습니다.

어떻게 감사의 말을 해야 할지 정말 감사합니다.

부디 행복하세요. 제 나이 41살에 좋은 스승을 만난 거 같습니다.

엎드려 감사드립니다.

—본사 홈페이지에 독자분이 올린 메일 中 에서 발췌—